'MOU ICHIDO BEETHOVEN' by Shichiri Nakayama

Copyright © 2019 by Shichiri Nakayama
Original Japanese edition published by Takarajimasha, Inc.

Korean translation rights arranged with Takarajimasha, Inc.
Through JM Contents Agency Co., Korea.
Korean translation rights © 2021 by Blueholesix

다시 한번
베토벤

다시 한번
베토벤

나카야마 시치리 장편소설

이연승 옮김

 6

옮긴이 **이연승**

아사히신문 장학생으로 유학, 학업을 마친 뒤에도 일본에 남아
게임 기획자, 기자 등으로 활동했다. 귀국 후에는 여러 분야의
재미있는 작품을 소개하고 우리말로 옮기는 일에 집중하고 있다.
옮긴 책으로 아오사키 유고의 『체육관의 살인』 시리즈를 비롯해
니시무라 교타로의 『살인의 쌍곡선』, 우타노 쇼고의 『D의 살인사건,
실로 무서운 것은』, 아키요시 리카코의 『성모』, 미쓰다 신조의
『붉은 눈』, 시즈쿠이 슈스케의 『범인에게 고한다』, 『염원』, 오츠이치의
『하나와 앨리스 살인사건』, 이노우에 마기의 『그 가능성은 이미
떠올렸다』, 나카야마 시치리의 『히포크라테스 선서』, 『악덕의 윤무곡』
『표정 없는 검사』, 오승호(고 가쓰히로)의 『도덕의 시간』, 『스완』
『하얀 충동』 등이 있다.

다시 한번
베토벤

1판 1쇄 인쇄 2021년 6월 5일   **1판 1쇄 발행** 2021년 6월 14일

지은이 나카야마 시치리   **옮긴이** 이연승
책임편집 민현주   **디자인** 디자인비따   **제작** 송승욱   **발행인** 송호준

발행처 블루홀식스   **출판등록** 2016년 4월 5일 제 2016-000100호
주소 경기도 파주시 회동길 483-1   **전화** 031-955-9777   **팩스** 031-955-9779
이메일 blueholesix@naver.com

ISBN 979-11-89571-49-8 03830

일러두기
본문의 각주는 전부 독자의 이해를 돕기 위한 옮긴이 주입니다.

I *Etouffer insensiblemente*
소리 죽여 냉담하게

I

베토벤 피아노 소나타 제30번은 서주 없이 갑작스럽게 시작한다.

물 흐르듯 이어지는 타건이 돌연 속도를 늦추다가 멈춘다. 수면 위를 걷는 것처럼 우아하고 환상적인 소리. 원래 이 악곡의 제1악장은 서로 다른 속도와 박자를 하나로 모은 구성이라는 점에서 두 가지 성격을 지녔다. 곡이 청중의 마음을 들었다 놨다 하며 환상으로 이끄는 것도 그런 까닭이다.

강렬한 두드림과 그 뒤로 이어지는 완만한 선율. 아홉 번째 소절에서 나타나는 제2주제는 1주제와 사뭇 느낌이 다른 아다지오 에스프레시보*다. 풍부한 사색을 담은 멜로디에

---

*   adagio espressivo, 느리고 감정을 실어서 연주.

마음을 한번 빼앗기면 영원히 이 희열을 원하게 된다.

한 옥타브 높은 1주제. 여기서부터 멜로디는 당황한 것처럼 흐트러지고 변화를 가미한 2주제를 재현하며 소리를 쓸어 모으는 것처럼 앞으로 나아간다. 역시 서로 다른 속도와 박자를 갖춘 이 곡만의 특색이다.

사라지는가 싶더니 멈춰 서고 멈춰 서는가 싶더니 다시 조금씩 사라진다. 86번째 소절부터 나오는 코다*는 마치 겨울 숲속을 걷는 듯 고요하다.

이 고요한 느낌이 절묘하다. 절망의 늪에 빠진 듯한 정적이 아니라 일말의 망설임과 후회도 없이 자신감과 자애로 가득 찬 고요함이다.

이후 소리가 조금씩 작아지면서 4분 약간 넘는 1악장이 조용히 막을 내렸다.

곡에 심취해 있던 아모 다카하루는 만족스럽게 한숨을 내쉬었다. 기껏해야 휴대용 플레이어라며 우습게 봤지만 이어폰 너머로도 베토벤의 매력이 충분히 전해진다. 특히 이 피아노 소나타 30번 1악장은 마음을 가라앉히고 싶을 때 진정제를 뛰어넘는 효과를 발휘한다. 조금 전까지 흥분돼 있던 마음이 지금은 잔잔한 호수처럼 차분해졌다.

사법연수생 지인 중에는 휴대용 플레이어로 라쿠고**를

*　　coda, 악곡이나 악장의 끝부분.
**　　일본의 전통 만담.

듣는 사람도 있다고 들었다. 라쿠고는 이야기 구성이 논리적이라 법 이론을 이해할 때 도움이 된다는 이유다. 그러나 아모는 쉴 때만큼은 늘 좋아하는 베토벤을 들었다.

2악장에서 소리가 튀어 오른 순간 정지 버튼을 눌렀다. 모든 악장을 다 듣고 싶지만 눈앞에 연수원 건물이 보이기 시작했다.

귀에서 이어폰을 빼고 정문 앞에 선다.

10년 넘게 들어가기를 꿈꿔 온 사법연수원. 본청 건물 다섯 동, 합숙 건물 세 동, 연수 건물 한 동, 거기에 체육관과 운동장이 있는 광활한 부지는 보는 이에게 일종의 위압감을 안긴다. 이 나라 모든 사법 기관의 등용문이니 당연할 것이다.

발걸음을 내딛기 전에 숨을 한번 크게 들이마셨다. 벚꽃의 잔향을 머금은 4월 공기가 가슴을 후련하게 씻어 줬다.

자, 지금부터 내 꿈이 실현된다. 부모님의 비웃음을 사고 시험에 떨어질 때마다 멀어지던 꿈이 마침내 실현되는 것이다.

선택받은 자가 되었다는 황홀과 불안감이 온몸을 관통한다.

흥분 때문인지 어깨가 부르르 떨렸다. 주책맞게도 가라앉았던 기분이 다시 들뜨기 시작했다.

어쨌든 발걸음을 내딛지 않으면 아무것도 시작되지 않는다. 아모는 두근거리는 가슴을 부여안고 연수원 정문을 지났다.

2006년 4월, 아모에게 세상은 축복으로 가득 차 있었다.

사이타마현 와코시에 있는 사법연수원은 대법원 산하 기관이다. 정확한 위치는 도쿄도 네리마구 오이즈미가쿠엔정과 와코시 미나미 2번지에 걸친 옛 아사카 미군 기지 부지 남동쪽이다. 조직은 판사 연수를 담당하는 1부와 사법연수생들의 연수를 담당하는 2부로 구성돼 있고 사법 시험 합격자들은 2부에 속하게 된다.

연수 기간은 1년 4개월. 그동안 사법연수생들은 민사 재판, 형사 재판, 검찰, 민사 변호, 형사 변호로 구성된 다섯 과목을 강의와 실무를 거쳐 철저히 배운다. 그렇게 연수 기간을 통해 자신의 적성을 깨닫고 판사, 검사, 변호사의 길을 택한다.

각자의 적성에 맞춰 방향을 고른다고 하지만 선택에 영향을 미치는 것이 그뿐만은 아니다. 경기가 좋을 때는 변호사, 불경기 때는 판검사에 인원이 몰리는 경향이 있다. 그러나 아모는 그런 것에는 관심이 없었다. 돈을 많이 버느냐 적게 버느냐로 진로를 정하는 것은 옳지 않다고 생각했고 경기 동향은 5년도 되지 않아 바뀔 때도 많다.

아모는 처음 법조인이 되려고 마음먹었을 때부터 오직 검사만을 목표로 했다. 판사와 변호사에는 관심이 없었다. 옷깃에 추상열일*의 배지를 달고 법정에서 거악과 맞서 싸운

---

* 秋霜烈日, 가을 서리와 여름 햇빛. 혹독한 계절의 형상을 사법과 형벌의 엄격함에 빗댄 말.

다. 그것이 바로 아모가 꿈꾸는 미래였다.

아모가 기대한 것보다 입소식 자체는 평범했다.

"제60기 사법연수생 여러분의 입소를 축하드립니다. 이번 60기부터는 지난 기수와 달리 연수 기간이 1년 6개월에서 1년 4개월로 단축됐습니다. 현장에서 그렇게 요청하기도 했지만 연수 커리큘럼 자체가 더욱 전문적으로 바뀐 점도 영향을 미쳤습니다. 기간을 줄이는 것이 반드시 좋다고 할 수는 없어도……."

마시코 연수원장의 인사말은 건조한 설명이 대부분이고 어느 대학 총장의 훈시처럼 과장이나 허풍 같은 것은 눈곱만큼도 없어서 왠지 허탕을 친 듯한 기분마저 들었다.

실망스럽군.

삼수까지 해서 간신히 합격한 마당에 좀 더 기대감으로 가슴이 부풀 만한 희망찬 입소식을 바랐는데.

아모의 기대를 배신하고 입소식은 결국 교수 소개와 각 시설 사용 시 주의 사항을 알리고 무난하게 끝났다.

뭐 됐어.

원래 뒤가 구린 조직일수록 허례허식에 매달리는 경향이 있다. 그렇게 생각하면 입소식 행사가 담백하기 그지없는 이곳 사법연수원은 더없이 떳떳한 조직이라는 뜻이다.

입소식이 끝나자 아모를 비롯한 연수생들은 각자 강의실

로 이동했다.

사전 설명에 따르면 연수생은 정원 약 70명의 총 스무 개 반으로 나뉜다고 들었다. 그 말을 듣고 "대학까지 졸업했는데 또 반 배정이라니"라고 투덜거리는 사람도 있었지만 강의실 수용 인원을 고려하면 당연한 조치일 것이다.

강의실에 들어간 아모는 가장 먼저 가지런하게 각 잡힌 내부를 보고 깜짝 놀랐다.

구조가 절구형이라 교단에서 모든 연수생의 얼굴이 보인다. 벽은 흰색 하나로 통일됐고 쓸데없는 장식이나 포스터 따위는 일절 없다. 철저하게 강의를 위한 공간이라 감탄마저 나왔다.

연수생이 하나둘 자리에 앉자 얼굴이 갸름하고 볼이 홀쭉한 남자가 교단에 섰다. 입소식에서 교수 소개를 듣고 이름을 외워 뒀다. 검찰 연수를 담당하는 간바라 히로미치 교수이다.

"다들 모였나?"

야윈 몸매와 어울리지 않는 우렁찬 목소리가 울려 퍼졌다. 마이크가 없어도 맨 뒷줄까지 들리지 않을까.

"오늘부터 여러분은 1년 4개월, 정확히 말하면 하반기 실무 연수 1년을 제외하고 전반기, 후반기 각각 2개월 동안 이 강의실의 포로가 되어 강의를 들을 것입니다. 포로라는 표현이 다소 야만적이라고 느낄 수도 있겠지만 후반기에 들어가

면 다들 이해할 겁니다. 여러분도 다 아는 '두 번째 시험'이
여러분을 기다리고 있으니."

연수생들이 일제히 긴장하는 것이 느껴졌다.

통칭 '두 번째 시험', 정식 명칭은 사법연수생 고시라고 불
리는 국가 시험으로 사법연수원의 졸업 시험에 해당한다. 사
법 시험에 합격해 어깨 위 짐을 조금 덜었나 싶을 때 또다시
어려운 시험을 봐야 해서 '두 번째 시험'이라는 이름이 붙었
다고 한다. 대부분 합격하지만 간혹 불합격자도 나온다.

"원칙상 '두 번째 시험'은 세 번까지 치를 수 있지만 그래도
합격하지 못하면 연수원에서 강제 퇴거 조치됩니다."

그러면 또다시 처음부터 사법 시험을 봐야 한다. '두 번째
시험'에 연수생들이 대부분 합격하는 것은 떨어지면 그런 비
참한 현실이 기다리고 있기 때문이다.

"그리고 또 하나. 그 밖에도 연수원에서 강제 퇴거 조치되
는 사례가 더 있습니다. 재판소법 68조에 따라 대법원이 사
법연수생을 직접 파면하는 경우입니다."

사법 시험에 합격한 사람이라면 누구든 알고 있다. 재판소
법 제68조, 대법원은 사법연수생의 행실이 품위를 심각히
손상하거나 그 밖의 대법원이 정한 퇴거 사유가 인정될 때
해당 연수생을 파면할 수 있다.

"속도위반 등의 도로교통법 위반 같은 것도 거기에 해당하
지만 그중 연수 전념 의무 위반은 특히 엄격히 제재합니다.

여러분이 자신의 미래를 소중히 여긴다면 연수 기간에 신세를 진 옛 은사를 돕거나 모교에서 아르바이트 등을 절대로 해서는 안 됩니다."

사법연수생은 다행히 국가 공무원에 준한 지위라 국가 공무원 1종 채용자와 같은 월 24만 1,200엔의 급여와 각종 수당이 국가에서 지급된다. 형편이 어려운 학생도 아르바이트를 하지 않아도 되니 스스로 처신을 잘하라는 의미다.

"만나자마자 험한 이야기부터 했는데 바꿔 말하면 그 두 가지 외에 다른 것들은 자유롭다는 뜻입니다. 연수동은 신축 건물에다 교수도 전부 경험이 풍부한 베테랑들이죠. 앞으로 법조계를 이끌고 갈 인재를 양성하는 곳으로써 이보다 더 좋은 환경은 없을 겁니다. 거기에 식당 밥도 맛있고."

여기저기서 웃음소리가 터졌다. 관비로 나오는 식사이니 저렴해도 맛 좋은 음식이 제공될 것이다.

"자, 내 소개는 조금 전에도 했으니 필요 없겠지. 여러분의 소개를 듣고 싶군. 하단 오른쪽 끝에 있는 연수생부터 이름과 나이, 그리고 스스로 어필할 만한 장점 등이 있다면 소개하도록."

간바라가 가리킨 끝자리 연수생이 몸을 벌떡 일으켰다.

"히비야 고이치. 나이는 스물네 살입니다. 도쿄대학 법학부를 졸업 후 재수해서 시험에 합격했습니다. 취미는 장기입니다."

"야모토 유카리. 스물여섯 살이고요. 올봄부터 변호사 사무소에서 일하고 있습니다. 취미는…… 다른 사람의 단점을 찾는 것이라고 해야 할까요. 그래서 검사를 지망하게 됐습니다."

"후루마이 겐이치. 서른세 살입니다. 보다시피 머리는 이렇게 벗겨졌지만 엄연한 30대 청년입니다. 시험에 떨어질 때마다 이마 라인이 점점 뒤로 밀려나더군요. 앞으로 잘 부탁합니다."

"와키모토 에나미. 나이는…… 비밀로 하고 싶네요. 모 회사에서 경리 일을 하다가 내부 고발을 이유로 해고됐습니다. 법률 지식이 부족하다는 것을 뒤늦게 통감하고 사법 시험을 준비한 끝에 합격하게 됐습니다."

연수생들 사이에서 술렁거리는 소리가 들렸다.

"흥미롭군."

간바라 교수가 눈을 가늘게 뜨며 말했다.

"응, 아주 흥미로워. 나중에 더 자세히 들려주도록. 자, 다음."

"모미이 다케오. 스물여덟 살. 전직 고등학교 교사입니다. 어떤 트러블 때문에 어쩔 수 없이 교편을 내려놓았는데 스스로 정당성을 주장하고 싶어서 사법 시험에 도전하게 됐습니다."

"하즈 고로라고 합니다. 이제 곧 마흔이 되는 아저씨고 올

3월까지 자동차 제조업체 영업 부서에서 일했습니다. 아내와 자식 셋이 있습니다. 아, 개도 있네요."

"다치바나 후미에, 43세. 주부입니다."

아모는 차례차례 몸을 일으켜서 소개하는 연수생들을 경탄의 눈길로 바라봤다. 입소식 때도 느꼈지만 이렇게나 다채로운 사람들이 모인 것이 신기했다. 고시생과 변호사 사무실 직원, 거기에 회사원과 주부까지. 대학 입시와 달리 누구나 시험에 도전할 수 있으니 다양한 경력의 사람들이 모인다는 것을 감안해도 하나같이 특이하고 개성적이다. 각양각색이라는 표현은 정확히 이럴 때 써야 할 것이다.

"아모 다카하루. 스물여섯. 검사를 지망합니다. 아니, 검사가 아닌 다른 건 되고 싶지 않습니다."

그러자 간바라 교수가 굳은 표정을 풀고 흐뭇하게 아모를 봤다.

"선택지가 검사뿐이라는 건가. 처음부터 그렇게 선언하면 앞으로 있을 실무 연수에서 힘들 텐데."

"각오하고 있습니다."

건방지게 보여도 상관없다. 처음부터 이렇게 단단히 마음먹어야 꿈을 이룰 수 있다.

교수의 반응을 보니 그렇게 눈 밖에 난 것 같지는 않았다. 아모는 나름 만족하며 다시 자리에 앉았다.

뒤이어 세 명이 더 소개하고 다음 사람이 몸을 일으켰다.

"미사키 요스케, 스물세 살입니다."

아모를 비롯한 모든 이들이 이름을 듣고 흠칫했을 것이다. 그는 강의실 중간쯤 있는 자리에 서 있었다.

키는 아모와 엇비슷하고 몸은 호리호리하다. 서 있는 자세가 묘하게 여성적인 것은 운동한 사람 특유의 근육 같은 게 없어서일 것이다. 그렇다고 사법연수생들에게 흔한 건강하지 못한 체형은 아니고, 같은 남자도 잠시 넋을 잃고 바라볼 만큼 굳세고 의연한 분위기를 발산하고 있다.

얼굴도 사람들의 눈길을 끌었다. 역시 여자처럼 반듯하고 이목구비가 뚜렷한 것으로 모자라 질투조차 할 수 없을 정도의 우아함을 겸비했다. 미남 미녀가 드문 연수생들 안에서 그가 서 있는 곳에만 스포트라이트가 쏟아지는 듯한 느낌이 들었다.

그러나 모두가 그를 주목한 것은 외모 때문만은 아니었다. 그가 자신을 소개하기 전부터 이미 대부분의 연수생은 그의 이름을 외우기 싫어도 외울 수밖에 없었다.

미사키 요스케. 사법 시험 수석 합격자.

물론 수석 합격자라고 해서 이름이 공표되는 것은 아니다. 그러나 요즘 같은 인터넷 시대에는 어디서든 정보가 새게 돼 있다. 이번 회차 수석 합격자에 대한 이야기로 사법 시험 준비생들이 모인 인터넷 익명 게시판이 이미 떠들썩했다.

익명으로 글 쓰는 사람 중에는 누가 봐도 시험 관계자인 듯한 사람도 있었다. 미사키 요스케의 이름이 처음 언급된 것도 그 또는 그녀의 글이 계기였을 것이다. 글에는 수석 합격 소식뿐 아니라 미사키 요스케의 출신도 적혀 있었는데 그는 무려 현직 검사의 아들이라고 했다.

그 정도로도 충분했다. 이름이 미사키인 검사는 그리 많지 않다. 아니나 다를까 누군가가 나고야 지검에서 근무하는 미사키 교헤이 검사를 지목했다. 그곳에서는 에이스 검사로 통한다고 했다.

소위 말하는 금수저. 게시판에 질투도 칭찬도 아닌 글들이 올라오기 시작했다. 물론 사법 시험을 연줄로 합격할 수는 없다. 수석 합격은 오롯이 그의 실력 덕분이고 시험에 부정도 없었을 것이다. 아버지가 현직 검사이니 사법 시험 공부에 집중할 환경이 갖춰졌을 게 분명했다.

이해는 하지만 왠지 불공평한 느낌은 지울 수 없었다. 아니, 불공평하다기보다 처음부터 밥상이 완벽하게 차려져 있던 사람을 향한 시샘이다. 엘리트 검사 아버지의 가르침을 받으며 좌절과 고뇌도 없이 계단을 순조롭게 밟아 올라온 젊은 사법연수생. 익명 게시판에는 그의 정체를 추측하는 망상 글이 들끓다가 현재에 이르렀다.

그 소문의 주인공이 지금 바로 우리 눈앞에 강림한 것이다.

"오, 미사키가 누군가 했더니 자네였군."

간바라 교수도 미사키에게 관심을 보였다.

"소문은 들었네."

"어떤 소문 말인가요?"

"굳이 자네가 알 건 없지. 나쁜 소문은 아니니 안심하도록."

교수는 웬일인지 만족스럽게 고개를 끄덕였다. 그런 반응이 다른 연수생들 눈에 거슬릴 수도 있다는 걸 신경 쓰지 않는 듯하다.

"자기 어필은 안 하나?"

"어필할 게 특별히 없습니다."

아니꼬운 녀석이다. 그 정도 스펙이면 자랑할 게 손가락과 발가락을 다 써도 모자랄 텐데.

미사키가 자리에 앉자 다음 사람으로 차례가 넘어갔지만 강의실 안에 불어닥친 회오리바람은 그대로 모든 이들의 의식을 잠시 앗아갔다.

한 반 70명 안에서도 또다시 조를 나눈다고 했다. 연수 초반에는 조 단위 토론이 효과적이고 친목을 쌓는 데도 좋다는 이유다. 지난 기수까지는 없었던 시스템이라고 하니 연수 기간 단축을 비롯해 사법연수원도 매년 변화한다는 증거일 것이다.

제비뽑기로 한 조에 네 사람씩 편성한 후 아모의 조는 강의실 구석에 모였다. 중, 고등학교 시절의 조별 수업이 떠올라 약간 쑥스럽지만 지시에는 따라야 한다.

"아모 다카하루라고 합니다. 잘 부탁합니다."

"와키모토 에나미예요."

"하즈 고로라고 합니다."

자기소개를 마친 세 사람의 시선이 나머지 한 명에게 쏠렸다.

설마 이 사람과 같은 조가 될 줄이야. 도대체 제비뽑기 운이 얼마나 없다는 말인가.

"미사키 요스케입니다."

미사키는 가볍게 고개를 숙였다. 조를 넘어 이 반에서 그가 가장 어리다. 저자세로 예의 바르게 행동하는 것도 이해가 된다.

그러나 그것은 상대의 능력과 배경을 무시할 때의 이야기다. 사법 시험에 수석 합격한 명석한 두뇌와 현직 검사 아버지까지 있는 사람이 저자세를 보이면 상대를 은근히 무시하는 것처럼 느껴질 수도 있다.

"설마 너와 같은 반인 것으로 모자라 같은 조가 될 줄은."

가장 먼저 목소리를 높인 사람은 에나미였다.

"미사키 요스케가 어느 연수원에 갈지 알 수 없었지만 그래도 꼭 한번 만나 보고는 싶었어. 앞으로 잘 부탁할게."

"저도 잘 부탁합니다."

뒤이어 하즈가 입을 열었다.

"저도 마찬가지입니다. 합격자 발표일부터 사법 시험 준비생이 모인 익명 게시판에 매일같이 미사키 씨 이름이 언급됐거든요. 출신 대학이 어디냐, 얼굴 사진 있는 사람 없냐 등등. 그 후로 얼마 동안, 아니 지금도 미사키 씨는 60기 합격자들 가운데 스타입니다."

"아뇨, 당치도 않습니다."

아모는 속으로 '꼭 부정할 것도 없을 텐데'라고 생각했지만 보아하니 미사키는 무려 얼굴까지 붉히고 있다.

"인터넷은 아니 땐 굴뚝에서 불기둥도 솟아나는 곳이니까요. 근거 없는 억측과 무책임한 헛소문이 많습니다."

"그렇지만 듣자 하니 단답형은 물론이고 논술 시험까지 거의 만점이었다던데요. 단순히 수석 정도가 아니라 근래에 볼 수 없는 성적이었으니 관계자들에게서 정보가 유출됐을 거라 분석하는 사람도 적지 않아요. 미사키 씨는 조금 더 자부심을 가져도 좋을 것 같습니다."

미사키의 점수가 만점에 가까웠다는 것은 어디까지나 소문 수준의 이야기였다. 뜻하지 않게 소문의 진위를 확인하는 자리가 생겼지만 미사키는 웬일인지 불편해하며 별로 달가워하지 않았다. 아니, 점수는 굳이 부정하지 않는 걸 보면 전부 헛소문은 아닐 것이다. 아모는 그렇게 단정 짓고 가볍게 입을 열었다.

"인터넷에서 무책임한 헛소문이 퍼지고 있다면 이번 기회에 네 개인 정보를 숨김없이 공개해 보는 건 어때?"

그러자 미사키를 비롯한 세 사람이 어이없다는 듯이 아모를 쳐다봤다.

"물론 그럴 필요는 없겠지만 터무니없는 헛소문이 계속 퍼지는 것보다야 낫지 않겠어?"

웃어넘기거나 화를 낼 것으로 예상했지만 미사키의 반응은 어느 쪽도 아니었다.

"그렇게 해서 더 시끄러워지면 곤란해요."

정말로 곤란해하는 듯했다.

"왜? 시끄러워지는 게 꼭 나쁜 건 아니잖아. 심지어 이 세상에는 그저 시끄럽게 만들려고 범죄를 저지르는 사람도 있어."

미사키는 잠시 망설이다가 조심스레 되물었다.

"그런 사람을 한 명이라도 줄이기 위해 여러분도 이곳에 오신 거 아닌가요?"

"자기는 꼭 다른 목적으로 사법 시험을 본 것처럼 말하네."

반드시 검사를 꿈꿔서는 아니지만 아모는 예전부터 반박에는 자신이 있었다.

또 시끄러워지면 곤란하다며 고상하게 구는 미사키를 궁지에 몰아 보고 싶기도 했다. 사법 시험에 수석 합격한 사람을 몰아붙일 순간은 앞으로도 거의 없을 것이다.

"연수원에 오기까지의 사정은 저마다 다르겠지만 법조계의 일원이 되려는 동기는 다들 비슷할 거야. 사회악을 척결

하고 가난하고 힘없는 자들의 편이 돼 주겠다. 사회 정의를 실현하겠다. 물론 일정 수준의 사회적 지위와 수입이 보장된다는 점도 있겠지. 미사키, 넌 아니야?"

그러자 미사키는 잠시 망설이다가 시선을 다른 곳으로 돌렸다.

"네. 제가 법조계를 지망한 이유는 여러분처럼 훌륭한 동기가 있어서가 아니에요."

"그럼 뭔데? 알려 줘."

"아뇨. 별로 언급하고 싶지 않네요. 그걸 들으면 여러분은 분명 불쾌하실 테고 여러분이 불쾌해지는 건 저도 싫으니까요."

"영 뜨뜻미지근한 녀석이네."

조금 더 몰아세우려고 할 때 에나미가 옆에서 아모를 제지했다.

"아까부터 너무 공격적인 거 아니야? 미사키한테 뭐 척진 거라도 있어?"

"자자, 앞으로 우리 네 사람은 1년 4개월 동안 한솥밥을 먹어야 합니다. 사이좋게 가죠, 사이좋게. 두 분도."

가장 연장자인 하즈가 중재하는 바람에 아모는 마지못해 공세를 멈췄다. 미사키는 한숨 돌렸는지 하즈를 향해 고개를 숙였다.

그러나 본심을 말하면 아모도 하즈의 도움을 받은 것이나 마찬가지였다. 그대로 더 몰아붙였다가는 높은 확률로 미사키를 비난했을 것이다. 입소식 첫날부터 모두 앞에서 미성숙한 인성을 보이며 볼썽사나운 상황을 연출할 뻔했다.

처음 만나는 미사키 요스케라는 사람은 한마디로 여러 면에서 거슬리는 녀석이었다.

와코시의 연수원에는 판사 연수용 기숙사인 '히카리관'과 멀리서 온 연수생들이 기거하는 '이즈미관'이 있다. '멀리서 온'이라는 조건이 붙기는 하지만 실상은 와코시에 본가가 없으면 별 무리 없이 기숙사에 들어간다고 들었다. 이즈미관에는 방이 몇백 개나 있어서 거의 모든 연수생을 수용할 수 있다.

아모는 이사 업체 일정이 맞지 않아 입소식과 이사 날짜가 겹치고 말았다. 보통은 기숙사에 들어오고 나서 입소식에 참석하지만 아모는 입소식을 마친 뒤에야 짐을 실어 나르게 되었다.

화재 예방을 위해 기숙사 안에는 개인용 난방 기구와 조리 기구를 들일 수 없다. 연수동에 식당과 매점이 있으니 불을 쓸 일이 없기는 하다. 책상과 침대도 있어서 연수생들은 개인용 침구류와 갈아입을 옷처럼 생활에 필요한 최소한의 물품만 준비하면 됐다.

그러나 취사를 못 한다고 해서 이삿짐이 무조건 가벼워지는 것은 아니다. 특히 사법연수생은 읽어야 할 전문서가 많아서 책과 서류만으로도 종이 박스를 여러 개 채웠다. 아모도 예외가 아니라 이삿짐센터 직원들이 트럭과 방을 여러 번 오갔다.

"이게 마지막이네요."

그렇게 박스를 짊어지고 직원이 방 바로 앞에 왔을 때 예상치 못한 일이 일어났다. 그가 복도에 있는 턱에 다리가 걸려 박스를 떨어뜨리고 만 것이다.

비명을 지를 새도 없이 박스 내용물이 모조리 바닥 위에 쏟아졌다. 문고본 책과 CD 등이 발 디딜 틈이 없을 정도로 복도를 가득 채웠다.

"아, 이런. 정말 죄송합니다."

직원이 손을 뻗어서 물건을 주우려 할 때 아모는 황급히 그를 멈춰 세웠다. CD는 아모의 귀중한 수집품이다. 함부로 다뤄서 케이스에 금이라도 가면 큰일이었다.

"제가 나중에 치울 테니 그냥 가셔도 돼요."

"그런가요. 그럼 부탁 좀 드리겠습니다. 실은 이다음에도 손님분이 기다리고 계셔서."

직원은 마침 잘 됐다는 듯이 계단을 내려가 금세 사라져 버렸다. 복도에는 아모 혼자 남았지만 어차피 전부 자신의 물건이다. 아모는 조심스레 책과 CD들을 줍기 시작했다.

그때 문득 아모의 시야에 다른 사람의 손이 불쑥 들어왔다. 고개를 드니 미사키가 허리를 숙여 CD 케이스를 조심스레 집고 있었다.

"도와드릴게요."

태도와 말투가 그야말로 자연스러워서 차마 거절할 수도 없었다.

"미안."

"아뇨. 제 방이 바로 이 옆방이라서요."

아무래도 이 미사키라는 사람에게는 남이 들으면 제법 놀랄 만한 이야기를 아무렇지 않게 하는 버릇이 있는 듯하다.

"앞으로 잘 부탁드리겠습니다."

아모는 인사까지 선수를 빼앗겨서 점점 더 궁색해졌다.

"이삿짐센터 직원이 박스를 떨어뜨려서."

겸연쩍은 기분을 애써 감추며 빈 박스를 턱으로 가리켰다. 미사키는 박스를 한번 힐끗하더니 "아, 이러면 안 되는데" 하고 중얼거렸다.

"뭐가?"

"박스 밑바닥을 교차해서 접었네요."

"응, 맞아. 테이프를 붙이는 것보다 튼튼하지 않아?"

"아뇨. 이렇게 교차하면 밑면 날개를 구부려야 하잖아요. 그때 접힌 부분이 약해져서 그 사이로 물건이 쉽게 떨어져요. 이런 상태로는 짐을 옮길 때 박스 밑바닥을 일일이 손으로 받쳐야 하니 이삿짐센터 분들도 싫어하죠. 손에 신경을 집중하느라 발을 헛디디기도 하고요."

내가 박스 밑면을 잘못 접어서 조금 전 그 직원이 실수했다는 걸까.

"하지만 테이프 하나만 붙이는 게 더 불안하지 않아?"

"종이 박스는 가운데에 무게가 쏠리기 쉽거든요. 그러니 밑바닥에 테이프를 십자 모양으로 붙여야 해요. 그러면 튼튼해서 물건도 잘 떨어지지 않아요."

"잘 아네. 이삿짐센터에서 아르바이트라도 했어?"

"아르바이트를 해 본 적은 없지만 짐 꾸리기는 프로거든요. 초등학생 때부터 이사를 여러 번 해서."

"……부모님 일 때문에?"

"3년마다, 빠를 때는 더 짧은 간격으로 전학을 거듭했죠. 덕분에 학교 친구들이 늘기는 했지만."

"별로 좋아할 일이 아닌 것 같은데."

"좋아하지 않으면 견디지도 못하니까요."

다행인지 불행인지 아모의 부모님은 두 분 다 자영업을 해서 지금껏 아모는 전학을 가본 적이 없다. 초등학생 때는 전학생을 생경해하며 동경하던 시절도 있었지만 점차 전학 갈 때마다 교과서와 교칙이 달라지면 번거롭겠다고 생각하게 됐다.

"힘들지 않았어?"

"그렇게 생각하지 않으려 했어요."

담담하게 말하지만 조금은 무리하는 것처럼 들렸다.

"실례되는 질문 하나 해도 돼?"

"정말로 실례되는 질문이라면 애초에 묻지도 않겠죠."

"학교 친구들이 늘었다고 했지? 실제로 친하게 지낸 친구도 있어?"

"고등학교 2학년 때 딱 한 명 있었죠. 적어도 저는 친했다고 믿고 있어요."

바로 조금 전까지 미사키에게 품고 있던 적개심이 조금 누그러졌다.

잠시 더 짐을 옮기다가 미사키가 또다시 중얼거렸다.

"CD가 전부 베토벤이네요. 교향곡과 협주곡, 현악 4중주, 피아노 소나타도 유명한 곡이 다 있군요."

"좋아하거든. 곡은 물론이고 베토벤이라는 사람 자체도. 베토벤을 낭만파의 선구자로 평가하는 사람도 있다지만 난 그가 더 위대한 소업을 이룬 사상가라고 생각해."

"사상가 말인가요?"

"베토벤의 교향곡과 피아노곡에서는 오래된 악습을 타파하고 음악을 귀족의 손에서 민중들에게 되돌려 주려는 의지가 느껴지거든. 그게 사상이 아니고 뭐겠어."

"정말로 좋아하시나 봐요."

"아니, 좋고 싫고를 넘어 내 삶의 지침 같은 거야."

최근 들어 다른 사람과 베토벤에 대해 이야기할 기회가 전혀 없었다. 아모는 모르는 사이에 목소리가 점점 커졌다.

"그가 쓴 곡도 그렇지만 베토벤은 인생 자체가 투쟁의 역사이기도 했어. 궁정 음악가와의 투쟁, 사생활과의 투쟁, 그리고 난청과의 투쟁. 베토벤은 늘 투쟁 앞에서 절대 도망치지 않았어. 작곡가와 악성樂聖인 것을 넘어 나한테는 영웅이나 마찬가지야."

"그런가요."

미사키는 동조도 반박도 하지 않고 조금 쓸쓸한 것처럼 웃기만 했다. 그 반응을 보며 아모는 미사키가 클래식과 베토벤에 별로 관심이 없다는 것을 알게 됐다.

"잠깐만 실례할게요."

미사키는 CD를 여러 장 들고 아모의 방으로 들어갔다.

이즈미관에 있는 방들은 콘크리트 위에 벽재를 덮어씌워서 모던한 느낌을 자아낸다. 꼭 교도소 안에 있는 독방처럼 무미건조하다고 하는 연수생도 있다지만 아모는 이렇게 단순한 인테리어가 사법연수원답다고 느꼈다.

"옆방이라고 했지? 어쩌면 소리가 샐 수도 있겠다."

"콘크리트 벽이 두꺼워서 그리 쉽게 샐 것 같지는 않아요. 약간의 소음 정도면 별로 신경 쓰이지도 않고요."

"너도 음악에 관심이 있으면 좋았을 텐데."

그러자 미사키는 "아뇨" 하고 고개를 흔들었다. 몸짓 하나하나가 그림이 된다는 것은 정확히 미사키 같은 사람을 두고 하는 말일 것이다.

"전 따로 취미 같은 게 없답니다."

"아무리 연수생이어도 게임이나 아이돌 음악 정도 즐길 여유는 있지 않아?"

"여유 말인가요."

가볍게 물었는데도 미사키는 진지하게 고민하는 듯했다.

"죄송해요. 전 잘 모르겠네요."

"네 방도 한번 구경해도 돼?"

"적적한 곳이지만 괜찮다면."

아모는 호의를 받아들여 옆방 문을 열었다. 먼저 들어와서인지 미사키의 방은 깨끗이 정돈돼 있었다.

아니, 단순히 깨끗한 것을 넘어 지나치게 깨끗했다.

한쪽 벽면에 배치된 철제 책장에는 법 관련 전문서가 책등 높이를 통일해 가지런하게 꽂혀 있다. 단지 그뿐이라면 사법 연수생의 방으로 흔한 광경이겠지만, 기이한 것은 그 밖의 다른 책은 단 한 권도 보이지 않는다는 점이었다. 책장만이 아니라 방 안을 둘러봐도 포스터는 고사하고 달력 하나 붙어 있지 않다. 잡동사니와 피규어 따위가 없는 것은 물론이고 TV와 오디오 플레이어도 없다. 심지어 벗어 둔 옷 한 장도 보이지 않았다. 사람 사는 곳이라고 믿을 수 없을 만큼 온기라고는 느껴지지 않는 방이다.

"……하나만 더 물어도 돼?"

"네."

"여기 오기 전에도 네 방은 이랬어?"

"그렇게 다를 건 없는 것 같네요."

현역으로 사법 시험을 수석 합격하려면 이렇게 모든 관심을 오로지 시험에만 집중해야 하는 걸까. 아모는 이해하면서도 미사키에게 약간의 연민을 느꼈다. 이성 교제나 음악 감상처럼 또래라면 가볍게 즐길 만한 것들도 모조리 희생해 시험에 임했을 것이 분명하다. 그래야 비로소 만점에 가까운 점수를 받을 수 있는 것이다.

미사키를 향한 적개심은 어느새 완전히 사라져 버렸다.

"옆방에다 같은 조. 이것도 다 인연이겠지."

아모가 그렇게 말하자 미사키는 반가운 것처럼 활짝 미소 지었다.

같은 남자를 앞에 두고 얼굴이 약간 달아오르는 것을 느껴 아모는 당황하고 말았다.

2

같은 조에 방도 옆방이라 아모는 자연스레 미사키와 함께 다니게 되었다. 그리고 함께할 때마다 미사키에게 처음 받은 인상이 하나둘 무너져 내렸다.

현역으로 수석 합격. 아버지는 나고야 지검의 현직 엘리트 검사. 게다가 실제로 만나 보니 돌을 던지고 싶을 정도로 조각 같은 외모. 너무 불공평하지 않느냐고 신에게 외치고 싶을 만큼 완벽한 상대라 별로 맞는 부분도 없을 거라 생각했다.

그러나 미사키는 여러 면에서 정말로 독특했다.

우선 절망스러울 정도로 자기 자신이 어떤 사람인지를 몰랐다. 자신의 외모가 여자들의 눈길을 사로잡는 것을 조금도 눈치채지 못했고 눈치채려 하지도 않았다.

바로 얼마 전까지 육법전서와 참고서를 붙잡고 살았다는 걸 감안해도 뭇 남자들과는 다르다. 시간이 지날수록 같은 반 여자뿐 아니라 다른 반 여자 연수생들까지 미사키를 주목하기 시작했다. 닭장 속의 학이라고 비유하면 다른 사람들이 조금 비참해지겠지만 눈에 띄는 것은 사실이니 어쩔 수 없다. 미사키와 함께 복도를 걷다 보면 옆을 스쳐 가는 사람이 연이어 고개를 돌렸고, 강의실에 있든 식당에 있든 어디서나 여자들의 뜨거운 눈길이 느껴졌다.

"너랑 함께 식당에 있으면 가끔 음식 맛이 안 느껴져."

아모는 닭고기 달걀덮밥을 먹으며 농담 섞어 말했다. 정작 미사키는 그 말이 무슨 뜻인지 알아채지 못하는 듯했다.

"그럼 안 되죠. 요즘 혹시 무리하게 다이어트를 하거나 심한 스트레스를 받았나요? 저도 잘 아는 건 아니지만 영양제나 아연 보충제 같은 게 효과가 있다고 해요."

"아니, 그런 뜻이 아니라 주변 사람들이 신경 쓰여서 식사에 집중할 수 없다는 뜻이야."

"혹시 누가 우리가 밥 먹는 모습을 녹화라도 하나요?"

"아, 다른 사람들이 우리를 쳐다보는 건 아나 보네."

"네, 그건 알아요. 분명 자기가 시킨 음식과 우리가 먹는 음식을 비교하고 있겠죠."

"……야, 억지로 그렇게 틀리기도 힘들겠다. 네가 주목받는다는 걸 정말 모르는 거야?"

"주목받을 이유가 없지 않나요?"

"온갖 곳에서 널 노리고 있다고."

"전 아직 진로도 정하지 않았는데요."

"그러니까 그게 아니라…… 뭐 어쩔 수 없네. 잘생긴 외모에 아버지는 현직 검사. 거기에 미래까지 창창한 남자라면 지금 이럴 때 미리 침을 발라 놔야겠다고 노리는 여자가 많을 테니."

"아아, 그런 이야기였나요."

미사키는 그제야 비로소 이해한 듯했다.

"비슷한 말을 들어 보기는 했습니다. 연수를 마치면 실전에 투입되는데 판검사든 변호사든 모두 바쁘고 업무 시간도 길어서 어물쩍거리다 혼기를 놓친다고 하네요. 그래서 날랜 분들은 연수 기간에 미리 상대를 찾기도 한다고."

"핀트가 좀 어긋나긴 했지만 대충 맞아. 그래서 다들 널 노리고 있다는 말이야."

그러자 미사키는 항복이라는 듯이 두 손을 들어 올렸다.

"아모 씨의 추측이 맞다면 다들 크게 착각하시는 거예요. 결혼 상대로 저만큼 어울리지 않는 사람은 없을 테니까요."

"왜?"

"전 무책임하고 정서도 불안정한 데다가 배려심이 결여돼 있거든요."

농담 아니면 지나친 자기 비하라고 느꼈지만 미사키의 표정을 보니 아무래도 진심인 듯하다. 그래서 더 이해가 되지 않았다. 무책임한 사람이 사법 시험에 수석 합격할 리 없고 정서가 불안정한지는 모르겠지만 정말로 배려심이 없다면 내게 영양제니 아연 보충제를 권하지도 않았을 것이다.

다음으로 미사키는 머릿속에 있는 지식이 크게 한쪽으로 치우쳐 있었다. 사법연수생 중에도 지식이 편중된 사람은 많지만 미사키는 도가 지나쳤다.

이를테면 물리 법칙이나 화학 실험 등은 전문가 수준으로 잘 아는데 철학과 역사, 종교에 관해서는 기초 지식마저 부족해 무려 쇠렌 키르케고르*가 누군지도 즉시 대답하지 못했다. 자연 과학에 비해 인문학 지식량이 압도적으로 뒤떨어졌다.

"정말로 편중된 건 맞아."

---

* 　19세기 덴마크 철학자. 실존주의의 선구자로 불린다.

미사키와 몇 번 대화를 나눠 본 에나미도 어이없어하며 말했다.

"인문학도 그렇지만 정치나 경제 같은 분야에도 전혀 관심이 없잖아."

"법률과 관련된 부분은 별개이기는 해요."

미사키는 자못 당연한 것처럼 대답했다.

"그래도 삼권분립의 대원칙 정도는 압니다."

"초등학생 같은 변명 하지 마. 그리고 방은 또 왜 그렇게 휑한 거야."

"책을 읽고 잠만 자는 곳이니까요."

"아이돌이나 연예인에게도 관심 없지?"

"누가 인기가 있고 뭐가 유행하는지는 모릅니다."

"어떻게 그럴 수가 있어. 아무리 사법연수생이라고 해도 가요 프로그램 하나쯤은."

"집에 TV가 없습니다."

그의 대답을 듣고 에나미뿐만 아니라 함께 있던 모두가 입을 떡 벌렸다.

"사법 시험을 준비하느라 치운 거야?"

"아뇨. 철들 무렵부터 없었죠. 부모님도 TV를 안 좋아하시고요."

"생활에 지장은 없었어?"

"신문을 읽으면 세상 돌아가는 것 정도는 파악할 수 있으니까요. 물론 반 아이들이 하는 이야기를 못 따라간 적은 있는데 그래서 곤란했던 기억은 없네요."

곤란했던 기억이 없다기보다 그저 본인이 스스로 알아차리지 못했을 뿐 아닐까.

"……네 사춘기 시절이 어땠을지 정말 궁금해."

"죄송해요. 사춘기 시절의 기억도 별로 없어서."

그 대답만은 묘하게 이해됐다. 얼굴에 여드름이 난 미사키가 이성 문제로 고민하는 모습은 상상도 되지 않았다.

세 번째로 미사키는 가끔 이상하리만치 신경이 예민하면서도 믿기 어려울 정도로 덤벙거렸다.

어느 날 미사키는 하즈를 보자마자 "어제 집에 다녀오셨죠?"라고 물었다. 그 말을 듣고 하즈는 화들짝 놀랐다고 한다.

"네. 잠깐 볼일이 있어서 다녀왔습니다. 그런데 몇 시간 안 돼 돌아왔고 아무한테도 그 이야기를 하지 않았는데……."

미사키는 하즈가 신은 신발에 증거가 있었다고 설명했다.

"신발에 개털이 붙어 있더군요. 연수원 안에서는 개를 기를 수 없고 이 주변에 낯선 사람에게 살갑게 다가오는 개도 없죠. 하지만 주인이 있는 개라면 달라요. 하즈 씨는 자기 소개를 할 때 개를 기른다고 하셨으니 잠깐 집에 다녀오셨을 거라 추측했습니다."

듣고 보니 단순한 추리지만 증거를 설명해 주지 않았다면 천리안이 있다고 의심했을 것이다. 그러나 그토록 관찰

력이 뛰어난 미사키가 가끔은 양말을 짝짝이로 신을 때가
있었다.

만사가 이러하니 영리한 천재라고 느낀 첫인상은 어느새
유아적 기질이 남아 있는 천재라는 인상으로 바뀌었다. 유아
적 기질이 남아 있다고 느낀 건 미사키가 남녀의 민감한 차
이 같은 것에 터무니없이 무지하기 때문이었다. 너무 사적인
부분이라 아모도 드러내놓고 묻지는 못했지만 가끔 이야기
를 들어 보면 그의 성 관련 지식은 초등학생 수준처럼 느껴
질 정도였다. 그런 미사키를 보며 가족도 아닌 에나미와 하
즈가 진심으로 걱정하듯 말했다.

"물론 이런 건 막상 때가 되면 자연스럽게 신체가 반응하
니 결국 해결되리라 봅니다만, 미사키 씨는 경험 운운하기
전에 기초 지식이 없는 것 자체가 문제 아닐까요?"

"맞아요. 특히 성과 관련된 범죄는 피해 상황을 깊이 이해
해야 해서 지식 차이가 판단에도 영향을 미치기 마련이에
요."

"그런 지식을 미사키 씨에게 알려 줄 자애로운 여성분 어
디 없을까요."

하즈가 그렇게 중얼거린 순간 여자 연수생들 사이에 왠지
뒤숭숭한 분위기가 조성됐다고 한다.

사법연수생에게 가장 크게 요구되는 것은 사법에 대한 깊
은 이해와 실적이다. 따라서 연수생들 사이에서 미사키에 대

한 칭찬은 여전히 자자했지만 그에게도 남들처럼 단점이 있다는 소문이 퍼졌고, 그것은 도리어 좋은 결과를 불렀다. 그동안 미사키와 다른 연수생들 사이를 가로막던 벽이 허물어져 모두가 그에게 부담 없이 말을 걸 수 있게 된 것이다.

아모도 처음에는 미사키를 적대시했지만 2주 정도 지나자 아무렇지 않게 그와 함께 움직일 때가 많아졌다. 남 이야기를 하기 좋아하는 사람들은 뒤에서 아모를 미사키의 보호자라고 부른다고 하는데 아모도 절묘한 별명이라고 느꼈다.

미사키를 지켜보고 있으면 불안할 때가 많았다. 비유가 약간 이상할 수 있어도 꼭 막 태어난 병아리를 들판에 풀어놓은 것처럼 조마조마했다. 그래서 쓸데없는 참견이란 걸 알면서도 저도 모르게 손을 뻗을 때가 많았다.

"늘 제게 친절을 베풀어 주시는 건 감사하지만."

어느 날 미사키는 조심스럽게 입을 열었다.

"제가 그렇게 위험한 사람인가요?"

"갑자기 그게 무슨 소리야."

"제가 누군가와 처음 만날 때 아모 씨가 늘 중간에 서서 직접 접촉을 최대한 막아 주시는 것 같아서요."

"그 반대야. 네가 위험한 게 아니라 상대가 위험해서 그래."

"다 똑같은 연수생과 교수이니 잡아먹히거나 할 일은 없을 것 같은데요."

"처음 만나는 사람들은 널 오해하기 쉬워."

아모는 무심코 어린아이를 타이르는 것처럼 말했다.

"넌 이 세상을 너무 몰라. 수상한 사람에게는 의심 어린 눈길을 보내고 불쾌한 행동을 하는 사람은 가끔 노려봐 주기도 해야 해. 인간은 상대의 반응을 통해 자신이 어떤 사람인지를 깨닫게 되니까. 너처럼 누구에게든 상냥하게 구는 게 정말로 좋은 것인지 고민해 볼 필요가 있어."

"그런가요."

"사법에 종사하는 사람은 어떤 상황에서는 냉정해져야 해. 범죄자를 검거하거나 판결을 내릴 때가 정확히 그럴 때겠지. 상냥하고 자상한 게 꼭 나쁘다고 할 수 없지만 너처럼 하루 종일 다른 사람 앞에서 생글거리다가는 막상 그런 상황에 힘들 수 있다는 말이야."

"그럼 저는 변호사를 목표로 하면 될까요?"

"아니, 그건 내가 곤란하지."

"왜죠?"

"난 검사만을 목표로 하잖아. 나중에 너와 법정에서 맞붙고 싶지 않아."

스스로 생각해도 이기적인 이유지만 반드시 거짓말은 아니었다.

아무리 일이라고 해도 미사키와는 대립하고 싶지 않았다. 마음 문제도 있지만 그걸 넘어 미사키와 논리로 대결해서는 이길 수 없을 거라 생각했다.

극히 자연스럽게 모성 본능을 자극하는데도 적으로 돌리면 도저히 이길 수 없을 것 같은 상대. 그것이 바로 미사키 요스케라는 사람이었다.

3

실제로 미사키는 노력하는 것 자체가 바보처럼 느껴질 만큼 남다른 재능을 선보였다. 사법 시험을 수석 합격한 것부터 이미 그렇지만 눈앞에서 직접 실력을 발휘할 때는 거의 말문이 막힐 지경이었다.

사법 연수는 크게 강의와 실습으로 나뉜다. 다만 강의라고 해서 자리에 앉아서 듣기만 하는 것이 아니라 직접 기안도 작성해야 한다.

구체적인 기안의 내용은 다음과 같다.

· 민사 재판
법률 효력 발생과 변경, 소멸에 필요한 사실(요건 사실)이 있는지 검토한다. 기안에서는 실제 사건을 일부 수정한 자료(백표지본)를 읽고 요건 사실을 가려낸다.

· 형사 재판
백표지본을 읽고 형사 소송법, 형사 소송 규칙에 의거해 판결문을 쓴다. 조문 이해뿐만 아니라 판례도 알고 있어야 내용을 채울 수 있다.

· 검찰

주축은 사실 인정이지만 증거 평가 방식이 다르다. 형사 사건을 소송하는 쪽이니 증거를 다루는 사고방식이 다른 것은 당연하고 그러려면 두뇌 회전 속도가 빨라야 한다.

· 민사 변호

백표지본을 활용해 소장, 답변서, 최종 준비 서면, 보전 신청서 등을 작성한다. 변호를 맡으면 어떤 법률 구성을 채택할지 정해야 하니 광범위한 법률 지식과 유연한 사고가 요구된다.

· 형사 변호

제출된 증거를 평가하고 사실을 수집해 변론 요지를 작성한다. 준비된 백표지본에는 범행 사실과 증거가 빽빽이 기재돼 있는데 그 안에서 변호에 필요한 요소를 추려서 문장으로 완성해야 한다.

다섯 과목 기안에 공통으로 필요한 것은 백표지본에서 최대한 많은 요건 사실(또는 증거)을 찾아내 짧은 시간 안에 정리하는 기술이다. 또한 판사, 검사, 변호사 각각의 입장에 적합한 내용을 작성해야 하고 조문과 판례를 얼마나 많이 암기하고 관련 지식을 갖췄는지가 완성도를 담보한다. 백표지본에 숨겨진 작성자의 의도를 파악하는 통찰력도 요구된다. 기안 작성에 드는 시간은 짧을수록 좋다. 어떤 교수는 다소 위협적으로 경고하기도 했다.

"어쨌든 강의를 들으며 최대한 짧은 시간 안에 내용을 완성해야 한다는 걸 주지하도록. 실습 때 서면 작성을 머뭇거리다가는 무능하다는 낙인이 찍히기 십상이니."

바꿔 말해 그냥 육법전서를 통째로 암기해서 사법 시험에 합격한 사람은 어려움을 겪을 것이라는 뜻이다. 아모도 예외가 아니었고 나름대로 판례도 많이 외웠다고 자부했지만 결과물의 수준은 참담했다.

이렇듯 많은 연수생들이 악전고투하는 와중에 오로지 미사키만 느긋하면서도 완벽하게 기안을 소화했다. 기안 작성 이후에는 강평을 하는데 미사키는 그 누구보다 많은 요건을 수집한 것은 물론 누구보다 빠르게 서면을 완성했다. 똑같은 백표지본을 같은 시간 동안 읽었는데도 오직 미사키만 다른 안목을 지녔고 시간을 자유자재로 쓰는 것처럼 느껴지기도 했다.

일례를 들면 검찰 강의 때 미사키는 백표지본에 있는 무수한 물증 중 검찰 측에 결정적인 잔류 지문 하나를 찾아냈다. 다른 연수생이 상황 증거만으로 기소 사실을 굳혀 가고 있을 때 범인이 아니면 해당 지문을 남기지 못했을 거라는 사실을 논리적으로 간파했다.

"이러면 곤란한데."

검찰 강의를 담당하는 간바라 교수는 놀라움을 감추지 못했다.

"이 문제는 매년 일부러 연수생들의 기를 꺾으려고 내는 문제야. 읽어 보면 알겠지만 사안은 쇼와* 시대에 일어난 강도 살인 사건. 당시 DNA 감정을 했지만 지금처럼 기술 수준이 높지가 않아서 백표지본에는 일부러 생략했다. 현실에서는 DNA 감정에 치명적인 오류가 나와서 용의자가 원죄** 피해자가 됐지."

원죄라는 단어를 듣고 강의실 안이 찬물을 끼얹은 것처럼 조용해졌다.

"현장에 남아 있던 증거를 꼼꼼히 검증했다면 수사진도 함정에 빠지지는 않았을 거야. 그러나 상황 증거가 갖춰진 것으로 모자라 DNA 감정 결과까지 일치했으니 일을 졸속으로 처리하고 만 거다. 1심은 피고인에게 징역 18년의 판결을 내렸다. 그리고 그로부터 5년이 지나 청구된 재심에서 DNA 감정이 새로 이뤄졌고 그때는 피고인의 지문과 일치하지 않는다는 결과가 나왔어."

수준 낮은 DNA 감정 때문에 억울한 피의자가 생겼다는 것은 아모도 몇몇 사례를 통해 알고 있었다. 그러나 자료로 제시된 백표지본이 정확히 그런 사례일 줄은 상상도 못 했다. 아마 다른 연수생도 마찬가지였을 것이다.

"이 사례에서 주목해야 할 것은 상황 증거만으로 범행을 단정 짓지 않고 철저히 논리적인 사고를 중시해야 한다는

---

*   1926년부터 1989년까지의 일본 연호.

**   억울하게 뒤집어쓴 죄.

것. 원래라면 모두들 이 함정에 빠져서 좋은 교훈을 얻어 가곤 하는데…… 올해는 내가 당하고 말았군. 다시 한번 말하지만 정말로 훌륭해."

다섯 명의 담당 교수 중에 간바라는 특히 연수생들의 공포 대상이었다. 태도나 말씨가 거칠어서가 아니라 평소 연수생들 앞에서 위엄 있는 모습을 보이며 연수생들을 거의 칭찬하지 않기 때문이다.

그런 간바라가 패배를 인정한 순간, 미사키에 대한 60기 사법연수생들의 평가도 확고히 굳어지고 말았다. 수석 합격이라는 성적과 복 받은 가정환경, 거기에 날카로운 관찰력까지 갖춘 그에게 모두가 탄복했다.

아모는 솔직히 조금 아니꼽기도 했다. 재판과 변호 쪽이면 몰라도 가장 자신 있다고 자부한 검찰 강의에서도 이토록 실력 차이가 드러나니 맥이 풀렸다. 간바라에게 훌륭하다고 칭찬받아도 미사키가 별로 기뻐하는 것 같지 않아 더욱 거슬렸다.

강의가 끝나자마자 간바라가 교단을 내려와 연수생들 쪽으로 걸어왔다. 목표는 말할 것도 없이 미사키였다.

"잠깐 시간 괜찮나?"

주변에 아모를 비롯한 같은 조 연수생들이 있는데 신경 쓰는 기색이라고는 없다.

"다시 한번 말하지만 자네의 이번 기안은 아주 훌륭했어.

2년마다 한 번씩 같은 문제를 내는데 만점에 가까운 기안이 나온 건 정말 오랜만이야."

"그런가요."

"혹시 어디서 판례를 본 적이 있나? 기존 출간물에는 실려 있지 않을 테고 격년으로 출제하고 있으니 선배가 귀띔해 줬을 리도 없을 텐데."

간바라는 의미심장한 표정으로 미사키에게 얼굴을 밀착했다.

"혹시 자네 아버지…… 미사키 교헤이 검사님께 배웠나?"

"아뇨."

미사키는 침착하게 부인했다.

"반강제로 육법전서만 읽히셨고 제게 직접 뭔가를 가르쳐 주신 적은 없습니다. 저도 아버지의 일에 대해 따로 묻지 않았고요."

"그럼 아버지의 모습을 보고 배운 건가?"

"모습을 보고 배우다……."

미사키는 곤란한 것처럼 대답을 망설였다. 같은 조가 된 지 2주 동안 미사키는 이따금 이런 표정을 보일 때가 있었다. 머리가 똑똑하고 매사 빈틈없는 것 같지만 칭찬받는 상황에 익숙하지 않은지 마치 길을 잃은 어린아이 같은 표정을 짓는 것이다. 지금껏 귀에 못이 박힐 정도로 칭찬받았을 텐데 왜 이리 어색해하는 걸까.

"교수님이 원하시는 대답을 못 드려서 죄송하지만 저희 아버지는 집에서는 일 이야기를 일절 안 하십니다. 비밀 엄수 의무가 있는 이야기가 대부분이어서."

"아, 그건 그렇겠군……. 하지만 사법 시험을 열심히 준비하면서 이쪽 세계의 선배인 교혜이 검사님께 이것저것 영감을 받았을 것 같은데."

"집 안에서는 어디에나 있을 평범한 아버지십니다. 영감은 오히려 아버지가 아닌 다른 것들에서 받았죠."

그러자 이번에는 간바라가 곤란해하는 표정을 지었다.

"나도 교혜이 검사님을 몇 번인가 뵌 적이 있지. 검사의 귀감이 되는 분이셨어. 그분과 한 지붕 아래에 살면서 아무것도 배운 게 없다는 말은 도무지 납득이 안 되는데."

"집 안에서는 검사님이 아니니까요."

"그럼 그 수많은 판례와 예리한 관찰력을 전부 스스로 배우고 익혔다는 뜻인가?"

여기 있는 다른 사법연수생들도 다 마찬가지예요. 아모는 말이 목구멍까지 차올랐지만 간신히 집어삼켰다.

"이렇게 되물어도 될지 모르겠지만, 그럼 간바라 교수님은 자택에서 자녀를 직접 지도하시나요?"

"우리 아이는 사법 시험을 볼 만한 인재가 아니어서……. 반격하는 방식도 아주 날카롭군. 그래, 그렇게 나오면 내가 할 말이 없지. 미안했네. 조금 전 질문은 잊어 주게."

간바라는 그 말을 끝으로 빠른 걸음으로 강의실을 나갔다.

"다른 분도 아니고 간바라 교수님이 도망치다니."

하즈가 간바라의 뒷모습을 눈으로 좇으며 놀란 것처럼 말했다.

"판사나 연수원장이면 몰라도 연수생 앞에서는 절대 고집을 꺾을 분이 아니라고 생각했는데 말이죠. 이로써 미사키 씨의 전설이 또 하나 늘었네요."

"그만하세요."

미사키는 하즈에게 눈을 살짝 흘겼다.

"당사자가 엄연히 살아 있는데 전설 운운하는 건 좀 그렇지만."

에나미가 끼어들었다. 어쩐지 즐기는 듯 보이는 것은 궁지에 몰린 간바라를 목격해서일까. 아니면 미사키가 곤란해하는 표정을 봐서일까.

"조금 전 교수님과의 대화를 우리만 들은 게 아니잖아. 미사키가 원하든 원치 않든 미사키 요스케 최강의 전설은 순식간에 퍼질 거야."

에나미는 손가락을 뒤로 향했다. 돌아보니 다른 조 연수생들이 네 사람을 힐끔거리며 뭔가 속닥거리고 있다. 전설이 만들어지는 과정을 알 수 있는 광경이었다.

"그것만은 정말로 사양하고 싶습니다."

"왜? 실력으로 눈에 띄는 게 꼭 나쁜 건 아니잖아. 대체 뭐가 그렇게 마음에 안 들어?"

갑자기 예상치 못한 전개가 펼쳐진 것 같아 아모는 흥미가 동했다. 옆을 보니 하즈도 몸을 약간 앞으로 뺀고 있다.

"함께한 시간이라고 해 봐야 고작 2주지만 네가 누구보다 뛰어나다는 건 이미 모두가 알고 있어. 사법 시험 결과만 봐도 그렇고 어릴 때부터 네가 집 안에서 배내옷 대신 법복을 입고 자란 듯한 아이라는 걸 다 안다는 소리야. 그래서 미안하지만 나도 너희 아버지 경력이 궁금해서 인터넷에서 검색해 봤어."

미사키는 지금 마치 죽은 물고기 같은 눈빛을 하고 있다. 평소에는 볼 수 없는 희귀한 표정이라 아모는 무심코 웃음을 터뜨릴 뻔했다.

"여러 지검을 돌아다니시다가 지금은 나고야 지검의 삼석 검사이자 에이스로 칭송받고 있다더라. 그리고 다음 인사이동 때는 차장 검사에 오를 수도 있대. 소설에나 나올 법한 전형적인 엘리트 검사님이시잖아."

에나미의 말은 사실이다. 실은 아모도 인터넷에서 미사키 교헤이 검사의 경력을 검색해 봤다. 미사키에게 관심 있는 연수생들은 대부분 비슷하지 않을까.

"처음에는 사람들이 부모님 덕을 본다고 생각하는 게 싫은가 싶었는데 아버지 이야기가 나올 때 얼굴을 찌푸리는 걸 본 적이 없으니 그것도 아니겠지. 칭찬받는 게 뭐가 그렇게 불만스러워?"

"저도 늘 이상하기는 했습니다."

이번에는 하즈가 질문 역할을 맡았다. 아모는 자신도 궁금했던 것들을 두 사람이 대신 물어 줘서 그냥 가만히 지켜보기로 했다.

"처음에는 미사키 씨가 너그럽고 겸허한 분이라고 생각했습니다. 아니, 물론 지금도 그 생각이 틀렸다고는 생각하지 않습니다. 그런데 사람들이 수석 합격한 것을 옆에서 추켜세우거나 까다로운 교수님께 칭찬을 들어도 미사키 씨는 전혀 기뻐하지 않더군요. 그러기는커녕 뭔가 곤혹스러워하는 것처럼 보이기도 했습니다. 물론 그게 뭐가 문제냐고 생각하실 수도 있겠죠. 칭찬받고 기뻐하든 싫어하든 무슨 상관이냐고 하실 수도 있습니다. 맞습니다. 저도 그건 압니다."

하즈의 목소리가 뒤로 갈수록 열기를 띠었다.

"그러나 대단히 실례될 수도 있는 말이지만, 미사키 씨 정도의 재능과 자질을 갖추지 못한 저희 같은 평범한 이들은 칭찬과 선망의 눈길을 순수하게 받아들이지 못하는 사람이 고까워 보이기 마련입니다. 고고하고 초연하게 타인의 평가 자체를 거부하는 모습이 이 세상을 혼자서만 살아가는 사람처럼 보이는 겁니다."

하즈는 올해 3월까지 자동차 제조업체에서 일하며 사법 시험에 계속 도전해 왔다. 본인 말로는 20대 후반부터 사법 시험을 보기 시작했고 그전에 가정을 꾸렸으니 가족을 부양하기 위해서라도 어쩔 수 없이 일을 해야 했을 것이다. 즉 회사원으로 일하다가 자연스럽게 법조계로 전직했다기보다 시험을 보기 위해서 생업을 이어 갔다고 해야 맞는다.

사법 시험에 십여 번을 도전하며 악전고투해 온 하즈에게 미사키 같은 사람은 눈부실 것이다. 그러나 길을 밝혀 주는 정도면 모를까 눈이 시릴 만큼 빛이 강렬하다면 인간은 빛을 발산하는 광원 자체를 거북하게 느끼게 된다.

"더 심하게 말하면 미사키 씨가 그렇게 초연하게 굴수록 저 같은 사람은 왠지 우롱당하는 기분이 듭니다."

상상도 못 한 고백이었을 것이다. 미사키는 소스라치게 놀라는가 싶더니 잠시 후 초라해 보일 만큼 풀이 죽어 버렸다.

"그럴 의도는 전혀 없었습니다만……."

"물론 미사키 씨는 티끌만큼도 그런 생각이 없었겠죠. 하지만 제가 그렇게 느끼는 거니 미사키 씨가 어떻게 생각하는지와는 상관없습니다."

"죄송합니다."

미사키는 주저 없이 고개를 숙였다. 그러자 하즈는 순간 꿈에서 깨어난 사람처럼 당황하기 시작했다.

"아뇨, 죄송하다뇨. 미사키 씨를 비난하려고 한 말은 아닙니다. 전 그저 미사키 씨의 의젓한 모습을 볼 때마다 괜한 열등감이 들어서."

시간이 갈수록 하즈의 얼굴이 붉게 달아올랐다. 그러다 끝내 못 견디겠는지 그는 도망치듯 자리를 떴다.

"아, 드디어 사고를 쳤네."

에나미는 하즈의 뒷모습을 바라보며 안타까운 듯이 탄식했다.

"하즈 씨는 말이지. 나이가 마흔이 넘었는데 정신연령은 여전히 20대 언저리에 머물러 있는 것 같아."

에나미는 미사키에게 동의를 구하듯 말했다.

"사법 세계를 동경했지만 삶에 쫓기느라 사법 시험에 열 번 넘게 도전한 사람이야. 육법전서뿐만 아니라 삶 자체와도 싸워야 했겠지. 그런 사람 눈에 모든 것을 다 가진 듯한 너 같은 사람은 못마땅할 거야."

"전 잘 모르겠네요."

"네가 그렇게 둔감한 것도 모진 풍파를 겪어 온 사람에게는 거슬리는 포인트일 수 있어."

에나미가 쐐기를 박자 미사키는 더욱더 힘이 빠졌다.

"오늘 아니면 늦어도 내일까지 하즈 씨는 네게 다시 사과하러 올 거야. 정신연령은 20대여도 상식은 있는 사람이니까 그때는 웃는 얼굴로 용서해 줘. 이건 연장자로서 내 부탁이야."

그 말을 끝으로 에나미도 자리를 뜨자 미사키는 도움을 청하듯 아모를 봤다.

"전 어떡해야 좋을까요."

"내 의견이 궁금해?"

"아모 씨도 저보다 연장자시니까요."

"조금 더 잘난 척을 하면 돼. 금수저답게 주변을 내려다보며 기세등등하게 걷는 거야. 무식한 연수생이 있다면 조금 깔봐 줘도 좋고."

"그러면 반감을 사지 않을까요?"

"그래. 반감을 사겠지. 누군가는 기피하고, 두려워하고, 널 미워하는 사람도 생길 거야. 하지만 그게 바로 정상에 있는 사람이 감내할 의무이자 숙명이야. 목표라는 게 대부분 그렇지 않아?"

독설처럼 들리겠지만 아모의 본심이었다.

"기왕 말이 나온 김에 한마디 더 하자면, 넌 정상에 있는 사람으로서의 자각이 너무 부족해."

역시 진심에 가까운 말이지만 이 말에는 시샘도 약간 섞였다. 하즈도 지적했듯 미사키처럼 누가 봐도 두각을 나타내는 사람이 겸손하게 굴어 봐야 아니꼬울 뿐이다. 차라리 당당히 가슴을 펴고 아랫사람들을 흘겨봐 주는 게 더 자연스럽다. 그러면 상대는 이 오만한 인간과 같은 위치까지 올라가 그를 추락시키겠다는 목표를 품을 수도 있다.

"자각 말인가요."

미사키는 스스로 묻는 것처럼 중얼거리고 잠시 후 조심스럽게 아모를 마주 봤다.

"아모 씨가 늘 저를 걱정해 주시고 지금 해 주신 말도 소중한 충고라는 건 알아요. 자각이 부족하다는 그 말씀도 맞겠죠."

"그러니까 그렇게 걸핏하면 고개 숙이지 말라니까. 네 머리는 그렇게 굽실거리라고 있는 게 아니야. 너 자신을 싸구려로 만들지 마."

"싸구려로 만들 생각은 없지만…… 그래도 전 역시 거들먹거리거나 다른 사람을 얕보지는 못할 것 같아요."

"왜?"

"그런 건 제 성미에 맞지 않으니까요."

아모는 무심코 고개를 끄덕였다. 미사키가 거만하게 구는 모습은 상상이 되지 않는다.

"그리고 조금 전 하즈 씨가 하신 말씀 중에 제가 칭찬과 선망을 순수하게 받아들이지 못한다는 이야기가 있었는데, 그 역시 비난받을 각오로 변명하자면 정말로 곤란하기 때문이에요."

"뭐가 그렇게 곤란한데?"

"칭찬받고 싶지 않은 부분을 칭찬받아 봐야 기쁘지 않으니까요."

이번에야말로 아모는 미사키라는 사람을 종잡을 수 없다고 느꼈다.

사법 시험은 이 나라에서 치르는 가장 어려운 시험 중 하나다. 일단 합격만 하면 그 이후 인생은 거의 보장되는 거나 마찬가지다.

　그러나 미사키는 현역으로 이런 시험에 수석 합격한 것을 칭찬받고 싶지 않다고 한다. 현직 검사이기도 한 사법연수원 교수의 눈에 들어도 선망의 대상이 되고 싶지 않다고 한다.

　그럼 미사키는 도대체 무얼 칭찬받고 싶은 걸까.

　"어쩌면 제가 정말로 오만한 건지도 모르겠네요."

　미사키는 뜻밖의 말을 입에 담았다.

　"칭찬받아도 기쁘지 않다는 건 바꿔 말해 다른 사람의 평가 따위 신경 쓰지 않는다는 말이니까요. 하지만 그렇다고 제가 다른 분들을 깔보거나 업신여기는 건 아니에요. 그것만은 믿어 주세요."

　평소에는 연수생들을 거의 칭찬하지 않는 간바라 교수가 미사키에게 절찬을 아끼지 않았다는 소문은 그날 연수원에 널리 퍼졌다. 사법 시험 수석 합격 소문이 이미 그전에 퍼졌으니 하즈의 말을 빌리자면 전설에 보충 재료가 덧붙었다고 해야 할까.

　잘생긴 외모에 간바라 교수의 평가까지 더해져 연수생들은 미사키를 더 동경의 눈빛으로 바라봤다. 정작 당사자는 여자들이 크게 착각하는 거라고 했지만 수려한 외모에 전도까지 유망하면 대부분 마음이 끌리기 마련이다.

법조계 사람들 사이에서는 사법연수생 시절에 결혼 상대를 미리 정해 두라는 이야기가 조언처럼 도는데 농담이 아니라 민사 변호 담당 교수가 강의에서 직접 강조하기도 했다. 법조계에 종사하다 보면 돈은 많이 벌어도 일에 매이는 시간이 길어서 이성을 만날 기회가 좀처럼 없다고 했다.

"여러분도 대략 들어서 알겠지만 변호사들의 실제 혼인률을 들으면 경악할 겁니다."

민사 변호 교수는 그야말로 진지하게 말했다.

"뉴스와 신문에서는 흔히 수입과 혼인률의 상관관계가 높다고 보도되지만 그건 아주 일반적인 이야기죠. 법조계 종사자들은 평균 수입이 높은데도 독신이 적지 않은 편입니다. 제 편견이면 다행이겠지만 시험공부에만 매진하느라 학창 시절에 이성을 대하는 법 같은 것을 못 배운 탓이겠죠. 전 다행히 마흔이 넘어서 반려자를 찾았지만 그전까지는 저도 제법 고생했습니다. 노파심에 미리 말씀드리자면 최대한 이 안에 있을 때 상대를 찾으십시오. 같은 연수생이면 적어도 경제적인 면은 보장되기도 하고요."

연수생들은 교수의 심각한 얼굴을 보며 마른침을 삼켰다. 그날 이후 여자 연수생 중 몇 명은 유독 낯빛이 달라져서 미사키에게 더 과감히 접근했다.

"저기, 형사 변호 기안 때문에 물어볼 게 좀 있는데."

"미사키는 나중에 뭘 지망할 거야? 역시 아버지와 같은 검사이려나?"

"이번 주말에 혹시 시간 있니?"

다행인지 불행인지 그녀들이 미사키에게 접근할 때는 대부분 아모가 미사키 옆에 있었다. 중, 고등학교 시절을 어떻게 보냈는지 몰라도 미사키는 이성 앞에서도 머뭇거리지 않고 솔직담백했다. 아니, 그걸 넘어 이성에 대한 관심을 얼굴에 전혀 드러내지 않았다. 그러다가 상대가 계속 노골적으로 치근덕대면 느닷없이 저자세가 된다. 그럴 때는 아모가 어쩔 수 없이 옆에서 미사키의 입장을 대변해 줬다.

"미안한데 아무리 그래도 얘의 환심을 살 수는 없을 거야."

"뭐야, 네가 무슨 상관인데?"

"물론 상관은 없지만 늘 헛수고로 끝나는 밀고 당기기를 옆에서 보다 보면 너라도 지겹지 않겠어? 미리 말해 두는데 얘는 목석 중의 목석이야. 네가 아무리 추파를 던져도 안 통해."

"지금 그 말, 성희롱 아니야?"

"그 성희롱마저 성립하지 않는다니까. 모르겠어? 미사키는 너희 같은 여자들을 볼 때 제일 먼저 손가락을 봐. 평범한 남자라면 무심코 가슴이나 허리 쪽에 시선이 갈 텐데 말이야."

"젠틀하고 좋네, 뭐. 내 이상형이야."

"미사키는 장래가 촉망되는 수준을 넘어서 우리 중 그 누구보다 똑똑하고 우수해. 여자라는 점을 무기 삼아 봐야 하나도 도움 안 되는 상황에서 너는 뭘로 애한테 어필할 건데?"

그렇게 충고하면 여자 연수생들은 아모를 날카롭게 노려보다가 잠시 후 말없이 사라졌다. 이런 상황이 수없이 반복되다가 어느덧 아모가 미사키의 보호자가 돼 버렸다는 것은 앞에서도 언급한 바 있다.

"내가 왜 너 때문에 여자들한테 미움받아야 해?"

"저도 죄송스러워요."

"이것 봐. 또 사과한다. 그냥 사과하면 네 마음이 편하니 그러는 거지?"

"말도 안 돼요. 전 그저 어휘력이 부족해서."

"교수 질문에 항상 막힘없이 대답하는 녀석이 할 소리는 아닌 것 같은데. 그보다 조금 전에도 말했지만 넌 정말 여자를 볼 때 가장 먼저 손가락을 보더라. 혹시 손가락에 페티시즘이라도 있어?"

"그냥 버릇 같은 거예요. 손가락을 보면 손톱 손질과 피부 갈라짐 정도로 평소 생활 태도와 성격을 조금은 알 수 있거든요."

"네가 셜록 홈스라도 돼?"

"입은 거짓말을 해도 몸은 거짓말을 하지 않아요. 명탐정 흉내를 낼 생각은 없지만 처음 만나는 사람이 어떤 사람인지 판단하는 데 효과적인 방법이예요."

"……그냥 음흉한 눈빛으로 보는 우리 쪽이 더 건전한 것 같은데."

그러자 미사키는 천진난만하게 미소 지었다.

그래, 이 미소다.

미사키를 지켜보고 있으면 가끔 질투가 나고 압도적인 능력 차이 때문에 절망하기도 한다. 그래도 아모가 미사키를 미워할 수 없는 것은 바로 이 미소 때문이었다.

4

"아무리 봐도 이즈미관에 사는 사람 같지 않지?"

미사키가 자리를 뜨자 아모 옆에 앉아 있던 에나미가 불쑥 내뱉었다.

"어떨 때 보면 히카리관에서 사는 판사 같기도 하다니까. 같은 연수생 대우를 받아도 괜찮은지 양심에 찔릴 정도야."

"저도 동감입니다."

에나미의 푸념에 하즈가 동의했다. 식당에서 누가 엿들을 수도 있지만 미사키에 대한 이야기라면 괜찮다고 판단한 듯하다.

"미사키 씨를 관찰하다 보면 교수님 강의를 별로 열심히 듣는 것 같지도 않더군요. 그런데 기안은 누구보다 빠르게 작성하는 데다가 완벽하죠. 그전에 교수님 강의를 이미 여러 번 들어서 외운 느낌입니다. 간바라 교수님 앞에서는 부인했지만 역시 어릴 때부터 아버지께 계속 개인 지도를 받았다고 해석할 수밖에 없어요."

"아니, 그건 아니에요."

아모는 딱 잘라 부정했다.

"연수원 안에서 미사키 씨와 가장 가까이 지내니 아시는 건가요?"

"물론 저도 가정환경을 꼬치꼬치 캐물은 적은 없어요. 하지만 미사키가 하는 말을 들어 보면 아버지 영향을 받은 느낌은 전혀 안 들더라고요. 엘리트라고 칭송받는 검사가 집에 돌아와 아들을 가르칠 여유도 없었을 테고 미사키는 오히려 아버지를 별로 좋아하지 않는 것 같기도 해요."

"네? 나고야 지검의 에이스라고 불리는 현직 검사님이잖아요. 그렇게 대단한 아버지를 왜 싫어하겠어요?"

"대단한 아버지니까."

옆에서 에나미가 의미심장한 얼굴로 대답했다.

"아버지가 대단할수록 아들은 위축되거든요."

"아뇨. 아버지를 넘어야 할 산으로 보고 더 열심히 하는 사람도 많습니다."

하즈의 말에는 그 자신의 바람도 섞였겠지만 아모도 동감했다. 그렇지만 에나미의 일반론도 아예 부정할 수는 없다. 아마 둘 다 맞는다고 해야 할 것이다.

그래서 아모는 이렇게 대답했다.

"두 사람 다 맞으면서도 틀린 것 같아."

"무슨 말인지 모르겠네요, 아모 씨."

"미사키라는 사람을 자꾸 일반론에 끼워 맞추려고 하니 이상해지는 것 같아요. 차라리 우리와는 아예 다른 생명체로 봐야 하지 않을까요? 아버지가 아무리 엘리트여도 나는 나만의 길을 갈 것이다. 그러니 이것저것 참견하는 아버지가 싫을 수도 있겠죠."

아모의 설명을 들은 두 사람은 만족스럽지는 않아도 이해한 것처럼 고개를 끄덕였다. 미사키를 천재로 떠받들기가 아모도 거북스럽지만 천재라고 결론 내리면 굳이 자신과 비교하지 않아도 되니 오히려 편해진다.

"애초에 백표지본만 보고 기안을 작성하려면 판례에 관한 지식 외에도 감각이라는 게 있어야 하지 않겠어요? 그건 아버지가 아무리 개인 지도를 하며 아들을 닦달한다고 길러지는 게 아니에요. 걔의 발상과 문제 해결 능력이 우리와 차원이 다르다는 걸 모두 느끼고 있잖아요."

"인정할 수밖에 없네요."

하즈는 얼굴을 찌푸렸다. 오랫동안 사법 시험에 도전해 온 하즈는 이른바 노력형 인간일 것이다. 그런 사람 눈에 미사키 같은 천재형 인간은 탐탁지 않을 수 있다.

"저도 재수를 해 봐서 알지만 사법 시험 성적은 노력에 따라 일정 점수는 확보할 수 있어요. 물론 그 노력도 어중간해서는 안 되죠. 하지만 매일같이 밤새우며 코피가 나도록 노력해도 따라잡을 수 없는 영역, 평범한 사람이 아무리 안달내고 욕심부려도 도저히 넘볼 수 없는 수준이라는 것도 존재하기 마련이에요. 그건 두 사람도 알지 않나요?"

하즈와 에나미는 그 말에도 마지못해 고개를 끄덕였다. 꼭 아모가 지적하지 않아도 미사키와 같은 강의실을 쓰는 사람이라면 누구든 깨닫게 되는 진리다.

"스포츠처럼 한눈에 드러나지는 않아도 모든 세계에는 다 천재가 있는 것 같아요. 우리는 우연히 그런 천재와 함께 여기에 들어온 거고요."

"불운일까? 행운일까?"

"둘 다겠지. 걔랑 비교하면 불운이지만 걔를 아예 다른 생명체로 결론짓고 옆에서 개의 지식 같은 걸 흡수할 기회로 삼으면 행운일 테고."

미사키는 다섯 과목에서 모두 걸출한 재능을 보였는데 그중 가장 눈에 띄는 것은 검찰 강의였다. 아모는 거의 즉흥적으로 미사키를 셜록 홈스에 비유했지만 아예 터무니없지는 않았다. 다른 연수생들이 간과한 작은 단서들을 미사키는 절대 놓치지 않았다.

간바라는 무심코 미사키를 칭찬한 뒤로 되도록 칭찬을 삼갔지만 그래도 미사키가 제출한 기안을 평가할 때 감점 요소는 단 한 번도 입에 담지 않았다.

"그런데 요즘 교수들 사이에서 미사키 이야기가 나오지 않는 걸 보면 이제는 정말로 사태를 진지하게 보고 있을지도 몰라."

소문은 역시 여자들이 빠르다. 에나미는 출처를 알 수 없는 소문들을 아모와 하즈에게 들려주었다.

"교수실에서 간바라 교수가 다른 교수에게 이렇게 말했다고 해. '10년에 한 번 나올까 말까 한 인재다. 연수 기간이 끝나면 우리가 꼭 거둬야 한다'라고."

간바라 교수는 사이타마 지검에서 근무하는 현직 검사다. 우수한 신입을 데려가면 사이타마 지검에 득이 되는 것은 물론 간바라도 공을 세울 수 있다. 졸업 전에 서둘러 미사키와 계약을 맺고 싶은 마음이 이해가 된다.

검사 외에 다른 선택지가 없는 아모는 슬금슬금 질투심이 고개를 들었다. 직접 오퍼를 받는 것이니 임관 이후의 길도 보장되는 거나 마찬가지다. 큰 실수 없이 성실하게 일해 나가다 보면 출세 에스컬레이터 위에 올라탈 것이다. 아모는 자신은 그런 사람이 될 수 없다는 초조감 때문에 애가 탔다.

"그런데 간바라 교수님이 아무리 간절히 원해도 정작 미사키 씨가 원하지 않으면 그냥 짝사랑 아닐까요?"

"그건 그래요."

"미사키 씨는 도대체 어떤 길을 선택할까요?"

하즈가 그렇게 물어도 아모와 에나미 모두 고개를 흔들었다. 새삼 떠올려 보면 미사키에게 진로를 묻지 않았고 본인 입을 통해서 들은 적도 없다.

"제가 보기에 미사키 씨는 날카로운 관찰력을 지녔으니 검사의 길을 걷는 게 가장 성공적일 것 같은데 말이죠. 다른 사람의 신발만 보고도 집에 다녀온 걸 알아채는 분이에요. 검사가 안성맞춤일 거예요."

"나도 동의. 그런데 미사키가 검사를 목표로 한다면 변호사가 되는 건 생각을 좀 해 봐야겠네요. 그런 사람을 적으로 두고 변호할 배짱은 아직 없거든요."

강의를 듣다 보니 형사 재판에서 검찰과 변호인 측의 입증 능력에는 엄연한 차이가 있음을 알게 됐다. 검찰은 수사권이 있어서 대면 조사는 물론 사건과 관련된 모든 증거를 확보할 수 있다. 그러나 수사권이 없는 변호인은 법정에 제출된 자료만 검토해야 한다. 구속 중인 피고인이 스트레스와 압박에 시달리는 것도 마이너스 요인이고 애초에 유죄율 99.9퍼센트인 작금의 일본에서 변호인의 패배는 정해져 있다고 할 수 있다. 정말로 사안을 다툴 거면 어떤 식으로 얼마나 크게 패배할지를 걱정해야 하지 않을까.

그렇게 압도적으로 불리한 상황에서 미사키가 담당 검사라면 변호인석에 앉는 건 '나 잡수시오' 하는 거나 마찬가지다. 아모는 전에 미사키에게 자신이 기소한 안건은 변호를 맡지 말아 달라고 미리 부탁하기는 했지만 이는 그보다 더 최악인 경우다.

"사법연수원에서 다른 사람의 진로를 이렇게 걱정하게 될 줄은 꿈에도 몰랐는데 미사키를 보고 있으면 어쩔 수 없는 것 같아."

에나미의 정보망에 따르면 간바라만큼 노골적이지는 않아도 교수 대다수가 미사키를 좋게 평가한다고 한다. 다시 말해 간바라뿐만 아니라 모든 교수가 미사키를 '10년에 한 번 나올까 말까 한 인재'라고 생각한다는 것이다.

실제로 미사키가 제출한 기안을 부정적으로 평가하는 교수는 거의 없었다. 실습을 받기 전부터 이토록 완벽하게 내용을 작성하는 사례가 없다고 했다.

그런데 미사키의 기안을 부정적으로 평가하는 교수가 '거의' 없었다는 말은, 바꿔 말해 예외도 있었다는 뜻이다.

그 일은 형사 재판 강의 때 벌어졌다.

백표지본에 제시된 사례는 강도 사건이었다. 기타큐슈 시내 주택가에서 일어난 사건인데 체포된 사람은 67세 남성 A. 그는 전과가 있었고 출소 8일 만에 다시 범행을 저질렀다.

강도와 절도죄는 범행에 폭행과 협박 수단이 있었는지 여부로 갈린다. 피고인 A는 가정집에 침입해 당시 집 안에 홀로 있던 45세 주부를 폭행해 전치 1개월의 부상을 입히고 현금 1만 4천 엔과 카드 여러 장을 빼앗은 후 도망쳤다.

체포에 이른 경위는 맥이 빠질 만큼 어처구니가 없었다. 피고인 A는 훔친 교통 카드를 편의점에서 쓰려다가 카드에 새겨진 피해 여성의 이름을 보고 수상히 여긴 직원의 신고로 체포됐다.

　범행 현장에 남은 지문과 머리카락은 피고인 A와 일치했다. 경찰과 검찰의 대면 조사에서도 피고인 A가 범행을 스스로 자백해서 재판에서는 양형을 다투게 되었다.

　강도죄의 법정 형량은 5년 이상의 유기 징역이고 집행 유예가 붙지 않는다(집행 유예가 붙는 경우는 대부분 3년 이하의 징역, 금고 또는 50만 엔 이하의 벌금 같은 가벼운 형이다). 피고인 A가 재범이었고 피해 여성의 상해 정도를 감안해 검찰은 징역 15년을 구형했다. 반면 변호인은 법정형의 하한인 징역 5년을 주장했다.

　제출된 자료에서 유의해야 할 점은 크게 두 가지였다. 하나는 피해 여성의 진료 기록으로 그 안에는 사건 직후 찍은 상해 부위 사진이 첨부돼 있어 참상을 고스란히 전했다. 보기만 해도 통증이 느껴지고 피해 여성에게 감정을 이입할 수밖에 없는 자료였다.

　또 하나는 변호인 측이 내세운 증인이다. 피고인 A의 신원 보증인을 맡은 갱생 보호사가 재판정에 나와 A가 소심한 성격의 소유자고 출소 후 일자리를 좀처럼 구하지 못해 우울해하고 있었다는 당시 상황을 자세히 들려준 것이다.

기안의 핵심이 될 사실은 단순 명쾌했다. 증거 평가와 사실을 골라낸 후 형량이 피해 여성의 상해 정도에 부합하는지에 초점이 쏠렸다.

미사키가 제출한 기안 판결문은 징역 12년. 검찰 측 구형이 최근 판례에 따랐으니 수긍할 만하다는 내용이었다.

그의 기안을 평가한 사람은 고엔지 시즈카 교수였다.

"미사키 씨의 기안은 사실 인정이 과하거나 부족하지 않고 판결도 타당합니다. 하지만 저로서는 좋게 평가하지 못하겠네요."

미사키가 연수원에 들어와 처음 지적받은 순간 강의실에는 웅성거리는 소리가 작은 파문처럼 퍼져 나갔다. 당사자인 미사키도 뜻밖이었는지 뭔가 할 말이 있는 눈빛으로 고엔지 교수의 말에 귀를 기울였다. 반면 교엔지 교수는 입가에 미소까지 지으며 교단에서 온화하게 그를 바라봤다. 마치 자유분방한 젊은이를 조용히 타이르는 노부인 같은 분위기였다.

검사부터 변호사까지 현직이 모인 교수들 중에 고엔지 교수는 전직 판사라는 직함만으로 유독 눈에 두드러졌다. 그녀가 교수에 임명된 것은 전적으로 경력 덕분일 것이다. 일본에서 스무 번째로 임명된 여성 판사이고 퇴임 전에는 도쿄 고등 법원 형사부 부장 판사 자리까지 올랐다. 부장 판사란 보통 해당 부에서 가장 경력이 오래된 판사가 임명되는 것이 관례라 그 사실만 놓고 봐도 그녀의 경험이 얼마나 풍부한지를 알 수 있다. 또 퇴임 후 활동 이력도 주목할 만하다. 그녀는 자택에서 은퇴 이후 삶을 즐기기는커녕 전국 법과 대학에 출강하며 후진 양성과 지도에 힘을 쏟았다.

얼굴에 잡힌 주름은 지혜의 상징일 것이고 새하얀 머리카락에서는 기품이 느껴진다. 다른 교수들은 고엔지 법관을 '살아 숨 쉬는 법전'이라 평가한다고 하는데 강의를 듣고 보니 과연 교수들 중에 그녀의 강의가 가장 이해하기 쉽고 배울 것도 많았다.

그런 살아 있는 법전이 지금 10년에 한 번 나올까 말까 한 인재를 마주 보고 있는 것이다.

"징역 12년이라는 숫자는 더할 나위 없습니다. 구형한 검사와 5년을 주장한 변호인, 그리고 어쩌면 피고인까지 납득할 수 있는 형량이겠죠. 사실 인정에도 문제가 없어 현직 판사가 내려도 이상하지 않을 판결이라 할 수 있습니다."

고엔지 교수는 다시 따뜻하게 미소 지었다. 아마 미사키를 배려해서겠지만 미사키는 표정 변화가 없다.

"하지만 이 판단에는 정상 참작을 검토한 흔적이 보이지 않습니다. 솔직히 말해 검찰 쪽에 쏠린 판결이라고 할 수 있지요. 물론 피고인 A의 범행 동기는 다분히 이기적이고, 피해 여성이 받은 고통을 고려하면 정상 참작의 여지가 없는 것처럼 보입니다. 그러나 그런 사실만을 골라내 인정하면 법정은 그저 죄인을 벌하는 곳으로 전락할 것입니다. 연수생 여러분, 잘 들으세요. 법정은 사람을 벌하는 곳이 아니라 어디까지나 죄를 판가름하는 곳입니다. 피해자와 그 가족의 복수를 대행하는 곳이 되어서는 안 됩니다."

나이가 여든이 넘었을 텐데 목소리가 낭랑하고 웅장하기까지 하다. 단순한 이상론처럼 들릴 수도 있는 말을 고엔지 교수가 하니 실감이 느껴져 신기했다. 이런 것이 관록이라면 나이를 먹는 게 꼭 나쁘지 않겠다는 생각마저 들었다.

"12년이라는 형량은 검찰 측 구형을 기초로 판단했을 겁니다. 그러나 양형 기준을 구형에 두는 것 자체가 검찰 쪽에 쏠렸다는 의미인 건 아닐까요?"

미사키는 가만히 귀를 기울이며 반론도 질문도 하지 않았다. 얼마 후 참다못한 다른 연수생이 손을 번쩍 들었다.

"네. 거기 연수생. 말씀하세요."

"모미이라고 합니다. 실은 저도 미사키 씨와 같은 판결을 떠올렸습니다. 교수님의 지적도 이해가 가지만 검찰 측 구형을 기준으로 심리하지 않으면 저희는 무엇을 기준으로 삼아야 할까요?"

"지금으로서는 '지식과 양심에 따라'라고 말할 수밖에 없겠네요. 물론 과거 판례를 아예 무시하라는 뜻은 아닙니다. 다만 과거에 다른 사람이 내린 판단을 꼭 영원불멸한 것으로 여겨야 할까요? 인간의 마음과 현실이 시시각각 달라지는 것처럼 죄와 벌에 관한 사고방식도 완만하게 변화하는 법입니다. 극단적인 예시일 수 있지만 과거 일본에 있었던 아다우치*도 지금의 법률로 판단하면 그저 살인에 불과합니다. 간통죄도 현재는 폐지되었고요. 그렇다면 단순히 법만 바뀌는 것이 아니라 사람들의 사고방식 변화가 죄와 벌의 무게에 반영된다고 볼 수 있지 않을까요?"

알기 쉬운 설명이 아직 햇병아리인 사법연수생들의 귀에도 쏙쏙 들어왔다.

"판사는 자신의 판단으로 다른 누군가의 인생을 좌우하게 됩니다. 한 사람의 인생을 좌우하는 엄청난 역할을 맡으면서 전례가 이러니 어쩔 수 없다는 말을 하는 건 변명이 되지 않을 것입니다. 판사는 그 자신의 인간관과 인생관, 경험과 지식, 판결의 사회적 영향 등을 모두 고려해 판결문을 작성해야 합니다."

"하지만 교수님. 저희는 한정된 시간 안에 서면을 작성해야 해서……."

"시간이 한정돼 있으니 판단에 오류가 생길 수밖에 없다는 뜻인가요? 전국 모든 법원이 그렇다고 할 수는 없겠지만 본청 판사들은 늘 여러 건의 안건을 떠안고 잠잘 시간도 아껴가며 판결문을 쓰고 있습니다. 시간이 부족하다는 것은 졸속 판단의 이유가 될 수 없습니다."

---

* 주군이나 존속을 살해한 자에 대한 사적 복수를 인정하는 제도.

손을 든 연수생은 기가 죽은 것처럼 고개를 푹 숙였다.

"제가 여러분이 유념해 주기를 바랐던 것은 검사의 조서에 있던 한 문장입니다. 피고인 A는 강도 행위를 저지르게 된 경위로 '이 세상에 내가 있을 곳이 없다고 느꼈다'라는 심정을 토로했습니다. 중요한 조서인 만큼 검사는 쓸데없는 감정과 추측을 배제했겠지만 그 밖에도 피고인 A는 최종 의견 진술 때 중요한 말을 입에 담았습니다. 그것은 간신히 출소해도 전과자에 대한 편견 때문에 괴로워 오히려 교도소 안에 있는 게 정신적으로 더 편했다는 말이었습니다. 즉, 범행 동기에는 돈에 쪼들린 사정도 있지만 교도소에 다시 돌아가고 싶은 마음도 있었다는 뜻입니다. 피고인 A가 징역형을 바란 것은 다른 사실에서도 엿볼 수 있습니다. 범행 당시 집에 피해 여성이 혼자 있었는데도 의식 불명 또는 치명상이 될 정도로 폭력을 행사하지 않았다는 점. 피고인 A 자신도 교통 카드를 소지하고 있었으면서 피해자 이름이 각인된 카드를 사용했다는 점입니다."

연수생들 사이에서 탄식이 새어 나왔다.

"물론 교도소에 돌아가려고 강도 행위를 벌인 것은 지극히 이기적이고 피해 여성 입장에서도 날벼락 같은 일일 겁니다. 엄격하게 벌해야 마땅한 죄입니다. 그러나 한편으로 피고인 A의 당시 심정을 아예 참작하지 않는 것도 법 정신에 위배됩니다. 왜냐하면 이 나라의 재판은 갱생 주의를 채택하고 있기 때문입니다. 피고인 A의 갱생을 고려하면 저는 여러분이 여기서 작량 감경을 검토해 주기를 바랐습니다.”

작량 감경을 적용하면 법정형이 징역형일 경우 상한과 하한이 각각 절반으로 줄어든다. 강도죄는 5년 이상, 20년 이하의 징역이니 2년 6개월 이상, 10년 이하 사이에서 양형을 판단하게 된다. 그렇다면 미사키가 내린 징역 12년은 조금 과했다는 결론이 나온다.

“고작 2년, 그래도 2년이라 생각할 수도 있겠지요. 그러나 예순일곱 살이었던 피고인 A에게 2년은 결코 무시할 시간이 아닐 것입니다. 그럼에도 감경이 불가능할 경우에는 적어도 합당한 설명을 덧붙여야겠지요. 저는 갱생 주의에 의거한 판결을 내릴 거면 여러분이 그렇게 해 주기를 바랍니다.”

고엔지 교수가 말을 마치자 수업 종료를 알리는 종소리가 울렸다.

“그럼 이것으로 강의를 마치겠습니다. 아, 미사키 씨는 잠깐만 와 주시겠어요?”

다른 연수생들이 우르르 출구로 몰려갈 때 미사키는 혼자 교단에 있는 고엔지 교수에게 갔다. 남다른 두뇌의 소유자들끼리 날카로운 대화가 오갈 것으로 예상했지만 고엔지 교수가 한두 마디 건네고 미사키는 고분고분하게 고개를 끄덕였다.

“그럼 또 만나요.”

고엔지 교수는 여든이 넘었다고 생각되지 않을 만큼 힘찬 걸음걸이로 강의실을 나갔다.

미사키는 아무 일도 없었다는 듯이 돌아왔다. 미사키가 혼나는 모습을 차마 볼 수 없었는지 에나미와 하즈는 먼저 강의실을 나가서 미사키를 맞은 사람은 아모뿐이었다.

"한 소리 들었어?"

"한 소리라기보다 교육적 지도였습니다."

"너한테도 지도할 게 있구나."

"당연하죠. 고엔지 교수님의 평가를 들으면 제 부족함에 구역질까지 느껴질 정도예요."

"그렇게 보이지는 않던데."

"교수님이 지적해 주신 건 모두 중요한 퍼즐 조각이었어요. 피해 여성이 받은 피해에만 판단이 쏠린 것도 사실이고요. 반박할 수 없었습니다."

"그래서 교수님이 네 부족함을 비난한 거야?"

그러자 미사키는 "아뇨" 하고 고개를 흔들었다.

"교수님은 저를 걱정해 주시더군요."

"무슨 걱정?"

"제가 약간 교조주의에 빠져 있는 것은 아닌가. 법리를 중시한 나머지 무의식적으로 인정과 도리를 배제한 것은 아닌가. 만약 그런 거라면 제 성장 가능성도 줄어들 거라 하셨어요."

"그래서 뭐라고 대답했어?"

"명심하겠다고 했죠. 하지만 상황을 모면하기 위해 변명한 것뿐이에요."

미사키는 스스로 한심하다는 듯이 멋쩍게 웃었다.

"제가 교조주의에 빠졌는지 저는 잘 모르겠거든요. 그리고 솔직히 법 정신에 대한 말씀도 이해는 해도 납득하기는 어려운 것 같네요."

II   *Amarevole lamentand*
슬픔과 아픔을 실어

기숙사 방은 콘크리트를 때려 부은, 그야말로 투박한 구조지만 방음만은 뛰어나서 오디오 기기를 가져온 아모는 나름대로 만족했다.

아모는 강의를 예습할 때 항상 마음에 드는 CD로 음악을 듣는다. 중학생 때 처음 생긴 습관을 사법연수생이 된 지금까지 이어 오고 있다.

대부분 베토벤의 곡을 듣는데 그중에서 상념에 잠기고 싶을 때나 작업 속도를 높이고 싶을 때 등 상황에 맞춰 선곡하고 있다. 오늘 선택한 곡은 카를로스 클라이버가 지휘한 교향곡 제6번 〈전원〉. 오르페오사에서 발매한 수입판이다. 아모는 3년 전에 CD가 발매되자마자 샀고 기분 좋게 집중하고 싶을 때 꼭 이 CD를 들었다.

베토벤의 홀수 번 교향곡은 용맹하고 웅장하며 짝수 번 교향곡은 우아하고 섬세하다고 구분하는 사람이 있다고 한다. 아모도 그 의견에 동의했고 홀수 번 교향곡은 낭만파 성격이 짙은 반면 짝수 번은 고전파 성격이 짙어서라고 이유를 추측했다.

그러나 클라이버가 지휘하는 이 6번은 그런 편견을 완전히 불식시켰다. 1악장에서 흐르는 너무나 유명한 선율은 분명 우아함 그 자체지만 4악장 '폭풍우'에서 곡의 분위기가 백팔십도 달라진다. 다른 지휘자의 '폭풍우'가 호우라면 클라이버의 '폭풍우'는 천재지변이라도 일어난 것 같은 강렬한 기운을 동반한다. CD에는 연주를 마친 악단과 클라이버를 향해 조용히 터지던 박수가 시간이 갈수록 호우처럼 커지는 소리까지 수록돼 있다. 그럴 만도 하다. 이런 규격에서 벗어난 6번을 들으면 누구나 놀랄 것이다.

CD 재생이 끝나는 것과 거의 동시에 강의 예습도 끝났다. 아모는 일단 펜을 내려놓고 플레이어 트레이에서 CD를 꺼냈다.

선반에는 클래식 명곡들이 나란히 꽂혀 있다. 절반 이상은 피아노곡인데 알 만한 사람은 목록만 봐도 아모의 취향을 손쉽게 알아맞힐 것이다.

고등학교 2학년 때까지 피아노를 쳤다. 부모님은 두 분 다 음악에 별 관심이 없었고 유치원 시절에 다닌 피아노 학원 선생님에게 "우리 아모는 소질이 있어"라는 말을 들은 것이 피아노를 치게 된 계기였다.

피아노 학원 선생님의 평가가 꼭 빈말은 아니었을 것이다. 아모는 또래들 중에 눈에 띨 만큼 피아노를 잘 쳤다. 훌륭한 스승에게 배워서인지 아니면 정말로 소질이 있었는지 몰라도 누구보다 배움이 빨랐고, 초등학교 4학년 때는 현에서 주최한 초등부 피아노 콩쿠르에서 2위에 입상하기도 했다. 고작 열 살에 이런 의미 있는 결과를 내면 아이와 부모도 의식이 달라지기 마련이다. 아모의 부모님이 자식을 피아니스트로 만들 수 있다고 믿은 것도 어쩔 수 없었다. 지역 대회 최우수상까지 앞으로 한 발짝이었고 그다음은 전국 대회라며 기대를 부풀렸다.

그러나 아모와 부모님 모두 우물 안 개구리였다. 일본에는 피아니스트를 꿈꾸는 초등학생이 셀 수 없을 정도로 많고 그중에는 천재 소리를 듣는 소년도 간간이 나온다. 6학년 때 아모는 마침내 전국 대회에 나갔지만 각지에서 모인 어린 피아니스트들의 연주를 눈앞에서 듣고 경탄했다. 타고난 기량과 실력 자체가 달랐다. 지역 대회 승자였던 아모는 상위 여섯 명 안에도 들지 못하며 크고 높은 장벽을 실감했다.

그러나 아모의 부모님은 아들만큼 낙담하지 않았다. "넌 아직 초등학생이야", "앞으로 훨씬 성장할 거야" 같은 말을 해 가며 억지로 음악을 계속하게 했다. 그러는 이유를 아모도 조금은 이해했다. 7년이나 피아노를 배우면서 매달 들어간 레슨비는 맞벌이 부부가 무시할 수준이 아니었고 부모님은 그런 돈이 모조리 휴짓조각이 돼 버리는 상황이 두려웠을 것이다.

열 살에 신동, 열다섯 살에 수재, 스물이 넘으면 보통 사람. 그런 심술궂은 격언도 있다지만 아모는 채 스무 살이 되기 전부터 자신은 평범하다는 것을 깨달았다. 초등학생 수준에서도 자신보다 재능 넘치는 피아니스트가 하늘에 뜬 별만큼이나 많았다. 중학교, 고등학교로 올라갈수록 격차가 더 벌어질 것은 누가 봐도 뻔했다.

그러나 부모님은 아모의 그런 걱정 따위 아랑곳하지 않고 기대의 수준을 점차 높였다. 다음번에는 중등부 제패, 고등학생 때는 전국 대회, 그다음에는 음대 진학. 부모님이 그리던 미래는 자못 몽상적이기까지 했다.

피아노를 포기하게 된 결정적인 계기는 고등학교 2학년 때 참가한 지역 대회였다. 아모는 비록 4위에 입상했지만 초등부에서 우승한 남자아이의 연주를 들은 순간 모든 것이 와르르 무너졌다.

나와는 차원이 다르다.

연주에 진심이 담겼다. 건반이 춤추며 연주자와 한 몸이 돼 있다.

아모보다 일곱 살이나 어린 그 소년은 일찍이도 피아니스트의 품격을 갖추고 있었다. 음악의 신에게 선택받았다는 긍지를 온몸으로 발산했다.

재능만큼 냉정하고 잔인한 것도 없으리라. 가진 자와 가지지 못한 자를 구분하고 후자는 아무리 절망해도 그것을 손에 넣을 수 없다. 제아무리 발버둥 처도 재능의 소유자는 정해져 있다. 평범한 사람이 죽을 만큼 노력해도 하늘 높이 빛나는 재능을 따라잡을 수는 없는 것이다.

그날을 기점으로 아모는 피아노와 결별했다. 음악의 신은 아모에게 미소 지어 주지 않았다. 그렇다면 미소 지어 줄 다른 신을 찾을 수밖에 없지 않은가.

다행히 학교 성적이 좋아서 음악이 아닌 다른 길도 열려 있었다. 수많은 선택지 중 아모가 고른 것이 바로 사법의 길이었다. 일본에서 가장 어려운 시험 중 하나인 사법 시험. 그러나 그 시험은 인격과 재능을 묻지 않고 필기와 면접에서 높은 점수만 얻으면 되니 어떤 의미에서 단순하고 공정했다.

물론 포기가 쉽지는 않았다. 쉬웠을 리 없다. 초등학생 때부터 꿈꾼 미래에 종지부를 찍은 날에는 실의에 빠져 잠도 이루지 못했다. 차라리 이대로 사라져 버리고 싶다는 생각도 했다. 하찮은 자존심에 휘둘려 잘못된 길로 빠지지 않았던 것은 결국 타고난 냉정한 성격 덕분이었다.

묘하게도 그 선택에 아모보다 아모의 부모님이 훨씬 낙담했다.

"그렇게나 돈을 들였는데."

"우리가 얼마나 많은 시간과 자금을 네게 쏟았는지 아니?"

부모님의 푸념을 듣고 아모는 자신에게 주입된 것이 희망이 아닌 투자였음을 깨달았다.

아모가 건반에서 손을 떼자 비로소 부모님은 꿈에 그리던 미래가 달라졌음을 인지했지만 아들의 다음 목표를 응원해 줄 힘은 잃은 상태였다. 음악계에서 법조계로 방향을 튼 것이 너무 극단적이었던 탓도 있을 거라며 지금은 아모도 이해하고 있다.

법과 대학에 진학하고 4학년 때 사법 시험에 도전했다. 결과는 참패. 그러나 부모님은 아들을 위로해 주지 않았다.

"일반 기업에서 일하면서 시험 준비를 하는 건 어떠니?"

어머니의 말투는 자상하면서도 노골적이었다. 넌 동경하는 대상에게 선택받을 사람이 아니다. 그렇게 말하는 느낌이었다.

두 번째 도전에 실패했을 때는 부모님이 둘 다 나서서 취직을 압박했다. 아버지는 반강제로 아모를 직업소개소에 데려가려고 했다.

꿈꾸던 음악가의 길을 과감히 포기하고 법조계를 선택했다. 아모는 취직 권유를 단호히 거절하고 방 안에 틀어박혀 배수의 진을 친 채 육법전서를 달달 외웠다.

"음악의 길을 스스로 닫아 버렸으니 오기를 부리지."

"피아니스트에서 검사라니. 이보다 극단적인 이야기가 어딨니?"

"일반 기업의 정직원으로는 만족 못 해?"

부모님은 다 너를 위해서 하는 말이라고 했지만 아모에게는 협박 또는 비난에 불과했다. 부모님은 아들이 피아니스트의 길을 포기하고 될 대로 되란 듯이 산다고 단정 지으며 방에 틀어박힌 아모에게 냉랭한 시선을 보냈다. 고시생 생활 3년은 굴욕과 인내의 나날이었다고 해도 과언이 아니다.

그래서 막상 사법 시험에 합격했을 때는 기쁨보다 그제야 감옥에서 벗어난 듯한 안도와 허탈감을 동시에 맛봤다. 운도 재능도 없던 사람이 반항심과 의지만으로 도달한 목표점이었다.

그러나 막상 연수원에 들어와 보니 사법의 신도 자신을 축복해 주지 않는다는 사실을 깨달았다. 미사키 요스케 때문이다. 금수저인 것으로 모자라 여러 면에서 격차를 느끼게 하는 사람. 별다른 고생 없이 우수한 성적을 거머쥐고 교수들의 칭찬도 한 몸에 받는 법조계의 모범생.

―솔직히 법 정신에 대한 말씀도 이해는 해도 납득하기는 어려운 것 같네요.

그 말을 처음 들었을 때는 부아가 치밀었다. 당사자는 겸손을 차리려 한 말이었을지 몰라도 삼수 끝에 간신히 시험에 합격한 아모에게는 빈정거리는 소리로만 들렸다. 미워할 수 없는 사람인 걸 알면서도 미사키가 얄미웠다.

스무 살이 넘은 남자에게 이런 표현을 쓰기 그렇지만, 미사키 요스케는 정말로 천진난만했다. 시쳇말로 '백치미'가 있다고 해야 할 것이다. 좋은 집안에서 부모님의 애정을 듬뿍 받으며 온실 속 화초처럼 자란 아이들이 대부분 미사키 같은 성격이 된다고 한다. 부모님의 양육 방식이 어땠는지 듣지는 못했지만 미사키도 분명 그랬을 것이다. 나와는 이미 환경부터 다르다.

재능과 환경이 다르면 자연히 결과도 달라진다. 그것이 전부는 아닐지언정 지금의 미사키의 인격은 그런 복 받은 조건 아래에서 형성된 것처럼 보였다.

아모는 조용히 이를 갈았다. 다른 사람의 행운을 시샘하는 사람이 되고 싶지 않았는데 어느새 그렇게 돼 버렸다.

열등감을 연료 삼아 성장하는 사람이 있는가 하면 열등감 때문에 절망하는 사람이 있다. 음악의 길을 포기하고 사법 세계를 목표해 온 자신은 지금껏 전자라고 믿었지만 어쩌면 그게 착각이었을 수도 있다. 그런 생각이 자기혐오에 불을 지폈다.

제기랄.

남을 아무리 부러워해 봐야 내게는 땡전 한 푼 떨어지지 않는다. 다 아는데도 미사키와 비교하고 마는 자신이 한심했다. 이 감정은 심지어 열정을 북돋는 감정이 아니라 스스로를 좀먹는 감정이다. 어디선가 사고 회로를 바꾸지 않으면 힘들여 머릿속에 집어넣은 강의 내용이 전부 날아가 버릴 것 같았다.

그때 문을 두드리는 소리가 들렸다. 문을 여니 문 앞에 미사키가 서 있었다.

"전에 빌린 참고서를 돌려드리러 왔어요."

그 말을 듣고서야 전에 책을 빌려줬음을 떠올렸다.

마침 좋은 기회다. 기왕 이렇게 된 김에 모든 의문을 떨쳐 버리고 싶었다.

"고마워. 혹시 괜찮으면 잠깐 이야기 좀 할래? 불편하겠지만 저기 앉아서."

"네, 그래요."

미사키는 망설임 없이 방 안에 들어왔다. CD가 꽂힌 선반을 힐끗하자마자 다시 시선을 돌리는 것은 역시 음악에 관심이 없어서일까.

"영 어수선하지?"

"무엇에 비해 어수선한지 판단할 대상이 없어서 대답하기 곤란하네요."

"네 방과 비교하면."

"제 방은 다른 어느 방보다 적적하고 휑한 곳이니 비교 대상으로 부적절하지 않을까요."

"그래. 잠깐만 봐도 알 수 있겠더라. 꼭 연수동 안에 있는 도서관 같은 방이었어."

"그렇게 평가해 주시면 감사할 따름이죠."

"저기, 이건 칭찬이 아니야."

가볍게 면박을 줘도 미사키는 변함없이 부드럽게 미소 짓고 있다. 태연하다고 해야 할지 뻔뻔하다고 해야 할지 이 미소를 보고 있으면 저도 모르게 페이스를 잃고 만다.

"그냥 적적하다기보다 기이할 정도지. 네 방에는 DVD는 고사하고 CD나 게임 소프트웨어 같은 것도 하나도 없으니."

"네. 그다지 필요하다고 느끼지 않아서."

"학교 다닐 때 음악을 들으며 공부한 적은 없어?"

"전 두 가지 일을 동시에 못해서요. 책이든 뭐든 한번 집중하면 오로지 그것만 보이고 들린답니다. 융통성이 없고 서투르죠."

그런 서투른 사람에게 수석을 빼앗긴 우리는 대체 뭐란 말인가. 문득 그런 생각이 머리를 스쳤지만 입 밖에는 꺼내지 않았다.

"실은 꼭 묻고 싶은 게 있어. 미사키, 넌 앞으로 어떤 길을 걸을 생각이야? 판사? 검사? 아니면 변호사?"

얼굴을 마주 보고 과감히 묻자 미사키는 곤란한 듯이 머뭇거렸다.

"뭔가 면접 같네요."

"대답하기 곤란할 수도 있겠지만 난 네가 앞으로 뭐가 될지 정말로 궁금해. 아니, 너뿐만이 아니라 모든 연수생의 진로에 관심이 있다고 하는 게 더 정확하겠네."

"왜죠?"

미사키는 이상하다는 듯이 되물었다.

"왜냐니. 우리는 사법 제도 개혁 이후 들어온 1기생들이잖아. 앞으로 법조계의 인구 분포뿐만 아니라 사법 체계 자체가 달라질 거야. 누가 어디 갈지 관심 없는 사람이 오히려 드물지 않을까?"

1999년부터 시작된 사법 제도 개혁은 재판부터 법조인 양성 제도에 이르기까지 사법 체계 전반에 메스를 들이댄 대개혁이었다. 그중 가장 주목이 쏠린 것은 국민 참여 재판의 도입이었지만, 실질적인 개혁은 민사에서 지적 재산권 관련 사건 대응 강화와 사법 지원 센터 설치, 형사에서는 재판 전 정리 절차 도입과 교도소법 개정 등 여러 분야에 걸쳐 이뤄졌다.

사법연수생과 가장 깊숙이 관련된 것은 사법 시험 합격자 수 증가 및 그에 따른 판검사의 증원이다. 서구권에 비해 압도적으로 적은 법조 자격자를 늘려서 충실한 서비스를 제공하자는 목적으로 도입됐다.

사법 시험 합격자는 90년대 이후 연간 5백 명에서 천 명 정도로 점차 증가했지만, 각의에서 결정된 '사법 제도 개혁 추진 계획'에 따르면 2010년까지 3천 명으로 늘리는 것을 목표로 하고 있다. 물론 합격자 수를 늘리는 가장 큰 이유는 판검사의 증원이다.

그러나 경제 움직임이 제도 도입 의미를 변질시킬 때가 있다. 아무리 법조계여도 자금과 보상 같은 돈 문제가 얽히면 경제의 영향을 받는다. 더 정확히 말해 같은 법조계 안에서도 경기가 좋을 때는 민간 변호사 쪽으로 사람이 모이고 경기가 나쁠 때는 공무원인 판검사가 인기를 끈다. 아모는 그런 경향을 좋게 보지 않지만 큰 흐름이라는 게 있는 것은 사실이라 마냥 무시할 수도 없었다.

그리고 2006년 현재 일본은 호황이다. 세간에서는 '작은 버블기'라 부르고 일본 은행도 경기가 나아지고 있다고 공표했다. 그렇다면 사법 연수를 마친 이들도 자연히 변호사 쪽으로 몰리리라 예상할 수 있다. 사법 시험과 연수원에서 모두 수석의 성적을 자랑하는 미사키는 어떤 진로를 택할지 궁금했다. 향후 자신과 대립하는 위치에 서게 될지를 가늠하기 위한 포석이기도 했다.

사법연수생들이 대부분 변호사 쪽으로 몰릴 것은 아모뿐 아니라 법조 관계자 누구든 예상하는 사실이다. 아모가 그 말을 입에 담자 미사키는 다음과 같이 대답했다.

"잘 모르겠네요."

"또 그렇게 얼버무린다."

"아뇨, 이건 절대 얼버무리는 게 아니에요."

미사키는 당황한 것처럼 고개를 흔들었다.

"적성을 더 따져 보려는 거야? 뭐든 잘할 것 같은데."

"적성 문제도 조금은 있겠지만 전 요즘 사법이라는 게 과연 뭘 목표로 하는지를 고민하고 있답니다."

이건 또 무슨 말인가.

"사법의 존재 의의를 말하는 거면 역시 기본 인권 존중과 사회 질서 유지겠지. 헌법으로 기본 인권을 보장하는 한편으로 민법과 형법으로 개인의 자유를 제한해."

"그건 저도 동의해요. 하지만 헌법이라는 게 꼭 영원불변하다고 할 수는 없지 않을까요. 과거에도 그런 사례가 있었지만 국가 비상사태에는 공동의 이익이 개인의 권리보다 우선될 때가 많아요. 치안 유지법이 그 좋은 사례죠. 바꿔 말해 헌법이 보장하는 기본 인권조차 시대와 위정자의 판단에 의해 침해되거나 축소될 가능성이 있는 거예요. 게다가 일본의 입법부는 국회예요. 중의원, 참의원에서 의원의 3분의 2가 찬성하면 헌법은 개정돼요."

"의회 민주주의 국가에서는 국회 가결이 국민의 총의를 뜻하니 어쩔 수 없지."

"그건 사법 체계의 근간인 헌법조차 이론상으로는 언제든 바뀔 수 있다는 뜻이에요."

"그 말도 맞아. 하지만 변화하지 않는 시스템과 법률은 언젠가 문제를 낳게 돼 있어."

"전 그걸 받아들이기가 힘들어요."

미사키는 힘없이 미소 지었다. 부드럽지만 왠지 체념이 짙게 밴 미소다.

"이것도 제가 다 융통성이 없어서겠죠. 전 근간조차 절대적이지 않은 시스템에 맞춰서 움직일 자신이 없어요. 스스로 자신감이 없고 시스템에 의존하고 싶은 마음이 크니 그런 거겠죠."

"난 네가 도대체 무슨 말을 하는지 모르겠어."

아모는 혼란스러운 머릿속을 필사적으로 정리했다.

"헌법이 아닌 법률은 더 자주 개정돼. 명색이 법조계 종사자라면 당연히 그런 상황에 대처해야 하지 않겠어?"

"거듭 말씀드리지만 전 융통성이 없어요. 더 정확히 말하면 전 영원히 흔들리지 않는 것을 동경하는 경향이 있고 그러니 법조계에 별 매력을 못 느끼는지도 모르겠네요."

"매력을 못 느낀다니……. 사법을 관장하는 법의 파수꾼이 되는 건 크나큰 명예잖아. 거기에 합당한 대가도 주어지고."

"솔직히 전 명예와 대가에도 별로 관심이 없습니다."

미사키는 면목 없다는 듯이 말했지만 아모의 귀에는 시비를 거는 것처럼 들렸다. 그게 아니면 미사키는 지금 폼을 재려는 것에 불과하다.

"네가 무슨 이슬만 먹고 사는 신선이야? 돈과 명예는 인간의 사회적 욕구 중 하나라고."

"저는 사회성도 부족한가 봐요. 참 이상하죠? 돈은 굶어 죽지 않을 정도만 있으면 충분하다고 생각하고, 명예에 이르러서는 그게 대체 무엇인지도 제대로 이해 못 하고 있으니까요."

부잣집 도련님의 배부른 소리다. 아모는 배알이 뒤틀렸다.

좌절과 빈곤, 노력을 모르고 열등감을 모르는 것으로 모자라 고생도 모른다. 그러니 돈과 명예 전부 필요 없다고 이토록 태연히 말할 수 있는 것이다.

이렇게 아니꼬운 사람은 주변에서 배척받는 게 마땅하지만 희한하게도 미사키에게는 미워할 수 없는 묘한 힘이 있다. 악의가 없고 천진난만해서 그렇다고 결론짓고 만다.

"돈도 명예도 필요 없다. 하지만 변호사가 되면 여자들한테 인기를 얻을 수 있어."

"그런 것도 그다지……."

"여자한테도 관심이 없다고? 그럼 넌 대체 사법 시험을 왜 본 거야? 법조계를 목표로 한 게 아니었어?"

"정신을 차려 보니 선택지가 그것밖에 안 남았더군요."

"아버지의 영향인가?"

약간의 빈정거림을 섞어 따져 물었지만 미사키는 대꾸하지 않았다. 대신 그는 그전에 하던 이야기를 이어서 했다.

"물론 매력을 느끼지 못하고 그것을 통해 얻는 보상에도 관심이 없다는 이유로 일을 소홀히 할 생각은 없습니다. 다만 조금 전 말씀드린 이유로 저는 사법 세계에서 살아갈 사람으로는 어울리지 않는 것 같아요."

"그런 소리 하지 마. 너보다 더 큰 열정을 갖고 법조계에 뛰어든 사람들에게 실례라고."

그러자 미사키는 두려운 것처럼 주뼛거리기 시작했다.

"죄송해요. 그럴 의도는 없지만 그래도 역시 맞지 않은 옷을 입고 있다는 느낌을 지울 수가 없네요."

"생각이 과해."

아모는 더는 도런님의 푸념을 들어주기 짜증스러웠다.

"자기가 좋아하는 일을 할 수 있는 사람은 세상에 한 줌에 불과해. 애초에 평범하게 취업 준비를 하지 않고 사법 시험을 본 시점에 진로는 세 가지 중 하나로 정해진다고. 정말 간단하지 않아? 괜히 이것저것 어렵게 생각하다 보니 고민하는 거야."

"어렵게 생각하면 안 되나요?"

"그 결과 능률이 떨어지고 의욕이 꺾이는 건 바람직하지 않잖아."

"실은 문제가 그뿐만은 아니에요."

"쓸데없는 고민이 또 있다고?"

"형사 재판 강의에서 고엔지 교수님이 제게 지적한 걸 기억하시나요?"

"아, 그래. 아주 잘 기억하지. 네가 여기 와서 처음으로 지적받은 순간이었으니까. 나뿐만 아니라 그때 강의실에 있던 모두가 기억하고 있을걸."

"강의가 끝나고 고엔지 교수님이 복도에서 또다시 저를 부르셨어요. 제가 고민하고 있다는 걸 눈치채셨겠죠."

"복도에서 널 불렀다고?"

"고엔지 교수님은 정말 훌륭한 분이세요."

그녀를 칭찬할 때는 말투가 또 사뭇 달라졌다.

"법의 엄격함과 자애로움의 상징 같은 분이죠. 교수님을 존경하는 다른 연수생도 많을 거예요. 저도 덩달아 팬이 되었고요."

"그래서 교수님이 네게 뭐랬는데?"

"아모 씨와 똑같은 말을 하셨어요. 어떤 길을 희망하느냐 물으시더군요."

"……넌 교수님 앞에서도 조금 전과 같은 대답을 했겠지."

"잘 아시네요."

미사키는 상대에 따라 말과 주장이 달라지는 사람이 아니다. 그와 일주일만 지내도 누구든 파악할 수 있다.

"다른 분도 아닌 고엔지 교수님이니 네 자질을 파악해서 검사의 길을 권하지는 않으셨어?"

"교수님은 이렇게 말씀하셨어요. 일의 가치는 자신이 아닌 다른 사람을 얼마나 행복하게 만드는지로 결정되는 거라고요."

미사키는 왠지 기쁜 것처럼 말했다.

"사법에 종사하는 사람은 눈에 보이는 권력과 보이지 않는 권력을 손에 넣게 되죠. 그렇다면 그 권력을 행사할 때 늘 다수의 이익과 행복을 염두에 두어야 한다고 하셨어요. 지금까지 그런 관점에서 직업이라는 걸 생각해 본 적이 없어서 정말 참신하더라고요."

"그 말에 넌 뭐라고 대답했어?"

"제가 무슨 대답을 하겠어요. 그냥 그 자리에 얼어붙어 있었죠. 그날 이후 고엔지 교수님이 하신 말씀이 계속 머릿속에 박혀 있어요."

"결국 결론을 내지 못한 건가."

"네. 그래도 아주 의미 있는 시간이었어요. 아모 씨와 함께 보낸 시간도 그렇지만."

그렇게 말하고 미사키는 천천히 몸을 일으켰다.

"하지만 어디까지나 저에게 유의미하지 다른 분들에게는 쓸모없는 시간일지 모르죠. 죄송해요. 아모 씨의 소중한 시간을 빼앗아 버렸네요."

그는 고개를 꾸벅 숙이고 곧장 방을 나가 버렸다.

홀로 남은 아모는 생각에 잠겼다.

미사키와 함께 지낸 시간이 쓸모없다고 생각하지는 않는다. 오히려 많은 자극이 됐다. 미사키는 평상시 대화를 주고받을 때도 크고 작은 폭탄을 한두 개씩 던지기 때문이다.

일의 가치는 자신이 아닌 다른 사람을 얼마나 행복하게 만드느냐로 결정된다.

미사키는 신선한 관점이라고 했는데 아모도 그 의견에 동의했다. 지금껏 내가 할 수 있는 일, 오직 나만이 할 수 있는 일의 범주 안에서 가장 큰 대가와 만족감을 얻을 수 있는 일을 선택하려고 했다. 그 생각이 틀렸거나 타산적이라고 생각하지는 않지만 고엔지 교수의 말은 분명 가슴 깊숙한 곳을 찔렀다.

내가 검사가 되면 얼마나 많은 이들을 행복하게 해 줄 수 있을까. 일의 성격상 행복을 선사하기는 어려울 것이다. 그러나 피해자와 그 가족들의 원통함을 풀어 줄 수는 있다. 마음속 응어리가 사라지는 것도 행복이라 할 수 있지 않을까. 애당초 법률이라는 것은 평화 유지를 위해 존재한다. 그리고 평화 유지야말로 최대 다수의 최대 행복과 직결된다.

급작스럽게 벤담의 윤리설을 떠올린 것은 어제 들은 법학개론에서 그의 이름이 언급돼서겠지만 어쨌든 변명의 재료가 필요했다.

법정에서 거악을 쓰러뜨린다. 연수원에 들어오기 전부터 수없이 떠올린 자화상이 요즘은 만화 속 히어로를 동경하는 다섯 살 어린아이의 공상처럼 느껴졌다.

이 모든 게 미사키 때문이다.

미워할 수 없고, 그렇다고 필요 이상으로 친해지면 왠지

지는 듯한 기분이다.

　당사자가 사라졌는데도 미사키의 존재감은 지워지지 않고 그 자리에 남았다.

2

　'군마현 이세사키시의 빌라에서 중국 국적 여성이 머리에서 피를 흘린 채 쓰러진 상태로 발견, 병원 이송 후 사망이 확인된 사건과 관련해 현 경찰은 25일 해당 여성과 함께 살던 같은 시 마가리사와정의 중국 국적 리밍쩌우(29) 씨를 살인 혐의로 체포했다.

　경찰 발표에 따르면 리 용의자는 24일 오전 자택 빌라에서 왕 아오미 (28) 씨와 평소 생활 습관에 대한 문제로 말다툼을 벌이다가 화가 나서 충동적으로 왕 씨를 수차례에 걸쳐 폭행했다고 진술했고, 현경은 흉기로 맥주병이 쓰였을 가능성이 있는 것으로 보고 수사를 계속하고 있다. 왕 씨와 리 용의자는 같은 시내의 쇼핑몰에서 근무했다.'

　'사이타마현 가와구치시 아오키에 거주하는 그림책 작가 목부육랑 (45세, 본명 마키베 로쿠로) 씨가 자택에서 흉기에 가슴을 찔린 채 사망한 상태로 발견된 사건과 관련해 현경은 마키베 씨의 아내이자 삽화가인 마키베 히미코(42) 씨를 살인 혐의로 체포했다.

　현경 발표에 따르면 25일 오전 8시경 마키베 씨를 찾아간 이웃집의 40대 여성이 1층 부엌에 쓰러져 있는 마키베 씨를 발견, 119에 신고했다. 당시 현관문은 열려 있었지만 실내가 어지럽혀진 흔적은 없었다.

　현경 수사본부는 흉기로 쓰인 식칼에서 수집한 지문을 통해 히미코 용의자를 체포 후 수사를 이어 가고 있다. 히미코 용의자는 현재 범행을 부인하고 있다.

　마키베 씨는 아내와 둘이 살았고 이웃 주민 진술에 따르면 사건 전후 마키베 씨 집에서 두 사람이 다투는 소리가 들렸다고 한다.'

　'4월 후쿠시마현 아이즈미사토정에 있는 산속에서 도쿄도 에도가와구에 거주하는 미쓰하시 레오(당시 40세, 직업 불명) 씨의 시신이 발견된 사건과 관련해 아이즈와카마쓰 경찰서는 25일 사와사키 유타카(52세, 주소 불명, 자칭 회사 임원), 히노 요리마사(45세, 우쓰노미야시, 회사원), 소토무라 데루미(42세, 지바현 우라야스시, 회사원) 씨를 사체 손괴와 유기 혐의로 체포했다. 경찰은 살인죄 적용을 염두에 두고 수사를 이어 가고 있다.

　경찰은 용의자들이 올해 3월 중순 아이즈미사토정과 그 일대에서 피해자 시신의 두 손을 절단 후 같은 마을 산속에 유기한 것으로 보고 있다. 수사본부는 세 사람의 범행 인정 여부에 대해서는 밝히지 않았다.'

　눈에 띈 살인 사건 기사는 그 세 건이었다. 아모는 사회면의 마지막 페이지까지 다 읽고 신문을 다시 신문 걸이에 걸었다.

　기숙사에서 신문을 읽는 것도 연수의 일환이라고 어느 교수가 조언했다. 백표지본에 있는 사건은 대부분 몇 년 이상 흐른 사건이 대부분이라 사법연수생이면 현재 진행 중인 사건과 관련 여론에 민감해야 한다는 취지였다. 일리가 있는 말이라 아모를 비롯한 다른 연수생들도 매일 습관적으로 신문을 읽고 있다.

오늘 조간에서 가장 눈길을 끈 기사는 세 명의 용의자가 저지른 사체 손괴 및 유기 사건이었다. 신문이니 최대한 표현을 자제했지만 이는 다시 말해 시신을 토막 내서 처리했다는 뜻이다. 검사를 지망하는 자로서 누가 주범인지와 용의자들이 시신을 토막 낸 적극적인 이유, 그리고 세 사람의 역할 분담이 가장 궁금했다. 세 가지 모두 양형을 결정짓는 데 큰 영향을 미치는 요소이기 때문이다.

아모는 문득 미사키도 자신과 비슷한 생각을 하는지 궁금했다. 미사키를 만나면 오늘 조간 중 어떤 기사에 주목했는지 묻고 싶었다.

미사키를 바라보는 교수들의 평가는 날이 갈수록 더 높아졌다. 이러면 보통 다른 연수생의 질투나 미움을 사기 마련인데 아직 연수생들 사이에서 미사키에 대한 험담이 돌지는 않고 있다. 아마도 그 대상이 너무도 순수한 어린아이 같은 사람이라 헐뜯기가 꺼려질 것이다. 꼭 그런 이유는 아니겠지만 아모는 자신이 미사키와 가장 가까이 지내는 만큼 그의 단점이나 약점을 하나쯤은 꼭 찾고 말겠다는 심술궂은 생각을 떠올렸다.

　오늘 첫 번째 강의는 검찰 강의였다. 강의실에 들어가자 미사키와 에나미가 평소 앉는 자리에 이미 앉아 있었다.
　"안녕하세요."
　미사키는 말끔한 얼굴로 고개를 숙였다.
　아직 강의 시작 시간까지 몇 분 남아서 아모는 곧장 조간신문 이야기를 꺼냈다.
　"관심 가는 기사가 있었어?"
　"난 중국 국적 남성이 동거하던 여성을 맥주병으로 폭행한 사건. 신문에는 언급이 없었지만 아마도 기능 실습 제도 문제가 엮였을 가능성이 있어."
　에나미의 목소리가 곧장 열기를 머금기 시작했다. 에나미는 여성과 재일 외국인 인권 문제에 민감해 변호사가 되면 그쪽 방면에 주력할 것으로 보인다.
　"나도 기능 실습 제도가 뭔지는 아는데 그 제도와 살인이 무슨 관련인데?"
　"현행 제도에서는 일정 수준 이상의 기술을 습득한 외국인이 연수를 마친 후 기업과 고용 관계를 체결하게 돼 있어. 그런데 그게 가능한 분야가 농업, 어업, 건설, 식품 제조 관련으로 한정돼 있어서 기사에 나온 쇼핑몰 같은 곳 판매 직원은 적용 대상 밖(일본의 외국인 재류 자격에 기능 실습이 생긴 시점은 이 이야기의 4년 후인 2010년 7월이다)일 거야."

"음. 그럼 이 중국인 두 명은 불법 체류자였을 가능성이 크다는 건가?"

"그보다 해당 쇼핑몰이 그 사실을 묵인한 채 두 사람을 고용했을 가능성이 커. 불법 체류자에게는 법정 기준보다 훨씬 낮은 급여를 줘도 되니 두 사람의 수입을 합해도 최저 수준에 못 미쳤겠지. 삶에 여유가 없으면 같이 사는 사람과의 관계가 삐걱거리고 갈등이 발생하기도 쉬워져. 물론 용의자들이 범행을 저지른 것은 사실이고 처벌도 받아야겠지만 정상참작 여지가 있다는 뜻이야. 일단 두 사람을 고용한 쇼핑몰의 취업 실태를 밝힐 필요가 있어."

"무슨 말인지는 알겠는데 그러면 행정과 입법 문제까지 파고들어야 해. 우리 같은 사법 관계자들이 논의할 주제에서 벗어나."

그러자 에나미는 새삼스럽다는 듯이 말했다.

"어차피 약자와 인권 보호 의제에 들어가면 이야기가 그쪽으로 향할 수밖에 없어. 난 그 방향이 절대 틀렸다고 보지 않아. 변호 활동을 하다가 국회의원이 된 변호사도 많고. 이런 말을 하는 나도 회사에서 해고된 후 힘들게 일자리를 구하러다닐 때 회사 다음으로 현행 사회 제도를 원망했어."

"그럼 언젠가 와키모토 에나미 의원님이 되겠네."

아모가 장난 섞어 말하자 에나미는 날카롭게 아모를 째려

봤다.

"그럼 안 돼?"

그녀의 마음이 의외로 진심인 것을 깨닫고 아모는 솔직히 놀랐다. 물론 국회의원이 나쁘다고 할 수는 없지만 선거 결과에 목숨 줄이 달렸으니 불안정하고 차라리 요즘 인기 있는 변호사가 되는 게 실리가 클 것이다. 적어도 아모의 선택지에 정치인은 없었다.

그때 등 뒤에서 귀에 익은 목소리가 들렸다.

"아, 그 심정, 저도 잘 이해합니다."

어느새 하즈가 자리에 와서 앉아 있었다.

"경기 확대와 고용 촉진 같은 정책은 늘 대기업 위주로 정해지니까요. 전에 회사원이었던 저도 국회의원이 돼서 세상을 바꾸고 싶다고 생각한 적이 있습니다."

"하즈 씨는 자동차 제조업체에서 일했다고 했죠? 그럼 정책 혜택도 보지 않았어요?"

"자동차 제조업체라고 해도 회사마다 사정이 다릅니다. 도요타에서 근무하는 직원들과 처우가 비슷했다면 저도 사법 시험에 계속 도전하지 않았을 겁니다."

이야기가 다른 곳으로 샐 것 같아서 아모는 하즈에게도 신문 기사에 대해 물었다.

"물론 읽었죠. 제 눈길을 가장 끈 사건은 자칭 회사 임원과 회사원들이 합세해 직업 미상의 남성을 살해한 사건입니다."

아모도 그 기사를 눈여겨봐서 흥미가 생겼다.

"십중팔구 보험금을 노린 살인이었을 겁니다. 그 사와사키 모 씨 회사의 경영이 기우는 바람에 그가 부하들을 끌어들여 살인을 저질렀고 사망 보험금으로 자금을 충당하려 했겠죠. 그런 게 아닐까요?"

"전 각자의 역할 분담과 양형 정도만 떠올렸는데……. 흐음, 분명 직업 미상 남성을 여러 명이 살해 후 사체 손괴까지 했다면 그럴 가능성이 크겠네요. 하지만 시신을 왜 유기했을까요? 시신이 발견되지 않으면 보험금도 못 받지 않나요?"

"시신 일부로도 사망이 인정되니까요. 그렇다고 머리만 남겨 둔 건 너무 엽기적이지만."

하즈는 잡담하는 것처럼 뒤숭숭한 말을 입에 담았다. 여기는 사법연수원 안이라 별로 위화감이 없지만 찻집이나 길거리에서 입에 담으면 눈총이 쏟아질 이야기다.

"유류품으로 피해자의 지갑과 핸드폰을 남겨 두거나 시신에서 특징적인 상처가 있는 부분만 공개하는 방법도 있죠."

"그럼 시신을 토막 낸 적극적인 이유가 불분명해지지 않나요?"

"살해 장소를 특정하기 어렵게 만들 목적이었을 겁니다. 시신을 운반하려면 해체하는 게 더 효율적이기도 하고."

거듭 말하지만 이런 대화를 아무렇지 않게 나눌 수 있는 것은 사법연수원이 사건을 학습하는 곳이기 때문이다. 적어도 여러 사람이 모인 장소에서 논할 만한 주제는 아니다.

아모는 문득 미사키가 논의에 참가하지 않고 있음을 깨달았다. 조원들을 바라보고는 있지만 평소의 온화한 미소를 머금은 채 말없이 귀를 기울이고 있다.

"미사키, 넌 읽었어? 신문."

"네."

"어떤 사건이 흥미로웠어?"

"전 그림책 작가 목부육랑 씨 사건에 눈길이 쏠리더군요. 여러분처럼 문제의식을 갖고 읽은 게 아니어서 조금 부끄럽지만."

"단순한 호기심이어도 네가 어떤 부분에 주목했는지 알고 싶어."

"피해자는 그림책 작가이고 아내는 삽화가. 작가는 글을 맡고 삽화가는 그림을 담당. 즉 부부는 여러 그림책을 같이 합작해서 만들었을 거예요. 두 사람은 부부이자 동업하는 파트너였던 거예요."

아모는 그들이 그림책 작가와 삽화가였다는 사실을 간과하고 있어서 미사키의 지적에 허를 찔렸다.

"그런데 그게 왜?"

"기사에서는 언급되지 않았지만 아내분이 마키베 로쿠로 씨를 살해한 동기가 무엇이었는지. 그것이 아내로서의 동기였는지 아니면 업무 파트너로서의 갈등 때문이었는지가 가장 궁금한 부분이에요."

"그 밖에 또 있어?"

"신문 기사만 읽고 추측하는 거라 확실하지 않지만, 그림 책을 쓸 때 아내분은 본명을 사용했는데 마키베 씨는 필명을 썼어요. 부부가 함께 일하는데 한쪽만 필명인 건 뭔가 좀 이상하죠."

"필명을 쓰든 말든 그건 개인 취향 아니야?"

"네. 하지만 두 분은 주로 아동들을 대상으로 한 책을 썼어요. 한자 필명인 목부육랑보다는 마키베 로쿠로라는 히라가나 본명이 아이들에게 더 익숙하겠죠. 그런데 왜 아내분만 히라가나 본명을 썼는지가 신경 쓰여요."

이상한 부분에 집착한다고 생각했지만 다른 사람은 생각지도 못한 발상을 떠올리는 것이 미사키의 장점이기도 하다.

"그러니 부부 사이에 있을 흔한 가치관 차이나 외도, 또는 평소 갈등과는 다른 동기가 있을지도 몰라요. 그리고 제 눈길을 가장 끈 건 바로 아내분이 범행을 부인하고 있다는 점이에요."

"하지만 흉기인 식칼에서 히미코 씨의 지문이 나왔어. 경찰도 그래서 히미코 씨를 체포한 거잖아."

"에나미 씨는 경찰이 발굴한 증거가 모두 옳다고 보시나요?"

변호사를 목표로 하는 에나미에게는 금기에 가까운 말일

것이다. 에나미의 눈썹 끝이 위로 올라갔다.

"반대로 말하면 흉기에 묻은 지문이라는 철벽의 증거가 있는데도 용의자가 범행을 부인한다는 점이 마음에 걸리죠."

어느새 강의실 안에 자리가 꽉 찼고 잠시 후 간바라가 모습을 드러냈다. 그가 평소처럼 백표지본을 나눠 줄 때 무슨 생각을 떠올렸는지 에나미가 손을 번쩍 들었다.

"에나미 연수생. 무슨 일이지?"

기안 전에 질문하는 경우는 거의 없다. 간바라는 의아해하며 에나미를 봤다.

"백표지본을 나눠 주시기 전에 한 가지 제안할 게 있습니다."

제안이라는 말에 거의 모든 연수생이 고개를 들었다. 간바라는 약간 당황한 듯했지만 연수생의 의견에 귀 기울일 배포는 있는 사람이다.

"그래, 들어보지."

"이 강의에서 다루는 건 과거에 일어난 범죄, 그리고 판결이 확정된 사안들이죠?"

"그렇지. 확정 판결, 즉 최종 해답이 나온 사건이 아니면 문제로써 부적절하니."

"왜 부적절하죠?"

"왜겠나. 해답이 없다면 여러분의 고찰과 답안이 옳은지 평가할 수 없으니 그렇지."

"답안이 옳은지 아닌지를 군이 평가할 필요가 있을까요?"

그러자 강의실 안이 조금 술렁거렸다. 기안 전에 손을 든 것으로 모자라 지금껏 연수생이 간바라의 방침에 이의를 제기한 적은 한 번도 없었기 때문이다.

"그게 무슨 소리지?"

"막상 현장에 배치되면 저희는 해답이 나오지 않은 사안들을 마주하게 돼요."

"그러니 백표지본으로 여러 번 연습을 반복하는 거지. 반복으로 응용력을 기를 수 있으니. 다들 시험공부를 해 봤으니 알지 않나?"

"그 말씀은 저도 동의해요. 저희에게 가장 필요한 건 응용력이 맞겠죠. 하지만 응용력을 기를 거라면 꼭 최종 해답이 없어도 상관없지 않을까요? 연수생들이 잘못된 사고 회로에 빠지면 당연히 교수님이 지도해 주실 테니까요. 그럼 최종 해답이 있든 없든 마찬가지라고 생각해요."

에나미는 도발하는 듯한 눈빛으로 간바라를 보며 말했다. 그러나 정작 간바라는 여유 가득한 얼굴로 에나미를 보고 있다.

강의실에 있는 모두가 마른침을 삼키며 두 사람을 지켜보고 있다. 지금껏 수많은 사건을 기소해 온 현직 검사와 풋내기 사법연수생의 대결이니 처음부터 승패는 정해져 있다. 그래도 에나미의 뭉툭한 창끝이 간바라의 강인한 방패에 얼마나 흠집을 낼 수 있을지가 궁금했다.

"자네가 무슨 말을 하는지는 이해했네. 수긍할 부분이 없는 이야기도 아니지. 제안 자체는 검토해 보겠어."

간바라는 뜻밖에도 유연한 자세를 보였다. 아모는 간바라가 에나미의 제안을 무시하거나 거부할 것으로 예상했다.

그러나 현직 검사는 역시 마냥 유연하기만 하지는 않았다.

"그런데 그게 정말 자네의 진의가 맞나? 들어 보니 아직 말하지 못한 다른 속내가 있는 것 같은데."

"그건……."

"모처럼 내게 발언권까지 얻었으니 생각을 솔직히 털어놓는 게 어떻겠나?"

"백표지본에서 다루는 건 전부 오래된 사건들이에요. 확정 판결이 나온 사건이라는 조건 때문에 5년 전, 10년 전에 일어난 사건도 많죠. 요즘 화제에 오르는 사건 같은 건 찾아볼 수도 없어요."

"시간적인 문제를 감안하면 어쩔 수 없겠지."

"하지만 교수님. 5년이라는 시간은 저희가 생각하는 것보다 훨씬 길어요. 요즘 같은 세상에서 5년이면 사람들의 상식도 아예 바뀌어 버릴 수 있다고요. 핸드폰 성능 하나도 하루가 멀다 하고 바뀌고, 작년까지만 해도 다루지 않았던 사회 문제가 갑자기 부상하거나 반대로 지금껏 당연하다고 생각했던 신념이나 사상들이 무너지거나 바뀌기도 하잖아요."

간바라는 오른팔에 찬 손목시계를 힐끗했다.

"요점만 간략히 이야기해 줬으면 하는데."

"외국인 노동자의 취업 문제와 인권 문제, 스토커 피해를 당한 여성을 구제하는 방법 등 지금 문제시되고 있는 것들을 사례로 들자면 한도 끝도 없을 거예요. 법률이 시대를 따라 잡지 못해서 상황은 계속 악화해 가고만 있는데 이미 5년 전 결론 난 안건의 해답을 맞히는 건 허무하지 않나요?"

강의실 안이 찬물을 끼얹은 것처럼 조용해졌다.

요즘 자주 발생하는 잔악무도한 사건이나 심각한 문제들을 현행법으로 전부 대처하지 못한다는 것은 모두가 알고 있다. 고베 연속 아동 살해 사건의 사례를 봐도 가해자에게 적용된 소년법이 케케묵어서 곰팡내가 나는 법률인 것을 통감하고 있다.

우리가 배우는 지식과 그 밑바탕에 있는 논리가 현시점에는 이미 낡았다는 데서 오는 실의.

그러나 아무리 낡았어도 재판에서는 판례가 중시되는 현실.

이 두 가지는 사법연수생들의 의식 속에 이율배반으로 존재한다. 교수 앞에서 토로하고 싶어도 차마 할 수 없는 모순이었다. 지금 강의실이 조용해진 것은 그저 에나미와 간바라 교수의 대결이 흥미로워서가 아니다. 이 모순을 간바라 교수가, 더 나아가서는 사법연수원이 어떻게 대처할지 모두 궁금해하고 있기 때문이다.

지금껏 수없이 교단에 섰던 베테랑 교수 간바라는 피부로 그런 분위기를 느낀 듯했다. 연수생들을 쭉 한번 둘러보고 그는 마지막으로 다시 에나미의 얼굴을 봤다.

　"자네가 무슨 말을 하려는지 잘 이해했네. 아니, 자네뿐만 아니라 지금 여기 있는 연수생 모두가 같은 의문을 품고 있겠지."

　불현듯 간바라의 목소리가 가라앉았다.

　"아직 연수생인 자네가 진심을 담아 지적했으니 적어도 교단에 서는 내가 시치미를 떼서는 안 되겠지. 솔직히 현행법이 시대를 따라잡지 못하는 현황이 가장 괴로운 사람은 검찰 관계자들일 거야. 왜냐하면 고생 끝에 범인을 붙잡아도 현행법으로는 가벼운 죄에 불과한 경우가 실제로 왕왕 있으니까. 그 대표적인 사례로 음주 운전에 의한 인명 사고를 꼽을 수 있겠지. 현재 개정이 진행 중이기는 해도 지금 일본에서 음주 운전 사고는 업무상 과실 치사상죄로 최장 5년의 징역형밖에 내릴 수 없네. 그 사고로 피해를 본 사람이 여러 명이거나 심지어 등교 중이던 초등학생들을 들이받아도 그래. 결과적으로 대량 학살을 저지른 극악무도한 인간에게 떨어지는 처벌이라고 해 봐야 고작 5년의 바캉스. 피해자와 유족의 원통함을 짊어진 채 현장을 뛰어다니는 경찰, 그리고 수사 자료를 완벽히 정리해서 피고인에게 죄를 물으려는 검사가 얼마나 이를 갈며 속상해하는지 자네들은 알고 있나?"

강의실 바닥을 훑는 듯한 낮은 목소리에 강의실 온도가 1도는 낮아진 느낌이 들었다. 허술한 법을 그대로 적용할 수밖에 없는 경찰과 검찰의 분노가 간바라의 입을 통해 표출되는 듯했다.

"나도 자네들처럼 법체계가 조금 더 현실을 반영했으면 하는 불만을 갖고 있어. 자네들이 현실에 충실한 사법 연수를 받고 싶은 심정도 이해하고. 하지만 연수란 기초를 배우는 거네. 기초라는 건 대체로 고색창연하고 오랜 기간 변하지 않고 굳어 있으니 머릿속에 집어넣기도 쉽지. 현대 재판이 판례주의에 치중된 이상, 연수에서 과거 사안들을 참고 자료로 삼는 건 어쩔 수 없는 측면이 있다는 말이야. 물론 개선의 여지가 아예 없다고 할 수는 없겠지만 여러분 60기와 다음 기수 연수생들은 이 커리큘럼으로 연수를 들을 수밖에 없네. 그 말은 곧 여러분이 참아 줄 수밖에 없는 문제라는 뜻. 다만."

간바라는 연수생들의 반응을 즐기듯 주변을 둘러봤다.

"연수가 기초편인 이상 실무는 응용편이라 할 수 있겠지. 검찰청과 변호사 사무소에는 지금 이 시간에도 잘라 내면 피가 뿜어져 나올 만큼 무시무시한 현실이 자네들을 기다리고 있네. 자네들은 그 현장에서 지금껏 느끼지 못한 부조리와 악의를 듬뿍 맛보게 될 거야."

간바라의 강의가 끝나자 에나미는 어깨를 축 늘어뜨렸다. 그러고 한숨을 내쉬었는데 꼭 폐 속에 있는 모든 공기를 내뱉는 듯했다.

"에나미 씨. 어디 안 좋아요?"

하즈가 배려하며 묻자 에나미는 고개를 숙인 채로 조용히 중얼거렸다.

"너무 긴장하는 바람에……."

"이제 와서 긴장이라니."

아모는 어이가 없다는 듯이 말했다.

"간바라 교수님을 향해 단호하게 이의를 제기하는 모습이 아주 멋지던데."

"그때 왜 손을 들었는지 나도 잘 모르겠어."

"에나미 씨의 타고난 정의감 때문일 겁니다, 분명."

"하즈 씨. 남의 일처럼 말하지 마세요. 뭐 남의 일이 맞기는 하지만."

"다른 연수생들 전부 숨죽이고 두 분의 대결을 지켜봤습니다. 에나미 씨가 우리가 느끼는 불안감을 대변해 주었으니까요."

"그런 것치고는 왠지 우리를 멀리하는 것 같은데."

아모는 주위를 한번 둘러봤다. 정말로 모든 연수생의 심정을 대변했다면 수업이 끝나자마자 한두 명은 에나미에게 다가와 말을 걸었을 것이다. 그러나 누구 하나 다가오는 사람이 없다. 에나미의 말마따나 오히려 긁어 부스럼을 만들고 싶지 않은 것처럼 거리를 두는 느낌이다.

"에나미 씨의 발언이 딱히 교수님의 심기를 거스른 것 같지는 않습니다. 그런데 교수님이 마지막에 약간 위협적으로 한 말을 듣고 모두 겁먹었을지도 모르겠네요."

"실무에서는 핏기 어린 현장이 우리를 기다리고 있다는 그 말 말이죠? 나는 대환영인데."

"시험과 면접에서는 머리와 입만 잘 쓰면 됐죠. 실무가 궁금하기는 해도 지금껏 방 안에만 틀어박혀 있던 연수생들은 두려울 겁니다."

"그렇게 겁먹은 사람들은 제가 괜한 소리를 해서 교수님을 자극했다고 생각할 거예요. 거리를 두고 싶을 만해요."

"그런데 뭐, 그 사람들이 원하건 원치 않건 우리는 6월부터 모두 현장에 투입되죠."

하즈가 에나미를 달래고 있을 때 아모는 미사키가 줄곧 침묵하고 있는 것을 깨달았다.

"미사키. 넌 어떻게 생각해?"

"따로 말씀드릴 만한 게 없네요."

미사키는 친절하기는 해도 체온이 느껴지지 않는 목소리로 대답했다.

"그래도 뭐 느끼거나 한 건 있지 않아?"

"간바라 교수님도 말씀하셨지만 어차피 법률과 재판으로

상처 입은 사람들을 위로하는 건 한계가 있으니까요. 그걸 다시 한번 깨닫게 됐어요."

"꼭 남의 일처럼 말하네. 너도 법조계의 일원이야. 에나미처럼 현실과 이상의 간극을 메우고 싶지 않아? 그렇다고 네가 억지로 그러기를 바라지는 않지만."

"왠지 다람쥐 쳇바퀴 도는 느낌이 들어요."

미사키는 힘없이 말했다.

"에나미 씨의 분노에 찬물을 끼얹고 싶지는 않지만 시대가 변하면 새로운 범죄도 생기기 마련이죠. 그리고 그 범죄를 단속하려고 새로운 법률을 제정해도 또 다른 범죄가 생겨요. 어쩔 수 없이 현행 법률로는 구제할 수 없는 사람이 나올 수밖에 없다는 뜻이에요."

"그런 생각은 하나도 도움 안 돼."

에나미가 날카롭게 노려보며 타박하자 미사키는 면목 없다는 듯이 고개를 숙였다.

"그건 꼭 사법 자체에 희망을 가지지 않는 것 같잖아."

"네. 전 사법에 한계가 있다고 생각해요. 제아무리 범죄자를 엄하게 처벌하는 법률이 나와도 상처받은 이들을 달래 줄수는 없어요."

"사법이 범죄 피해자의 사후 관리까지 책임져야 한다는 소리야? 그런 건 당연히 불가능하지."

"제가 말한 한계라는 게 그런 의미예요."

미사키의 말에 아모는 머릿속이 물음표로 가득해졌다.

사람을 구제한다고?

상처받은 사람들을 달랜다고?

그런 건 헛소리다. 사법은 인간의 기본 인권을 존중하고 사회 질서를 유지하기 위해 존재한다. 전에도 아모가 한번 지적한 바 있는데 미사키는 여전히 이해 못 하고 있다.

"대체 넌 사법에 뭘 바라는 거야? 모든 걸 관장하는 신이라도 되고 싶어?"

"설마요. 그럴 리 없죠."

미사키는 당황한 것처럼 고개를 흔들었다.

"죄를 밝히고 그에 합당한 처벌을 내린다. 사법이라는 건 정의의 여신 테미스의 임무를 대행하죠. 고결하고 숭고한 일이에요. 그래도 제게는 왠지 어울리지 않는 것 같네요."

"그러니까 뭐가 어떻게 어울리지 않는데?"

아모가 뒷이야기를 재촉해도 미사키는 결국 끝까지 입을 열지 않았다.

강의를 다 마치고 아모가 현관으로 향할 때였다.

"자네에게 절대 나쁜 제안은 아닐 거야."

복도 모퉁이 쪽에서 귀에 익은 목소리가 들렸다. 평범한 대화 소리라면 흘려들었겠지만 왠지 주변을 살피며 소곤거리는 듯해서 자연스럽게 그쪽으로 신경이 향했다.

"자네가 사이타마 지검에 오면 즉시 일선에 투입될 테니."

틀림없는 간바라의 목소리였다. 대화 내용으로 보아 상대가 누군지도 쉽게 추측할 수 있다.

"제안은 감사하지만 전 아직 실무도 마치지 못했습니다. 제 적성을 확실히 깨닫고 나서 결정해도 늦지 않을 것 같네요."

미사키는 겸손한 자세로 완곡히 거절했다. 그러나 부드러운 거절에 물러설 간바라가 아니었다.

"적성이라면 강의 단계에서도 대략 알 수 있지 않나? 고엔지 교수님께 칭찬받았다는 이야기도 전해 들었네. 자네는 사회 질서를 위해서 사법의 길을 선택했겠지만 그렇다고 반드시 판사를 지망할 필요는 없겠지. 오히려 자네의 날카로운 관찰력과 엄격한 윤리관은 검사에게 꼭 필요한 자질이야. 아버지의 자질을 그대로 물려받은 것 아니겠나?"

얼굴은 보이지 않지만 미사키가 몹시 곤란해하고 있을 게 뻔하다. 미사키는 오로지 사회 질서만을 위한 사법에 절망하고 아버지에게 물려받은 능력도 혐오하고 있는데 간바라는 정반대 방향으로 그를 몰고 가려는 것이다.

"실무 연수를 마칠 때까지 자네에 대한 평가가 더 나아지면 나아졌지 떨어지지는 않겠지. 나는 자네가 반드시 추상열일의 배지를 달게 될 거라 믿네."

간바라는 억지로 단정 내리듯 말했지만 바꿔 말하면 그만큼 미사키의 재능을 신뢰하고 있다는 뜻이다.

"그러면 가장 먼저 어느 근무지에 배치될지가 정해지겠지. 일단 당사자의 의견을 듣기는 하지만 가족 상황 등 특별히 고려해야 할 사정이 없으면 대부분 대검찰청에서 인사를 결정하게 되네. 그리고 보니 교헤이 검사님은 지금 나고야 지검에 계시지. 자네는 혹시 아버지와 같은 곳에서 근무하기를 원하나?"

"아뇨. 그것만은 한사코 거부합니다."

목소리는 부드럽지만 대답에 왠지 날이 서 있었다.

"아버지도 제가 가까운 곳에 있으면 여러모로 신경 쓰이실 테고요."

"그럼 꼭 사이타마 지검에 와 줬으면 하네. 내 밑에서 일하면 자네의 그 재능을 활짝 꽃피울 수 있을 거야."

간바라의 자신감은 어디서 오는 걸까. 아직 실무 경험도 없는 연수생을 붙잡고 재능을 꽃피워 주겠다니. 자의식 과잉도 도가 지나치다.

그러나 아모는 한편으로 가슴 깊숙한 곳에서 부글부글 끓어오르는 마그마를 느꼈다.

뜨거운 용암이 자제심과 자존심을 불태우며 증오와 선망의 암석으로 변한다.

왜 내가 아니라 미사키일까.

왜 나는 봐 주지 않는 걸까.

두 사람의 눈앞에 불쑥 나타나 대화를 끊고 싶은 욕망과 숨죽인 채 상황을 계속 지켜보고 싶은 마음이 뒤엉킨다.

미사키의 목소리가 그런 아모의 망설임을 떨쳐 주었다.

"제게도 직업 선택의 자유가 있겠지요."

"……그거야 당연하지. 하지만 잘못된 방향으로 나아가려는 연수생을 말리는 것도 교수의 의무야."

"실무 연수까지 받으면 제가 가진 역량과 적성이 전부 드러날 겁니다. 1년 4개월 동안 연수생의 갈 곳이 모두 정해질 거예요."

"나로서는 지금 당장 자네와 계약을 맺고 싶은데."

결국 미사키는 간바라의 제안을 뿌리치고 복도에 모습을 드러냈다. 아모와 마주치고도 미사키는 별로 놀라지 않았다.

"미안. 무심결에 듣고 말았어. 일부러 엿들으려고 한 건 아니야."

"저도 알아요."

미사키는 퍼뜩 떠오른 것처럼 왼손을 들어 올렸다. 그가 손에 쥐고 있던 것은 하얀 티슈 한 장이었다.

"뭐야, 그건."

"갈 때 간바라 교수님이 주시더군요."

"백기 항복이라는 의미인가?"

"손에 난 땀을 닦으라고 주셨다면 자신의 말이 위협이 될 수도 있다는 걸 아신다는 뜻이겠죠."

그 말을 끝으로 미사키는 아모를 남겨 두고 현관 쪽으로 사라졌다.

이 세상에 공평한 건 아무것도 없지 않을까.

딱 하나 있다면 그것은 바로 죽음이다. 내게도 미사키에게도 죽음만은 공평하게 찾아온다. 다만 그 시기와 찾아오는 방식이 다를 뿐이다.

3

다음 날 아침 아모는 전문서를 사기 위해 와코시역으로 향했다. 대형 서점이 있는 이케부쿠로까지 전철로 약 20분 거리다.

기숙사를 나설 때 미사키가 아모를 뒤따라왔다.

"서점에 가실 거면 저도 같이 가도 될까요? 사고 싶은 책이 있어서."

거절하기도 뭐해서 아모는 함께 가기로 했다.

아침 8시가 지나 회사원과 학생들이 몰릴 시간대지만 승차율은 약 120퍼센트에 머무른다. 와코시역에서 전철에 올라탄 아모와 미사키는 운 좋게 자리에 앉을 수 있었다.

이 시간대는 회사원보다 학생이 압도적으로 많다. 이케부쿠로까지 가는 길목에 학교가 많아서 교복도 다양하다.

"도심까지 20분도 안 걸리는 건 확실히 장점이야."

아모는 어제 대화를 엿들은 것이 아직 마음에 걸렸다. 찜 찜함을 감추려고 별 상관도 없는 잡담을 꺼냈다.

"그러네요. 연수원 주변에는 아무것도 없으니 공부에 집중할 수 있고 필요한 책도 이렇게 금방 사 올 수 있으니까요."

"하지만 평범한 회사 간부 후보생들은 산골짜기 연수원에 틀어박혀서 지옥 같은 일주일을 보낸다고 하는데 우리는 그 기간이 무려 1년 4개월이야. 법무성은 도대체 우리를 어떻게 생각하는 걸까?"

"연수생이라고 생각하겠죠."

"뭐야. 그 선문답은."

"같은 부지에 판사들이 쓰는 '히카리관'도 있는 걸 보면 사법 관계자들은 다른 데 신경 쓰지 말고 오로지 공부에만 집중하라는 것 같아요."

"전근대적이네. 판검사와 변호사도 세상 물정에 어두우면 머리로만 모든 걸 판단하는 사법 기계가 될 뿐이야. 에나미도 전에 말했지만 사법 관계자들은 조금 더 세상을 알아야 해."

"그 말씀은…… 저도 동의합니다."

"세상이 어떻게 돌아가는지 피부로 직접 느끼고 업무에도 활용해야지. 피의자를 벌하고 변호할 때도 가치관이 구태의연하면 오판이 생길 수밖에 없어."

"저도…… 그렇게…… 생각합니다."

아모는 미사키가 뭔가 이상하다는 것을 눈치챘다. 대답이 평소처럼 분명하지 않고 반응도 한 박자 느리다.

넌지시 살피니 미사키의 시선이 정면에 앉은 승객에게 쏠려 있다. 머리카락이 검고 나이는 미사키와 비슷해 보이는 여대생 느낌의 여자다.

지금껏 미사키가 이성에게 관심을 보인 적이 없어서 아모는 내심 놀랐지만 유심히 관찰하니 미사키는 여자가 아닌 그 옆에 있는 물건을 쳐다보고 있었다.

트럼펫 케이스였다.

이 전철이 서는 정류장 근처에는 유명한 음대도 여럿 있으니 여자도 그중 한 곳으로 향하는 중일 것이다. ABS 수지로 만든 흔하고 수수한 디자인의 검정 케이스다. 어디에도 시선을 잡아끌 요인은 없었다.

그런데도 미사키의 눈은 그 케이스에 여전히 못 박혀 있다.

"미사키."

아모가 팔꿈치로 툭 치자 그제야 미사키는 정신을 차렸다.

"저, 죄송해요. 자리를 옮길 수 있을까요?"

"뭐?"

주변을 둘러봤지만 같은 칸에 빈자리는 없다.

"옮긴다니, 어디로?"

"다른 칸으로."

"뭐야, 왜 그래. 미사키, 잠깐, 잠깐만!"

말리려고 했지만 미사키가 더 빨리 몸을 일으켰다. 도망치듯 자리를 떠나는 미사키를 다른 승객들이 의아한 듯이 쳐다본다. 홀로 남은 아모에게도 시선이 쏟아져서 아모는 어쩔 수 없이 미사키를 따라갈 수밖에 없었다.

옆 칸은 만석이라 둘이 앉을 자리가 없었다. 그래도 미사키는 아랑곳하지 않고 문 옆에 있는 손잡이를 움켜잡았다.

"죄송해요. 앉아서 갈 수 있었는데."

"아니, 괜찮아. 어차피 이케부쿠로까지 세 정거장 남았으니까. 그런데 대체 왜 그래?"

"갑자기 속이 안 좋아서."

"속이 안 좋으면 오히려 앉아 있어야 하는 것 아니야? 자리를 옮길 이유는 아닌 것 같은데."

"그대로 앉아 있다가는 게워 냈을지도 몰라요."

변명치고는 너무 치졸하다. 평소의 미사키라면 조금 더 그럴싸한 대답을 들려줄 것이다.

아모는 더 캐물어 볼까 했지만 미사키의 옆얼굴을 본 순간 호기심이 급격히 사그라들었다.

미사키는 지금껏 단 한 번도 보여 준 적 없는 허탈한 표정을 짓고 있었다.

마치 부모님에게 토라진 어린아이 같은 얼굴이었다.

이케부쿠로에 있는 대형 서점은 면적에 비해 법 관련 서적이 충실히 구비돼 있었다. 유히카쿠*를 비롯한 법서 전문 출판사가 서점과 가까운 영향도 있을 것이다. 아모는 사려고 한 책을 금세 찾을 수 있었다. 미사키도 오래지 않아 쇼핑을 마쳤다.

"어디 들렀다가 갈까?"

번화가인 이케부쿠로역 주변에는 와코시와는 전혀 다른 세계가 펼쳐져 있다. 연수원 주변이 잿빛이라면 이곳은 그야말로 총 천연 무지개색이다. 패스트푸드점 하나만 해도 이케부쿠로에 있는 매장이 더 세련돼 보이는 것은 연수원에서의 평소 일상이 그야말로 단조롭다는 증거일 것이다.

"잠깐만 쉬었다 가자."

미사키는 전철에서의 일이 마음에 걸렸는지 순순히 아모의 제안에 따랐다.

실은 이케부쿠로에 오면 가고 싶은 가게가 있었다. 서점 옆 골목길을 잠시 걷다 보니 작은 빌딩이 눈에 들어왔다. 아모가 가려는 곳은 이 건물 1층에 있는 찻집이다.

"기숙사 방도 나름 방음이 되지만 역시 만족할 정도로 크게는 못 들어서."

찻집 문을 연 순간 파헬벨의 〈캐논〉 선율이 귀에 흘러 들어왔다.

---

* 일본의 학술서 전문 출판사.

이곳의 매력은 ESOTERIC사의 고급 앰프와 TANNOY 사 고급 스피커로 음악을 들을 수 있다는 점이다. 아모도 검찰이 되면 사려고 벼르고 있는 오디오 기기들이다.

가게 안을 흐르는 곡의 장르는 오로지 클래식. 선곡은 주인이 자신의 취향대로 하지만 손님의 신청곡도 받아 준다고 한다.

아모는 잽싸게 빈자리에 가서 앉았다. 한쪽 벽면에 사람들이 명반이라 말하는 케르테스 지휘의 드보르자크 교향곡 제9번 〈신세계〉, 숄티 지휘의 스트라빈스키 〈봄의 제전〉, 메타 지휘의 홀스트 모음곡 〈행성〉 등의 LP 재킷이 나란히 장식돼 있다. 아모는 그것들을 보기만 해도 가슴이 뛰었다.

블렌드 커피를 주문하자 웨이터는 "신청곡 있으십니까?"라고 물었다. 어떤 곡을 신청할지는 가게에 들어오기 전부터 정했다.

"베토벤 피아노 협주곡 제5번 〈황제〉. 가능하면 루빈슈타인이 연주한 곡으로 듣고 싶습니다."

"알겠습니다."

이로써 드디어 〈황제〉를 큰 음량으로 만끽할 수 있다. 그렇게 기대하고 있을 때 불현듯 눈앞에 앉은 미사키가 기이한 행동을 시작했다.

가게 안을 연신 두리번거리는가 싶더니 〈캐논〉의 첼로 소리가 흐르기 시작하자 허리를 숙이고 고통을 견디는 것처럼 표정을 일그러뜨린다.

"죄송해요. 아모 씨."

미사키는 그렇게 말하고는 곧장 허리를 일으켰다.

"역시 컨디션이 안 좋아서 안 되겠어요. 먼저 실례할게요."

"미사키."

"아모 씨는 조금 더 쉬다가 오세요."

"미사키!"

아모가 불러 세우려 해도 미사키는 도망치듯 가게를 뛰쳐나가 버렸다.

그 모습을 보고 아모는 머릿속에 떠오른 의문이 어느새 확신이 되었다. 이렇게 해석하면 전철에서 본 미사키의 기이한 행동도 설명할 수 있다.

틀림없다.

이유가 무엇인지는 몰라도 미사키는 클래식 음악에 알레르기가 있다.

4

스무 살이 넘어도 사라지지 않는 종류의 장난기가 있다. 악의에 의한 것은 아니고 친한 친구를 놀리거나 호감 있는 여자의 관심을 끌고 싶을 때 드는 짓궂은 마음이다. 남자들만 품는 감정일 수 있고 여자에게는 직접 그런 게 있냐고 물어본 적이 없으니 알 수 없다.

미사키에게 음악 알레르기가 있다고 결론 내린 다음 날부터 아모의 그런 장난기에 불이 붙었다. 사이 좋은 사실 이면에 질투라는 감정이 있었던 것은 부인할 수 없다. 똑똑한 머리와 잘생긴 외모. 집안이 좋은 것으로 모자라 성격까지 훌륭하니 이만한 반칙이 있을까.

그런 반듯한 얼굴이 당황해서 일그러지는 모습을 한 번이라도 보고 싶었다. 열등감에 사로잡힌 자에게 그 정도는 허락될 거라고 믿었다.

사법 연수는 강의와 실습만으로 이뤄진 것은 아니다. 사법 지식 외에도 교양을 넓힐 목적으로 음악과 미술 감상을 추천하기도 한다. 아모는 명곡이나 명화를 접한다고 교양이 길러질지 솔직히 의문스러웠지만 연수원의 방침에 이의를 제기하고 싶지는 않았다. 그보다 미사키가 과연 자신의 제안에 응해 줄지가 문제였다.

다행히 미사키는 머리가 똑똑한 한편으로 누구보다 남을 쉽게 믿는 경향이 있어 다섯 살 어린아이를 속이기보다 쉬웠다.

"이번 주 토요일에 잠깐 시간 좀 내줄 수 있어?"

"어디 가시나요?"

"사법 연수의 일환. 너도 교수님께 들었지? 앞으로 법조계에서 살아가려면 그에 걸맞은 교양도 갖춰야 한다고. 좋은 기회가 생겼어. 도쿄에서 19세기 낭만주의 예술을 감상할 수 있대. 물론 내가 가자고 했으니 비용은 내가 댈게."

"낭만주의 말인가요? 좋아요. 저도 그림은 좋아하니까요."

미사키는 한 치도 의심하지 않고 흔쾌히 승낙했다. 예상은 했지만 맥이 풀릴 정도로 간단해 아모는 죄책감마저 느껴질 정도였다.

그래도 장난기가 죄책감을 이겼다. 아모는 토요일에 대비해 마음의 준비를 하면서 따분한 강의를 들으러 발걸음을 옮겼다.

그렇다. 따분했다.

연수 초반만 하더라도 교수들의 이야기가 모두 참신하게 들렸지만 전반기 연수가 끝나려는 지금은 집중할 만한 강의는 오로지 고엔지 교수의 강의뿐이다. 다다음 주부터는 드디어 현장 실습을 앞두고 있다. 이번 계획은 그 전야제나 마찬가지였다.

토요일, 아모는 미사키와 함께 도쿄로 향했다. 와코시역에서 도쿄 지하철 유라쿠초선을 타고 나카타초까지 가서 나카타초에서 다시 난보쿠선으로 갈아탔다.

"아모 씨는 도쿄에서 제법 오래 사셨나 봐요."

자리에 앉자 미사키가 느닷없이 물었다. 그러고 보니 이상한 자존심 때문에 미사키 앞에서는 지금껏 출신 대학을 언급하지 않았다는 게 떠올랐다.

"왜 그렇게 생각해?"

"노선도를 확인하지 않고도 아주 자연스럽게 전철을 갈아 타셔서요."

전철에 타고 나서 내 시선이 어디로 향하는지를 관찰한 걸 까.

"그렇기는 한데 도쿄에서 제법 오래 살았을 거라는 말은 좀 묘하네. 본가가 아예 도쿄에 있을 가능성은 생각 못 한 거 야?"

"아모 씨의 본가는 시즈오카현 하마마쓰시 아닌가요?"

하마터면 비명을 지를 뻔했다.

"잠깐만. 우리 집 주소를 알려 준 기억은 없는데."

"봤거든요."

"뭘?"

"'이즈미관'에 처음 이사한 날 방 앞에서 CD가 든 종이 박 스를 떨어뜨리셨죠? 그때 보낸 사람 이름에 적혀 있던 주소 가 저도 모르게 눈에 들어왔어요. 죄송해요."

미사키는 고개를 꾸벅 숙였지만 아모는 약간 공황 상태였 다. 그날 분명 밑면이 열린 박스를 치우지 않고 그대로 두기 는 했지만 미사키는 바닥에 떨어진 CD들을 꼼꼼히 확인했 을 터였다. 지금껏 그렇게 믿었는데 미사키의 관찰력은 박스 에 적힌 송장에까지 미치고 있었다. 미사키가 언제 어디를 주시할지 도무지 감이 잡히지 않았다.

새삼 혀를 내둘렀다. 이미 미사키의 남다른 능력을 질릴 만큼 봐 왔지만 아직 놀랄 게 더 남은 걸까.

연수원 복도에서 엿들었던 간바라의 목소리가 되살아났다.

—자네의 날카로운 관찰력과 엄격한 윤리관은 검사에게 꼭 필요한 자질이야.

—실무 연수를 마칠 때까지 자네에 대한 평가가 더 나아지면 나아졌지 떨어지지는 않겠지. 나는 자네가 반드시 추상 열일의 배지를 달게 될 거라 믿네.

억누르고 있었던 질투심에 또다시 불이 붙었다.

두고 봐, 미사키. 그 점잔 빼는 얼굴을 종잇장처럼 구겨 줄 테니.

전철은 잠시 후 다메이케산노역에 도착했다. 역 안에는 공연장 광고 간판이 걸려 있지만 미사키가 신경 쓰는 기색은 없다.

13번 출구를 지나 밖에 나가 롯폰기 거리를 직진하자 가려던 건물이 눈에 들어왔다. 그제서야 미사키도 뭔가 이상하다고 느낀 듯했다.

"아모 씨, 여긴……."

"그래, 오늘의 예술 감상 무대인 산토리 홀이야."

"19세기 낭만주의 회화를 보러 가는 게 아니었나요?"

"아, 내가 잘못 말했나 보다. 낭만주의가 아니라 낭만파였어. 그리고 회화라고는 한마디도 안 했고."

아모는 담담히 공연장 앞 계단을 올라가 정면 입구에 걸린 대형 간판을 가리켰다.

'도쿄 교향악단 정기 공연. 대강당 14:00 공연 시작. 출연: 지휘 구로다 세이치, 피아노 도조 미노루.'

"저…… 저는 콘서트는 좀."

미사키가 당황하며 거절하려고 해서 아모는 주머니에서 티켓 두 장을 꺼냈다.

"S석 두 장이야. 쪼들리는 사법연수생 형편에 무리 좀 했어. 여기까지 와서 돌아가거나 환불하겠다고 하면 곤란해."

"아니, 그러니까……."

"아니면 내 호의를 받아들이지 못하겠다는 거야?"

스스로 생각해도 효과적인 협박 대사라고 생각했다. 미사키는 가끔 넌더리가 날 만큼 남의 눈치를 살핀다. 친구가 힘들게 마련한 티켓을 허공에 날리게 할 리 없다는 예상이 들어맞았다.

미사키는 잠시 머뭇거리다가 무겁게 발걸음을 떼고 계단을 올라왔다.

"아무리 클래식이 싫어도 그런 표정은 짓지 마. 제대로 들어보지도 않고 싫어하는 거잖아. 내가 널 클래식 애호가로 만들어 줄게."

미사키는 왠지 서글퍼 보이는 미소로 화답했다.

접수창구에 티켓을 내고 대공연장 안에 들어가자마자 아모는 눈에 들어온 풍경에 압도됐다.

산토리 홀은 '세상에서 가장 아름다운 울림'을 콘셉트로 내건 도쿄 최초의 콘서트 전용 홀이다. 빈야드(포도밭) 형식의 좌석과 정면에서 조용히 위용을 떨치는 세계 최대급 파이프 오르간. 총 2천 6백 석이 무대를 마주 보며 전 좌석에 연주자의 소리가 도달하도록 설계됐다. 측면 벽은 삼각뿔 모양이고 천장은 안을 향해 완만하게 굽어서 객석 구석구석까지 이상적인 반사음이 전달된다. 벽면 내장재로는 화이트 오크, 바닥과 의자 등받이에는 오크와 나무를 듬뿍 써서 음향 효과를 높였다. 오크는 위스키 통에도 쓰이는데 공연장을 설계한 회사가 위스키 제조사라 더 신경 썼을 것이다. 아모는 티켓에 적힌 S석에 부랴부랴 가서 앉았다.

입구 직원이 나눠 준 공연 프로그램 표지에는 지휘자 구로다와 피아니스트 도조가 연주하는 사진이 인쇄돼 있다. 도조 미노루는 해외 콩쿠르에 여러 번 입상한 경험이 있는 일본 클래식계의 기대주다. 아모도 전부터 그를 주목해서 산토리홀 공연 소식을 듣자마자 펄쩍 뛸 정도로 기뻐했다.

오늘 연주곡은 베토벤 피아노 협주곡 제5번 〈황제〉와 차이콥스키 피아노 협주곡 제1번이다. 차이콥스키도 무시할 수 없지만 아모가 역시 가장 기대하는 곡은 〈황제〉였다. 세계적인 지휘자 구로다와 도쿄 필, 그리고 피아노계의 신성

도조가 연주하는 베토벤. 상상만으로도 흥분됐다.

그러나 아모가 이토록 들뜬 데 반해 미사키는 여전히 의기소침하게 프로그램을 힐끗거렸다.

클래식을 좋아하지 않는 사람은 많다. 아모의 친구 중에도 클래식은 너무 딱딱하고 지루하다는 이유로 멀리하는 친구들이 있다. 그러나 미사키처럼 극단적인 거부 반응을 보이는 경우는 드물었다. 아마 어렸을 때 클래식과 얽힌 어떤 트라우마 같은 게 생겼을 것이다. 그렇다면 역치법으로 그것을 극복하게 해 주는 것도 우정일 거라며 아모는 속으로 혀를 날름 내밀었다.

다시 미사키 쪽을 쳐다보자 미사키는 침착하지 못하게 계속 두 손을 쥐었다 폈다 하고 있다.

"미사키. 이제는 좀 괜찮아질 때도 되지 않았어? 기왕 온 김에 공연을 즐기다 가자."

"네, 그래요."

유심히 보니 미사키는 눈에 띄게 평소와 다른 모습이었다. 안색이 변하지는 않았지만 뭔가에 겁을 먹은 사람처럼 안절부절못하고 있다. 아모는 속으로 너무 심했나 하고 뒤늦게 후회했지만 이제는 돌이킬 수 없다.

—오늘 산토리 홀을 찾아 주신 관객 여러분께 진심으로 감사의 말씀을 드립니다. 공연 시작에 앞서 여러분께 부탁드리겠습니다. 객석에서 음식물 섭취는 삼가 주시기 바랍니다.

또한 산토리 홀의 모든 관은 금연입니다. 휴대 전화와 알람 시계 등은 다른 관객분들의 원활한 공연 관람에 방해가 될 수 있으니 반드시 전원을 꺼 주시기 바랍니다. 모쪼록 협력을……

잠시 후 1층과 2층 객석이 거의 들어찰 무렵 공연 시작을 알리는 벨소리가 울려 퍼졌다.

객석 조명이 어두워지고 악단원들이 무대 위에 하나둘 모인다. 악기 조율. 가장 먼저 울린 D 불협화음이 조금씩 조정된다. 관객들의 긴장감이 고조되는 와중에 흩어져 있던 악기들의 소리가 하나로 모였다.

객석에서 보니 악기는 플루트 둘, 오보에 둘, B♭ 클라리넷이 둘, 파곳 둘, E♭ 호른 둘, E♭ 트럼펫 둘, 트롬본 하나, 팀파니 한 대, 현악 5부. 〈황제〉를 연주하기 충분한 구성이다.

피아노 협주곡 제5번 내림마장조 작품 73, 부제 〈황제〉는 베토벤이 작곡한 피아노 협주곡 중 가장 마지막 작품이다. 곡을 쓴 시기는 1808년 12월부터 1809년 여름 사이라고 하니 나폴레옹이 이끄는 프랑스군이 베토벤의 집이 있던 빈을 점거한 시기와 겹친다. 그런 사실에서도 〈황제〉라는 부제를 베토벤 자신이 아닌 향후 다른 인물이 붙였다는 것을 추측할 수 있다. 실제로 이 웅장한 부제를 떠올린 사람은 동시대에 악보를 출판하던 요한 밥티스트 크라머라는 설이 유력하다.

명확한 것은 이 피아노 협주곡이 첫 공연 때 베토벤이 직접 연주하지 않은 유일한 작품이라는 점이다. 1802년 그는 '하일리겐슈타트 유서'를 남겼을 만큼 난청 때문에 고통받고 있었다. 〈황제〉를 썼을 당시에는 난청이 더 악화했을 테니 스스로 자기 연주에 자신이 없었을 것이다.

그러나 그런 배경에도 불구하고 완성된 곡은 웅장하면서 장대하고 섬세하면서도 대담해 베토벤 중기의 역동성을 거리낌 없이 쏟아부은 느낌이다. 수많은 피아노 협주곡 중에 아모가 〈황제〉를 유독 좋아하는 이유도 바로 그것이었다.

조율을 마치자 드디어 무대 옆에서 지휘자와 피아니스트가 등장했다. 두 사람을 기다렸다는 듯이 박수가 터졌다. 점점 커지던 환호의 박수 소리는 어느 순간 단번에 자취를 감췄고, 무대 위에서 두 사람이 서로 눈빛을 교환하자 공연장은 찬물을 끼얹은 것처럼 고요해졌다.

자, 이제 시작이다.

제1악장 알레그로 내림마장조 4분의 4박자.

아모가 만반의 준비를 마친 순간 갑작스럽게 오케스트라가 힘찬 주화음을 귀에 꽂았다. 역시 현장에서 듣는 소리는 녹음판에 비할 바가 못 된다. 엄청난 소리의 압력이 몸을 짓누를 기세로 쏟아진다.

숨 돌릴 틈도 없이 춤추는 듯한 피아노 독주가 패시지*를 연주하고, 중요한 순간순간에 오케스트라가 피아노를 떠받친다. 더없이 용맹한 선율이지만 이것은 아직 서주에 불과하다.

도조의 피아노는 속도를 높였다 낮췄다 하면서 청중들의 마음을 덥석 움켜쥔다. 청중들에게 이 연주와 끝까지 함께할 각오를 기어이 받아 낸다.

뒤이어 오케스트라가 웅장한 1주제를 제시하고 피아노가 뒤따른다. 도조의 피아노 지배력이 이 몇 소절 만에 증명됐다. 악보의 노예가 되거나 오케스트라에 종속되기를 거부하고 자신의 피아니즘을 당당히 선보이는 연주다.

피아노와 오케스트라의 주제 변주가 이어지다가 모든 악기가 자신의 소리를 울린다. 이 단계에서 아모는 벌써부터 악곡에 영혼을 빼앗겼다. 사법연수원에 온 뒤로는 하지 못했던 쏟아지는 소리의 샤워. 아모는 지금 선율에 온몸을 담근 채 이곳이 공연장인 것도 잠시 망각했다.

반주가 조금 이어지는가 싶더니 오케스트라는 1주제로 회귀한다. 생명의 힘찬 움직임을 축복하고 노래하는 기쁨을 칭송한다.

반주가 조금씩 잦아드는 것과 함께 피아노 솔로가 내딛기

---

*　　passage, 선율 사이를 높거나 낮은 방향으로 급하게 진행하는 부분.

시작한다. 도조의 피아노 지배력은 건재하다. 한시도 멈출 새도 없이 시간과 소리를 새겨 나간다.

아모는 솔직히 일본인 피아니스트들의 정확성에 치중한 피아니즘이 자신과 맞지 않는다고 생각했다. 정확성과 희열은 별개라 일본인의 연주에 감탄하기는 해도 감격하지는 않았다.

그 점에서 도조의 연주는 일본인의 피아니즘과 적당한 거리를 두고 있었다. 약간의 실수 따위는 힘으로 밀어붙이겠다는 배짱과 현이 끊어지지 않을까 걱정될 정도로 강력한 혼신의 타건. 거칠기는 해도 독자적인 해석이 두드러지는 도조의 연주는 마치 서양인 피아니스트의 연주를 방불케 했다.

그렇다고 마냥 거칠지만은 않고 경쾌한 터치도 자유자재로 구사하고 있다. 무심코 몸이 들썩일 것 같은 리드미컬한 피아노 솔로에 오케스트라가 바쁘게 따라붙는다. 아무리 협주곡이라고 해도 무대를 견인하는 주인공은 틀림없이 피아노였다.

잠시 후 곡이 단조로 바뀌고 제2주제가 출현한다. 기존과 동떨어진 나단조지만 곧 다시 원래의 내림마장조로 옮겨 간다.

그리고 이어지는 더욱더 광기 어린 타건. 아모의 자리에서는 도조의 결의에 찬 얼굴과 질주하는 손가락이 보인다. 듣는 이들의 마음에 숨어드는 피아노 솔로 선율이 청중들의 불안감을 부른다.

약음도 공연장 특유의 반향음 때문에 피부에 꽂힌다. 도조는 피아노를 지배하는 동시에 공연장의 분위기도 지배하고 있다. 콘서트 피아니스트에게 요구되는 자질 중 하나다.

아모는 문득 고개를 옆으로 돌렸다가 이변을 눈치챘다.

그토록 클래식을 거부하던 미사키는 도조를 뚫어지게 바라보며 미동도 하지 않고 있다. 그뿐만이 아니다. 심지어 도조의 피아노 연주에 맞춰 손가락으로 무릎을 두드리고 있다.

설마 정말로 클래식에 눈을 떴나? 그렇게 생각한 순간, 아모는 미사키의 손가락 움직임을 보고 소스라치게 놀랐다.

아마추어가 단순히 박자를 맞추는 수준이 아니다. 손가락 간격과 위치, 무릎을 두드리는 순서를 보며 확신했다. 미사키는 악보에 적힌 대로 운지運指하고 있는 것이다. 〈황제〉는 아모도 취미로 쳐 본 적이 있어서 운지법을 외우고 있다. 그러나 미사키의 손가락 움직임은 그보다 훨씬 정확했다.

이게 대체 무슨 일이지?

미사키가 〈황제〉를 이토록 정확히 연주한다고?

아모가 혼란에 빠져도 무대 위 연주는 계속 이어졌다. 현악 5부가 총동원돼 리듬을 새기자 오케스트라가 드높이 1주제를 부른다. 여기서부터가 전개부다.

잘게 새긴 피아노 독주. 불안과 의심을 품은 소리가 위로 솟구쳐 마음을 들뜨게 한다. 피아노는 오케스트라에 한 발짝도 뒤지지 않고 공연장 전체를 지배한다.

아니, 전체가 아니다.

S석, 피아노 바로 맞은편에 있는 이 자리에서 오직 미사키만이 도조의 지배에서 벗어나 스스로 허공의 건반을 두드리고 있다. 이 사실을 아는 사람은 옆에 앉은 아모뿐이다. 어느새 아모도 의식이 분리돼 도조와 미사키를 번갈아 보고 있었다.

팀파니와 피아노의 경주가 시작된다. 두 악기는 마치 대화를 나누듯 협주한다. 뒤따라오는 것은 쾌락과 고통, 그리고 안녕과 불안. 두 가지 상반된 요소가 한데 뒤엉켜 꿈틀거리며 마지막을 향해 간다. 도조의 피아노는 한 번의 방심도 허용하지 않고 끝까지 힘차게 상향과 하향을 거듭한다.

한편, 미사키의 손가락도 지지 않는다. 도조의 연주를 따라가는 것을 넘어 어떤 선율에서는 도조의 세기를 능가하는 것처럼 보인다. 아모는 어느덧 감각이 완전히 분리되어 귀는 도조의 연주를 향하고 눈은 미사키의 손가락을 주시하고 있었다.

피아노 독주에 다가가는 것처럼 오케스트라가 슬슬 나설 차례를 살핀다.

그리고 찾아온 재현부에서 마침내 피아노와 오케스트라가 작렬했다. 오케스트라 소리에 질세라 도조의 타건이 그 어느 때보다 강력한 소리를 발산하며 청중의 피부를 넘어 뼛속까지 날아와 꽂힌다. 거칠게 날뛰는 선율과 하늘까지 도달할 듯한 소리. 그 안에서도 피아노의 지배력은 압도적이다. 도조의 가냘픈 몸 어디에 이런 힘이 있는 걸까. 보면 볼수록 피아니스트는 운동선수와 마찬가지라는 생각마저 든다.

미사키의 얼굴에서는 이미 긴장과 망설임이 사라지고 없었다. 입술을 한일자로 다물고 굳은 표정으로 연주하는 도조와 달리 미사키는 엄마의 양수 속을 떠다니는 태아 같은 얼굴로 끊임없이 손가락을 움직이고 있다.

이제는 의심할 여지가 없다.

미사키는 피아노를 쳐 본 사람이다. 그게 아니면 이토록 정확하게 손가락을 움직일 수 없다. 그렇다면 내 앞에서는 왜 그렇게 클래식을 싫어하는 것처럼 굴었을까. 공연장에 들어오기 전과 후가 백팔십도 다른 미사키의 모습에 아모는 몹시 혼란스러웠다.

곡은 또다시 조를 바꿔 1주제를 중심으로 해 요란하게 앞으로 나아간다. 〈황제〉의 특징은 누가 뭐라고 해도 바로 이 용맹함과 과감함이다. 그러나 한 번만 들어도 바로 기운이 샘솟는 것은 호쾌한 곡상에만 머무르지 않는 1주제의 절묘한 구성 덕이기도 하다.

시간을 잘게 새기는 피아노, 맨 뒤에 있는 벽까지 꽂히는 트럼펫, 바닥을 기는 오보에와 파곳. 구성 악기 하나하나가 매몰되지 않고 자신의 존재를 당당히 주장하고 있고 그들의 꿈틀거림이 하모니를 만들어 낸다.

아모도 보통 때라면 음악의 희열에 온몸을 맡긴 채 몸과 마음 모두 해방됐을 것이다. 그러나 옆자리에서 보이지 않는 피아노를 연주 중인 미사키가 그렇게 놔두지 않는다. 이미 수백 번 〈황제〉 연주를 보고 들은 아모는 미사키가 연주하는 피아노 소리마저 귀에 들리는 듯했다.

그러다가 또다시 깜짝 놀랐다. 허공 속 피아노를 연주하는 미사키는 지금껏 단 한 번도 본 적 없는 행복한 표정을 짓고 있었다. 강의를 들을 때나 교수와 연수생들과 대화할 때도 결코 보여 주지 않은 다른 얼굴. 어린아이처럼 순진하고, 철학자처럼 엄격하고, 타락 천사처럼 요염한 얼굴.

아모는 또다시 혼란에 빠졌다. 미사키의 진짜 얼굴은 대체 무엇이란 말인가.

무대에서는 1주제가 리드미컬하게 연주되고 있다. 이는 코다에 들어가기 전의 의도적인 경쾌함이다. 피아노는 더 높은 곳을 향해 서서히 음량을 키워 간다.

다시 한번 주제가 작렬했다.

모든 악기가 웅장하게 노래한다. 지금껏 쌓아 온 열정을 단숨에 토해 내듯 달린다. 질풍노도. 청중들은 소리의 파도에 휩쓸려 마지막을 향해 끌려간다. 거부할 수 있는 사람은 지금 홀로 다른 공간에서 연주 중인 미사키뿐 아닐까.

잠시 후 마지막 피아노 솔로가 찾아왔다. 절절하게 아쉬워하는 선율이 흩날리다가 잠시 후 호른 소리가 뒤엉킨다. 마지막 서주다.

또다시 1주제가 반복된다. 피아노는 강렬하게 소리치며 전합주의 멜로디를 노래 부른다.

구로다의 지휘봉이 허공을 갈랐다.

성대한 마침표를 찍고 제1악장이 끝났다.

팽팽했던 분위기가 풀리자 객석에서는 일제히 탄식이 새어 나왔다.

그러나 한숨 돌리나 싶었던 미사키는 복잡한 표정을 짓고 있었다. 마치 꿈에서 깨어난 사람처럼 아모를 보더니 불현듯 부끄러운 것처럼 얼굴을 일그러뜨렸다.

"넌 대체 정체가 뭐야?"

아모가 내뱉은 첫마디에도 미사키는 곤혹스러운 듯했다.

"나도 클래식 팬이라 운지가 엉망인지 아닌지는 알아. 방금 네 운지는 정확하기 그지없는 〈황제〉였어. 그것도 엄청나게 수준 높은……."

아모는 미처 말을 끝맺지 못했다. 아직 공연 도중인데도 미사키가 느닷없이 허리를 일으킨 것이다.

"미사키."

"죄송하지만 전 이만 가 볼게요."

"아직 1악장밖에."

"아모 씨는 정말 너무하시네요."

미사키의 한마디가 심장을 찔렀다. 지친 듯한 미소 역시 통증이 되어 가슴을 파고들었다.

"실례하겠습니다."

조용히 시작된 제2악장을 뒤로하고 미사키는 공연장 뒤쪽 출구를 지나 나가 버렸다.

III   *Stretto crescendo*
절박함을 담아 점차 강하게

I

전반기 강의가 끝나자 미처 쉴 새도 없이 실무 연수가 시작됐다. 사법연수생들은 검찰청에서 3개월, 법원에서 6개월, 변호사 사무소에서 3개월 동안 각 부서 베테랑 교수들의 지도를 받으며 실무를 경험한다. 강의와 다르게 현재 진행 중인 사건을 다루므로 연수생들의 긴장감도 높아질 수밖에 없다.

아모가 속한 조는 가장 먼저 사이타마 지검에서 연수를 받게 되었다. 와코시역에서 전철을 갈아타고 30분. 우라와역에서 10분 정도 더 걸으면 법무 종합 청사에 도착한다. 사이타마 현청과 사이타마 지방 법원이 바로 옆에 있어 건물이 전체적으로 넓고 긴 느낌을 준다.

"살짝 떨리네요."

하즈가 정문 현관 앞에서 긴장을 억누르듯 건물을 올려다봤다.

"연수원과는 역시 분위기 자체가 다른 것 같습니다. 뭔가 팽팽하다고 할까요. 검사 집무실에서는 실제로 피의자 소환 조사가 이뤄지니까요."

"그만하세요, 하즈 씨. 저까지 긴장되잖아요."

옆에 선 에나미도 얼굴이 굳어 있다. 장난스럽게 웃어넘기려고 하지만 잘 되지 않는 느낌이다.

"생각해 보면 여자들을 폭행하거나 죽인 피의자들도 여길 드나드는 거잖아."

에나미는 평소에 감정을 겉에 잘 드러내지 않지만 오늘은 역시 달랐다. 아모는 그런 에나미에게서 잠시 눈을 떼지 못했다.

그러나 긴장한 것은 아모도 매한가지였다. 보이지 않는 밧줄에 온몸이 꽁꽁 묶인 느낌이다. 현직 사법 관계자가 지도한다는 점은 같아도 교육을 받는 장소가 전혀 다르다. 연수원이 온실이라면 이곳 현장은 그야말로 가을 서리가 내리고 뜨거운 햇볕이 그대로 내리쬐는 황무지 같은 곳이다. 허약한 모종은 싹을 틔우기도 전에 말라 죽을 것이다. 아모는 나름대로 각오하고 왔는데도 두근거림이 좀처럼 멎지 않았다.

그러나 미사키만은 달랐다.

평소와 다르지 않은 따뜻한 미소를 얼굴에 띄운 채 긴장하거나 위축된 기색이 전혀 없다. 마치 지금 막 쇼핑이라도 하러 나온 사람처럼 쾌활함마저 느껴진다.

"평소랑 똑같네."

아모가 비아냥거려도 미사키는 한 번에 이해하지 못했다.

"뭐가 말이죠?"

"지금까지 넌 긴장이라는 걸 해 본 적이 있어?"

"당연하죠. 아주 많아요."

"전혀 그렇게 안 보이는데. 이제 피의자 대면 조사가 이뤄지는 현장에 들어가야 하는데도."

그러자 미사키는 이상한 것처럼 아모를 봤다.

"우열을 다투거나 개성을 선보이러 가는 것도 아니잖아요. 긴장할 필요가 있나요?"

"실무 연수를 하다가 야쿠자나 사이코패스 같은 사람들과 마주칠 수도 있어."

"다 똑같은 인간입니다."

아모는 조금 더 따져 물으려다가 그만두었다. 미사키가 세속을 벗어난 사람 같다는 것은 누구나 다 알지만 산토리 홀 사건 이후 인식을 다시 고쳤다. 단순히 세속을 벗어난 게 아니라 미사키 스스로 세속과 거리를 두려는 것처럼 보인다.

그날 공연장 자리에서 일어서며 미사키는 분노의 감정을 드러냈다. 앞에 있던 아모를 너무하다고 비난했다. 미사키가 공격적으로 다른 사람을 비난하는 모습을 처음 봐서 아모는 잠시 넋을 잃었다.

물론 반성은 했다. 클래식 알레르기를 고쳐 주고 싶었다는 것은 이유가 되지 않는다. 초등학생이나 할 법한 장난이었다. 아무리 미사키를 질투해도 도시락통 안에 개구리를 숨겨 놓는 것 같은 그런 유치한 짓을 해서는 안 됐다.

그러나 모든 것을 감안해도 미사키의 반응은 예상 밖이었다. 또 무대 위에서 〈황제〉가 연주되고 있을 때 미사키는 피아니스트 못지않게 손가락을 움직였다. 누가 봐도 피아노를 모르는 사람의 손가락 움직임이 아니었다. 그러기는커녕 고등학생 때까지 피아노를 배운 아모보다 더 능숙한 손놀림이었다.

거의 완벽한 운지. 그러나 정작 그 손가락의 주인공은 음악을 철저히 외면하고 있다. 그러한 모순 때문에 아모는 며칠 밤낮을 고민하며 미사키에게 말을 붙이지도 못했다.

미사키는 그날 일 따위 잊어버린 사람처럼 아모를 만나면 인사를 건넸다. 미사키에게 자신은 과연 어떤 존재일까 잠시 고민도 했지만 미사키는 딱히 고민할 문제로 느끼지 않는 듯했다.

언제까지나 죄책감과 자기혐오에 사로잡혀 있을 수는 없었다. 아모는 앞으로 미사키 앞에서 되도록 음악 이야기는 꺼내지 말자고 마음먹고 겉으로는 미사키와 예전처럼 지내려고 노력했다.

네 사람은 청사 안에 들어가 안내판을 보며 형사부로 향했다. 이렇다 할 특징 없는 복도 벽에 고발 포스터 따위가 붙어 있다. 건물 자체는 시청과 비슷하지만 포스터를 보자 들어오기 전에 느낀 긴장감이 한층 고조됐다.

문득 아모가 고개를 돌리니 역시나 하즈와 에나미도 얼굴이 굳어 있다.

"꼭 기가 죽어 이런 말을 하는 건 아니지만 역시 전 검찰을 지망하지 않은 게 정답 같습니다."

"아직 실무 연수 첫날이잖아요."

아모는 타박하듯 말했다. 두 달 동안 강의를 들으며 깨달았지만 본인의 지망과 자질은 좀처럼 일치하지 않는다. 판사를 목표하는 사람이 검찰이 더 적성에 맞거나 반대인 경우도 적지 않다. 연수는 자신의 자질을 제대로 파악하는 과정일지도 모른다.

"연수가 끝날 때쯤에는 역시 나한테는 검사밖에 없다고 생각하실 수도 있어요."

"과연 그럴까요. 이런 'THE 국가 공무원' 같은 분위기가 저는 영…… 전에 다니던 자동차 제조회사는 좋은 의미에서는 가족적인 분위기라 마음은 편했는데."

"그러고 보니 정말 가족적인 검찰청이라는 말은 못 들어본 것 같네요."

변호사를 지망하는 에나미도 동의하며 고개를 끄덕였다.

"애초에 유죄율 백 퍼센트를 목표로 내거는 조직이 가족적일 수 없겠죠. 저도 하즈 씨처럼 이런 분위기에는 왠지 위축되는 것 같아요."

"둘 다 너무 겁먹은 거 아니야? 환경보다는 자질 문제야. 분위기 같은 건 계속 있다 보면 자연스럽게 익숙해질 테고 그래도 익숙해지지 않으면 몸과 마음을 더 단련해야지."

잡담은 거기서 끝났다. 형사부 문을 열자 간바라가 네 사람을 기다리고 있었다.

"왔군, 미래의 검사들이."

그는 어울리지 않게 웃는 얼굴로 네 명을 맞아 주었지만 정말로 네 사람을 모두 검찰로 데려오겠다는 뜻은 아닐 것이다. 그의 본심은 미사키 한 명에게 쏠려 있는 게 훤히 보여서 아모는 고분고분히 홀려들 수 없었다.

"여러분이 실무 연수의 첫발을 이곳 사이타마 지검에서 떼게 된 것도 다 인연이겠지. 짧은 기간이지만 검찰이란 어떤 조직인지 직접 피부로 느끼고 배우도록."

형사부에는 간바라 외에도 검사 같은 사람들이 있었지만 몇 사람이 이쪽을 힐끗하기만 하고 아모 일행을 별로 환영하는 것 같지 않았다. 그러나 모든 이들이 주어진 일을 열심히 하는 모습이 오히려 아모의 눈에 믿음직스럽게 보였다.

"실무도 연수 커리큘럼의 일부인 만큼 친절하게 차근차근 설명해 주고 싶지만 아쉽게도 나도 소화해야 할 업무가 있어서 말이야. 그러니 여러분의 질문과 상담 역할을 이 사람에게 맡기려 하네."

간바라 옆에 서 있던 남자가 웃음기 없는 얼굴로 입을 열었다.

"사무관 니와라고 합니다."

검찰 사무관은 국가 공무원 일반직 시험에 합격한 후 각 지검에 채용되는 이른바 검사의 부관이다. 전반적인 검찰 사무를 소화하고 가끔 검사 대신 피의자를 조사할 때도 있다.

니와라는 남자는 간바라처럼 무뚝뚝하면서 냉정해 보였다. 처음부터 사법연수생들을 깔보고 있는 게 아닐까 생각될 정도다.

"여러분도 실무에 들어가면 통감하겠지만 전국 여러 지검 중 유독 사이타마 지검에 세간의 관심이 쏠린 흉악 사건이 많이 접수됩니다. 경시청의 검거율이 높은 데 반해 사이타마 현경은 낮으니 범죄가 집중된다는 소문도 있다지만, 진위를 떠나 소화해야 할 안건이 많은 건 틀림없는 사실이지요. 다른 지검에서 연수받는 것보다 훨씬 풍부한 경험을 쌓을 수 있을 겁니다."

자랑인지 자학인지 구분되지 않지만 마치 집에 딸린 수영장 깊이를 자랑하는 듯한 말투였다.

간바라는 느닷없이 미사키 쪽을 돌아봤다.

"교헤이 검사님도 전에는 사이타마 지검에서 실력을 발휘하셨다지. 어쩌면 여기서 쌓은 경험이 지금의 교헤이 검사님을 만들었다고 해도 과언이 아닐 거야. 그 아들인 자네가 첫 실무 연수를 사이타마 지검에서 받는 건 어쩌면 숙명일지도 모르겠군."

본격적인 연수에 들어가기에 앞서 벌써부터 미사키를 특별 대우하고 있다. 아모는 이런 상황이 이미 익숙하다고 해도 다른 검사와 사무관들 앞에서 보일 태도는 아니라며 속으로 분개했다.

미사키가 아모의 심정을 대변하듯 말했다.

"숙명이라고 생각하지 않습니다. 단순한 우연이죠."

감정을 자제했다고 해도 간바라의 말이 달갑지 않다는 게 충분히 전해지는 목소리였다.

그러나 간바라도 그 정도로 물러설 사람이 아니었다.

"그런가. 하지만 숙명이든 우연이든 본인의 의사와 상관없이 돌아가는 일이 세상에는 엄연히 존재하지. 자네들은 검사, 판사, 변호사 중 자신이 뭐가 될지 스스로 선택할 수 있다고 믿겠지만 실상은 자네들이 일을 고르는 게 아니라 일이 자네들을 고르게 돼 있네. 그게 바로 자질이라는 녀석의 정체야."

미사키는 여전히 무표정하지만 아모는 그가 속으로 애써 기분을 가라앉히고 있는 것을 눈치챘다. 세상에는 부전자전이라는 말을 극도로 싫어하는 사람도 있다.

"잔소리는 여기까지 하겠네. 아무튼 지금 이 순간부터 자네들은 사이타마 지검의 구성원이 됐어. 그 점을 명심하도록."

검사장의 훈시까지 듣고 네 사람은 곧장 검찰 사무 업무에 착수했다.

"사법연수원에서 다 배웠을 테니 새삼스럽겠지만."

니와가 입을 열 때마다 넌지시 비아냥거리는 기운이 느껴졌다. 성격 때문인지 아니면 검찰 사무관들은 다 이러는지 알 수 없지만 아모는 언젠가 검사가 되면 그를 잔뜩 부려 먹어 주리라 속으로 다짐했다.

"검사는 경찰이 송치한 안건 외에도 검찰에 직접 고소가 들어온 사건, 그리고 검사가 스스로 인지한 사건을 수사해 기소, 불기소를 결정합니다. 기소한 사건의 재판에 나가 증거 제출, 증인 신문을 거쳐 피의자의 범행을 입증하는데 판사가 심리 내용을 충분히 이해하도록 정확하면서도 신속한 입증에 힘써야 합니다."

뭔가 기존에 있는 매뉴얼을 낭독하는 듯하지만 묘하게 니와와 잘 어울렸다.

"거기에 국민의 신뢰와 신용을 얻으려면 유죄율은 항상 백 퍼센트를 추구해야 합니다. 단 하나라도 오인 체포나 원죄가 생겨서는 안 되죠. 따라서 검찰관에게는 신속, 정확함 외에 정밀함도 요구됩니다. 연수원에서 이미 귀에 못이 박히게 들었겠지만 추상열일의 배지는 그냥 주어지는 게 아닙니다. 피의자에게 엄격하고 자신에게는 그보다 더 엄격한 태도로 업무에 임해 주십시오. 그럼 실무를 시작하겠습니다."

아모의 조가 맡은 첫 번째 실무는 송치 안건의 증거품 대조였다. 집무실에 틀어박힌 채 경찰이 송치한 안건의 증거품 목록과 내용을 꼼꼼히 대조한 후 만약 빠진 게 있으면 연락해서 보완한다. 그러나 경찰에서 작성한 조서를 포함해 사건 하나당 증거품이 엄청나게 많아서 네 사람은 벌써부터 분량의 압박에 시달렸다.

입증이란 사실을 우직하게 쌓아 올려가는 작업이다. TV 드라마나 영화에 나오는 것처럼 멋지고 화려한 일이 아니다. 연수생들은 현실을 몸소 깨닫게 되었다.

네 사람이 분담해서 대조 작업을 이어 가는 동안 아모는 자신이 맡은 안건을 보며 기억을 되짚었다.

'가와구치시 그림책 작가 살인 사건'

갑작스럽게 호기심이 고개를 들어서 먼저 경찰 조서를 읽었다. 틀림없다. 언젠가 읽었던 조간 신문에 실린 목부육랑이라는 그림책 작가가 아내에게 살해된 사건이다. 3월 25일 일어난 사건이니 검찰 송치 시점도 대략 들어맞는다.

그 사건에는 미사키도 관심을 보였다. 동업자이기도 했던 아내가 남편을 왜 죽였는지 궁금하다고 했다.

"미사키, 이것 좀 봐."

옆에서 대조 작업에 전념하던 미사키에게 조서의 첫 장을 보여 줬다. 눈치 빠른 미사키는 그것만 보고도 아모의 의도를 알아차린 듯했다.

"이 상자에 대조 전 증거품이 들어 있다는 건 소환 조사를 앞두고 있다는 뜻이겠지?"

"그러겠네요."

"얼른 조사에 참가하고 싶지 않아?"

그러자 미사키는 잠시 고민하다가 나직이 중얼거렸다.

"어차피 일주일도 되기 전에 하기 싫어도 하게 될 텐데요."

"넌 별로 안 내키나 보네."

"간바라 교수님도 말씀하셨지만 저희에게 선택권은 없으니까요."

"필요하다면 사건이 알아서 우리를 선택할 거라는 말인가. 엄청난 운명론이네."

아모는 가볍게 흘려 넘겼지만 어째서인지 미사키의 말이 계속 가슴속에 남았다.

정말로 운명이었는지 네 사람은 며칠 후 그림책 작가 살인 사건의 피의자 대면 조사에 참관할 기회를 얻었다. 모의 연습까지 마치고 아모의 조는 대면 조사를 하는 곳으로 향했다.

조사는 각 검사들의 집무실에서 한다고 했다. 창문을 등지고 책상 앞에 간바라가 앉아 있고 오른쪽에 니와가 앉았다.

창문을 등지고 앉는 건 역광을 활용해 피의자가 검사의 표정을 알아보기 어렵게 하기 위해서다. 집무실의 책상 위에는 컴퓨터가 있고 책상과 책상 사이에 프린터가 놓여 있다. 아모를 비롯한 네 사람은 집무실 한쪽에 나란히 서서 피의자를 기다렸다. 간바라가 피의자를 신문하고 니와가 질문과 대답을 조서에 적는다. 연수생들은 옆에서 상황을 지켜보기만 하고 따로 입을 열 수는 없다.

집무실 안에는 철제 사물함과 캐비닛만 있어 그야말로 살풍경하다. 거기에도 엄연한 이유가 있는데 조사 중에는 경찰관이 입회하지 않으니 피의자가 무기로 쓸 만한 물건을 최대한 두지 않는 것이다.

"사건은 3월 25일 가와구치시 아오키에서 일어났습니다."

피의자가 들어오기 전에 니와가 간략히 상황을 설명했다.

"그림책 작가 목부육랑, 본명 마키베 로쿠로 씨가 함께 살던 아내 마키베 히미코 씨가 휘두른 흉기에 찔려 살해된 사건입니다. 현경은 흉기로 사용된 식칼에서 히미코 씨의 지문이 나왔다는 점에서 그녀를 체포, 검찰에 송치했지만 피의자는 조사가 시작될 때부터 일관되게 범행을 부인하고 있습니다. 또한 현장에서는 피해자의 휴대 전화가 사라졌는데 이역시 피의자가 처분한 것으로 경찰은 판단하고 있습니다."

하즈와 에나미는 신문 기사를 떠올렸는지 둘 다 고개를 끄덕였다.

아모는 운 좋게 현경 수사관이 작성한 조서를 사전에 읽었다. 상황 증거와 물증을 전부 갖춰 검찰에 사건을 송치한 현경의 자신감과 마키베 히미코의 무모한 저항을 알 수 있는 조서였다.

경찰 조사와 검찰 조사 내용이 크게 달라지는 경우는 거의 없다. 자백 사건의 경우 범행 동기와 방법, 기회 세 가지만 확보되면 경찰 조서 속에 모순이 없는지만 확인하면 된다.

그러나 피의자가 범행을 부인하는 사건은 다르다. 검찰 조사 단계에 피의자의 자백을 끌어내야 향후 재판을 유리하게 끌고 갈 수 있다.

니와의 설명이 끝나자 간바라가 무겁게 입을 열었다.

"조사 중에 갑작스럽게 이야기가 나오면 자네들이 당황할 수 있으니 미리 말해 두지. 지금 이곳에 올 피의자는 나와 면식이 있는 사람이야."

아모는 어안이 벙벙해져서 간바라를 주시했다.

"피해자 마키베 로쿠로는 내 대학 시절 친구다. 그가 결혼한 이후 그의 집도 몇 번인가 찾은 적이 있어서 아내와 안면을 트게 됐지. 물론 지인이라는 이유로 조사를 대충 할 생각 따위 없다는 건 굳이 말하지 않아도 되겠지."

그의 말을 들으며 아모도 속으로 이해했다. 검사와 판사가 피의자의 친족일 경우 통상적으로 해당 판검사는 사건에 배정되지 않는다. 그러나 단순히 얼굴을 아는 정도면 영향을 받지 않는다.

"반대로 면식이 있다는 이유로 더 철저히 조사하는 것도 옳지 않아. 위축되지 않고 평소처럼 행동하면 되는 거야. 결국 그런 태도가 공정성을 담보해 주기도 하지. 자, 그럼 시작하겠네."

간바라의 신호에 맞춰 문이 열리고 여자 한 명이 집무실에 들어왔다.

피의자 마키베 히미코, 42세.

화장기 없는 얼굴과 뒤로 질끈 묶은 머리, 평상복 같은 스웨터에 낡은 운동화를 신었다. 그녀는 남편과 함께 그림책을 만들었는데 남편은 글을 맡고 본인은 그림을 맡았다고 한다. 작가든 삽화가든 거의 집 안에 틀어박혀 하는 일이라 외출할 때 차림새를 별로 신경 쓰지 않을 수도 있다. 아니면 구속돼 있는 탓에 옷매무새를 가다듬을 여유도 잃은 걸까.

피로감은 복장뿐 아니라 표정에서도 배어났다. 두 눈가가 움푹 파였고 피부도 칙칙하다. 립스틱을 옅게 바르기는 했지만 전체적으로 거칠고 푸석푸석한 느낌은 지울 수 없다.

"간바라 씨……."

히미코가 입을 열자마자 간바라는 그녀의 말을 가로막았다.

"오랜만입니다. 여기서는 피의자와 검찰 입장이니 사적인 말은 삼가 주십시오."

지극히 사무적인 말에 히미코는 뒤통수를 한 대 얻어맞은 듯한 표정을 지었다.

"이름과 나이, 주소, 직업을 말씀해 주세요."

"마키베 히미코, 42세. 주소는 가와구치시 아오키 6번지 3-5, 직업은 그림책 삽화가입니다."

"가족 구성은?"

"남편과 둘이 살았습니다. 자녀는 없었고요."

"3월 25일 오전 8시경 당신의 남편 마키베 로쿠로 씨는 칼에 찔려 피투성이가 된 채로 1층 부엌에 쓰러져 있었습니다. 시신 근처에는 흉기로 사용된 식칼이 떨어져 있었고요. 바로 이겁니다."

간바라는 파일에서 종이 한 장을 꺼내 히미코의 눈앞에 들이밀었다. 흉기를 촬영한 사진의 복사본인데, 사진 속 식칼은 길이가 20센티미터 정도 되는 조붓한 식칼로 날 부분에 피가 잔뜩 묻어 있다.

"부검 결과 마키베 씨는 그 전날 밤에 살해된 것으로 판명됐습니다. 그와 함께 살았던 당신은 그날 밤에 어디 있었죠?"

부검으로 도출된 사망 추정 시각을 명확히 알려 주지 않는 것은 피의자가 직접 비밀을 폭로하는 상황을 노리기 때문이다. 오직 범인만 알 수 있는 피해자의 사망 시각을 피의자가 입에 담은 순간 덫에 걸리게 된다.

"전날 밤에는 남편과 말다툼을 하고 9시가 넘어 집을 나갔어요."

　수사 자료에는 이웃집 탐문 수사 때 마키베의 집에서 두 사람이 다투는 소리가 들렸다는 증언이 있었다. 부검 결과 사망 추정 시각은 전날 밤 9시부터 11시 사이이니 히미코가 남편을 살해한 후 그대로 집을 뛰쳐나갔다면 대략 들어맞는다.

　"집을 나가 어디로 갔습니까?"

　"제가 나가기 전에 남편은 저더러 친정으로 돌아가라고 했어요. 그래서 홧김에 저도 그러겠다고 하고 뛰쳐나갔고요."

　"친정 주소는?"

　"모리오카예요. 원래는 정말 내려갈 생각이었는데 우에노역까지 가서 생각을 고쳤어요. 그래도 곧바로 집에 돌아가기는 뭐해서 우에노역 앞 PC방에서 하룻밤을 새웠죠."

　"집에 돌아간 시간은 언젭니까?"

　"다음 날 아침 10시경이었어요. 집 앞에 경찰차가 몇 대 보여서 깜짝 놀랐죠. 집에 들어가니 안에는 형사님들이 계셨고 남편의 시신이 눈에 들어왔어요."

　히미코는 거기서 말을 한 번 끊고 침을 삼켰다.

　"그 뒤로 형사님들을 따라 가와구치 경찰서에 가서 지문과 타액을 채취했죠. 남편과 말싸움을 벌인 전날 밤 상황을 설명하고 있을 때 지문이 일치한다는 이유로 그 자리에서 체포됐답니다."

24일 밤 히미코가 PC방에서 밤을 새운 것은 가게에 남은 기록으로 쉽게 입증할 수 있을 것이다. 그러나 이는 알리바이가 될 수 없다. 그녀가 남편을 죽이고 집을 나가도 시간상 맞기 때문이다.

"피해자와 말다툼을 벌였다고 했는데 원인은 뭐였습니까?"

"창작 문제로 견해 차이가 있었어요."

"자세히 들려주시죠."

"저희 부부는 대부분 일을 함께했어요. 남편이 이야기를 만들고 제가 거기에 맞춰 그림을 그렸죠. 오랫동안 함께 일해 와서 굳이 말하지 않아도 남편이 작품에 어떤 메시지를 담으려는지 정도는 이해하게 됐어요. 하지만 그날만큼은 남편의 이야기 속 주제가 영 이해가 안 돼서……."

"그림책은 보통 아동과 초등학교 저학년생들이 읽겠죠. 성인 두 분이 말다툼을 벌일 만큼 거창한 주제가 필요할까요?"

"남편은 원래 순문학을 하려던 사람이라 작품 주제와 등장인물을 만드는 걸 그림보다 훨씬 중요하게 생각했어요. 그전까지는 저도 그런 남편에게 최대한 맞춰 줬는데, 다음 작품을 구상하고 있을 때 이번에는 정말로 납득이 안 돼서……."

"구체적으로 어떤 부분에서 견해 차이가 생긴 겁니까?"

"남편은 아무리 그림책이어도 비판 정신이 꼭 필요하다고 했어요. 그러니 다음 작품에는 정치 비판 메시지를 담자고 하더군요. 하지만 전 아이들이 읽을 책에 정치 비판이나 풍자를 담는 건 조금 이른 것 같다고 했고 그래서 의견이 충돌하게 된 거예요."

지금껏 무표정한 얼굴로 일관하던 간바라가 아주 약간 고개를 숙였다.

"작품에 정치 비판 메시지를 담느냐 담지 않느냐. 고작 그 이유로 당신은 남편을 살해한 겁니까?"

"전 남편을 죽이지 않았어요!"

고개를 숙인 간바라와 달리 히미코는 고개를 번쩍 들었다.

"의견 차이로 말다툼을 벌이기는 했어도 그런 일로 남편을 죽이다뇨."

"하지만 흉기로 사용된 식칼에서는 당신 지문만 검출됐습니다."

"부엌일은 제가 도맡아 했으니까요. 당연히 제 지문이 묻었을 수밖에 없죠."

"일에 대한 평가 면에서도 갈등의 원인이 있지 않았나요?"

간바라가 속을 떠보듯 날카롭게 묻자 히미코의 낯빛이 달라졌다. 친구의 아내에게서 자백을 끌어내는 것은 어떤 기분일까. 아모는 히미코보다 간바라가 더 안쓰러워졌다.

절대 남의 일이라 할 수 없다. 언젠가 자신도 검사가 됐을 때 이렇게 친구나 지인을 신문할 가능성이 없다고 단언할 수 없는 것이다. 강의에서도 이 문제를 다뤘고 간바라가 조사

전에 미리 선언하기도 했다. 상대가 지인이든 부모든 상관없다. 이곳에 존재하는 사람은 오직 범죄를 규탄하는 자와 규탄받아야 할 자뿐이다.

"작품을 공동 제작한다고 해도 삽화가보다는 역시 작가 쪽에 주목이 더 쏠리겠죠. 그림은 어차피 부수적인 것 아닌가요?"

"그런 생각은 해 본 적도 없어요."

"그런가요. 분업이라고 하면 듣기에는 그럴싸하지만 남편분이 이야기를 써 주지 않으면 당신은 그림은 그릴 수도 없을 겁니다. 바꿔 말해 그 작업은 작가가 주도하는 겁니다. 수입은 합산해도 원고료나 인세 등은 따로 계산됐겠죠. 남편과 아내가 아닌 작가와 삽화가라는 관계 때문에 갈등을 겪은 적은 없습니까?"

히미코는 잠시 간바라를 노려보며 입을 열지 않았다. 꼭 그걸 내 입으로 설명해야 하느냐는 표정이다.

"설마 당신에게 이런 말을 들을 줄은."

"저니까 이런 말을 하는 겁니다."

간바라는 쓰디쓴 것을 집어삼키듯 얼굴을 찌푸렸다.

"다행인지 불행인지 모르겠지만 전 피해자의 평소 성격과 인품을 알고 있죠. 마키베 로쿠로는 학창 시절부터 좌익 사상을 품고 있었고 항상 정치에 비판적이었습니다. 세 살 버릇 여든까지 간다고 해야 할까요. 그는 그림책 작가가 된 뒤로도 계속 세상에 날카로운 엄니를 드러내며 살았습니다. 당신이 언급했듯 그는 오랫동안 순문학 작가로 데뷔를 노렸지만 결국 꿈을 이루지 못하고 그림책 작가로 전향했고 그 뒤로 반사회적 경향은 더욱 심해졌습니다. 그런 사람이 집안에서 폭군처럼 굴었어도 이상하지 않고 당신이 그에게 저항하는 것 또한 극히 자연스러운 반응입니다."

"아니에요!"

히미코는 단호하게 부인했다.

"남편이 남들보다 더 열심히 정치 운동에 매진하기는 했지만 집안에서 독재자처럼 군 적은 없어요."

"히미코 씨, 제 이야기를 잘 들으세요. 지금 여기서 진술한 내용은 조서가 되어 법정에 제출됩니다. 전부터 남편에게 가정 폭력 경향이 있었던 게 인정되면 당연히 정상 참작 여지도 생기고요."

"정상 참작 따위 필요 없어요. 전 남편을 죽이지 않았어요!"

간바라는 히미코와 잠시 눈싸움을 하다가 짧게 탄식했다.

"조사는 앞으로도 계속될 겁니다. 변호사는 선임했나요?"

"아뇨."

"최대한 빠른 시일 안에 선임하는 게 좋을 겁니다. 검찰은 변호사 알선은 하지 않지만 변호사회 연락처 정도는 알려 드리겠습니다. 그럼 오늘 조사는 이것으로 마치겠……."

그때였다.

"저."

간바라가 말을 마치기 전에 미사키가 대뜸 입을 열었다.

"질문 하나 해도 될까요?"

갑작스러운 요청에 집무실에 있는 모두가 허를 찔린 듯했다. 원래라면 나무라야 할 간바라와 니와가 멍하니 아연실색하고 있자 미사키는 말을 이어 나갔다.

"아내분은 본명인데 마키베 로쿠로 씨는 왜 필명을 썼죠?"

질문을 들은 히미코는 곤혹을 감추지 못했다. 그녀는 미사키를 돌아보며 수상하다는 듯이 되물었다.

"그게 이번 사건과 무슨 관련이라도 있나요?"

"관련이 있는지 없는지는 히미코 씨께서 어떻게 대답하느냐에 달렸습니다."

"그게 무슨 뜻이죠?"

"제 질문에 먼저 답변해 주시면 감사하겠습니다."

"그 정도만 해."

그냥 내버려 두면 좀처럼 끝나지 않을 거라 판단했는지 간바라가 끼어들었다.

"급하지도 필요하지도 않은 질문으로 피의자를 곤란하게 만들지 말게."

"네, 죄송합니다."

미사키는 불쑥 끼어든 것에 반해 고분고분히 다시 물러났다. 아모는 미사키가 속으로 무슨 생각을 하는지 도저히 이해할 수 없었다.

그로써 대면 조사는 끝났고 마키베 히미코는 경찰이 기다리는 밖으로 나갔다.

"원래 검찰 조사 단계에서도 범행을 부인하는 피의자가 적지 않아."

간바라는 울적한 얼굴로 고개를 절레절레 흔들었다.

"하지만 그런 피의자에게도 자백을 받아내는 게 바로 검사의 실력이지. 아무리 그 상대가 지인일지언정."

훌륭한 신념이지만 간바라가 왠지 무리하는 것처럼 보이기도 했다.

"오늘 조사는 이것으로 마치겠다. 여러분은 이만 해산하도록."

2

첫 실무 연수를 마치고 미사키를 찾자 그는 간바라의 집무실에 있었다.

"여기서 뭐 해?"

"걱정 마세요. 니와 사무관님 허락도 받았습니다."

"그게 아니라."

보아하니 미사키는 증거품 대조 작업을 다시 시작하는 듯했다.

"작업은 이미 마쳤잖아."

"대조는 끝났지만 내용물을 다시 한번 확인하려고요."

골판지 상자에 붙은 라벨에는 '마키베 로쿠로 살인 사건 수사 자료'라고 적혀 있다. 미사키는 그 안에서 A4 크기 서류 뭉치를 펼친 채 읽고 있었다.

"그건 뭐야."

"대면 조사 때 언급된 그림책 작가 목부육랑 씨의 다음 작품이 아마 이거일 거예요."

"아니, 그게 아니라 지금 그걸 왜 보냐는 거야. 아까 대면 조사 때는 옆에서 끼어들기까지 하고. 넌 간바라 교수님의 눈에도 들었으면서 왜 그런 짓을."

"저도 모르게 말이 나왔어요. 정말 무의식적으로."

"사람들은 그런 행동을 보통 안하무인이라고 해. 대체 뭐가 그렇게 마음에 안 들어?"

"마음에 안 드는 게 아니라 궁금할 뿐이에요."

미사키는 아모에게 종이 묶음을 내밀었다. 작품이 쓰인 원고다.

"이게 그 정치 비판 메시지가 들어갔다는 작품인가?"

"다른 그림책 작가분들은 어떻게 작업하는지 모르겠지만 목부육랑 씨는 먼저 이야기를 원고로 써서 아내인 히미코 씨에게 전달한 것으로 보여요."

"다 읽었어?"

"여러모로 흥미진진하더라고요."

"설마 프롤레타리아 계급의 토끼가 뚱뚱하게 살찐 자본가 너구리를 퇴치하는 이야기는 아니겠지?"

"토끼가 등장하기는 하지만 그것과는 조금 달라요."

원고 첫 장에는 제목과 작가 이름이 적혀 있다.

＜붉은 토끼 로큰롤＞. 지은이 마키베 로쿠로

"특이한 제목이네."

"요즘 아이들은 이렇게 튀는 제목이 아니면 거들떠보지도 않을걸요. 한번 읽어 보세요."

아모는 초등학생 시절 이후 그림책을 집어 든 적이 없지만 그림 한 장 없는 원고라 일단 읽어 보기로 했다.

이야기는 이런 내용이었다.

옛날 옛적 어느 산골짜기에 붉은 토끼가 살았습니다. 신의 장난인지 선천적인 병인지 몰라도 그 토끼는 온몸이 새빨갰습니다.

산골짜기에서는 흰 토끼와 검은 토끼들이 각자 무리를 이루고 살았습니다. 인간 세계로 말하면 원시 공동체이고 그 집단 안에 있는 이상 굶어 죽을 걱정은 하지 않아도 되었지요. 그러나 무리를 벗어나는 순간부터는 혼자 힘으로 먹잇감을 구해야 합니다.

붉은 토끼는 냄새를 잘 못 맡고 뛰는 속도도 느려서 도저히 혼자서는 살아갈 수 없었습니다. 그래서 흰 토끼와 검은 토끼 중 어느 무리에는 속해야만 했습니다.

그날 이후 붉은 토끼의 고된 일상이 이어졌습니다. 겨울이 되면 눈밭을 돌아다니며 온몸을 하얗게 만들어 흰 토끼 무리에 섞여 들어갔고, 사정이 여의치 않을 때는 흙탕물 속에 들어가 몸을 검게 더럽히고 검은 토끼 무리에 들어갔습니다. 그러나 눈이 녹고 비가 내리면 그 즉시 붉은 털이 드러나서 다시 무리에서 쫓겨났습니다.

언제 자신의 진짜 털 색이 드러날까 전전긍긍하던 어느 날 붉은 토끼는 원숭이 한 마리와 친해졌습니다.

"내 몸에도 붉은 부분이 많아. 난 너랑 닮았어."

그러나 아무리 사이가 좋아도 토끼는 토끼 무리 속에서 살아갈 수밖에 없습니다. 토끼가 원숭이 앞에서 고민을 털어놓자 원숭이는 이런 이야기를 들려줬습니다.

"어떤 들풀을 으깨서 몸에 바르면 털이 검게 변하고 비가 와도 지워지지 않는대."

붉은 토끼는 기뻐하며 그 들풀의 특징을 물었지만 원숭이는 경고도 잊지 않았습니다.

"그런데 듣기로는 실패하는 녀석이 꽤 많대. 별로 추천은 안 해."

그러나 붉은 토끼에게 다른 선택지는 없었습니다. 토끼는 원숭이가 가르쳐 준 들풀을 짓이겨 진액을 몸에 바르자 순식간에 온몸의 털이 검게 변했습니다.

이제는 무리에서 쫓겨나지 않을 거야. 붉은 토끼는 안심하고 검은 토끼 무리에 섞여 들어갔지만 평온한 일상은 그리 오래가지 못했습니다. 들풀 성분 때문인지 붉은 토끼의 몸에 습진이 생기고 날이 갈수록 체력이 쇠약해진 것입니다.

때마침 그 무렵 토끼들의 영역에 외부에서 온 다른 토끼가 나타났습니다. 붉은 토끼는 그 토끼를 보며 깜짝 놀랐습니다. 놀랍게도 그 토끼역시 온몸이 새빨갰던 것입니다.

흰 토끼와 검은 토끼들은 그 외지 토끼를 찬밥 취급했습니다. 먹을 것을 나눠 주지 않고 무리에 다가오려고 하면 그 즉시 깨물어 쫓아냈습니다. 붉은 토끼는 외지 토끼가 딱했지만 두둔하면 그의 동료로 의심받을수 있으니 동정심을 필사적으로 억누르고 다른 토끼와 함께 그에게 덤벼들었습니다.

얼마 후 겨울이 찾아오자 외지 토끼는 굶주린 데다가 상처가 악화해죽은 채로 발견됐습니다.

"대체 내가 무슨 짓을……"

붉은 토끼는 울면서 시신을 향해 사죄했습니다. 사흘 밤낮을 흐느끼다가 몸에 있는 수분이 전부 빠져나가는 것은 아닐까 걱정될 정도였습니다.

그로부터 얼마 지나지 않아 또 다른 문제가 일어났습니다. 계절이 바뀌자 털갈이 시기가 찾아와 모처럼 검게 물들인 털이 모조리 빠져 버린것입니다. 검은 털이 빠진 곳에서 새롭게 자라나는 새빨간 털.

그러나 붉은 토끼는 이제 두 번 다시 자신을 다른 색으로 감추려 하지않았습니다. 흰 토끼와 검은 토끼 양쪽 무리에서 추방되는 나날이 다시시작됐지만 붉은 토끼는 그래도 행복해 보였습니다.

"……잘 이해가 안 돼."

아모는 솔직한 감상을 말했다.

"아니, 무슨 이야기를 하려는지는 대충 알겠어. 사상적으로 전향한 활동가를 그리고 싶었겠지. 알기 쉬운 예를 들자면 근대에 벌어진 빨갱이 숙청을 들 수 있을 거야. 사회주의자와 공산주의자들이 박해를 피해 우왕좌왕하는 모습을 토끼에 비유했다고 해석하면 이해가 돼. 간바라 교수님 이야기에도 나왔잖아. 피해자 마키베 로쿠로가 학창 시절부터 좌익 사상에 빠져 있었다고."

"그렇다면 작가가 하고 싶은 말은 아무리 박해를 받아도 자신의 사상과 신념을 꺾으면 안 된다는 걸까요?"

"음, 그럼 피의자인 히미코 씨가 이 내용에 이의를 제기했다는 것도 납득이 되네. 아무리 그래도 이런 동화를 어떻게 애들한테 읽히겠어? 비참하고 잔인한 데다가 희망적이지도 않잖아. 결말도 배드 엔딩이고."

"그림 형제의 동화도 원작은 상당히 잔인했다고 해요."

"그냥 평범한 동화라고 생각해도 영 완성도가 떨어져. 스릴이나 쾌감은커녕 교훈 같은 것도 없는 이야기야. 이 이야기를 바탕으로 그림을 그리라고 하면 엄청 우울한 그림들만 나올걸. 애초에 동화에 무슨 로큰롤이야?"

"주인공의 살아가는 모습이 로큰롤 같다는 뜻이겠죠. 실은 전 내용 말고도 신경 쓰이는 게 있어요. 이 작가 이름을 봐 주세요."

"마키베 로쿠로잖아."

"이상하지 않아요? 그는 '목부육랑'이라는 필명을 썼어요. 살짝 조사해 봤는데 그가 그전에 쓴 책들에서는 모두 필명을 썼어요 하지만 이 작품에서만 본명인 마키베 로쿠로를 썼죠."

"이건 그냥 원고잖아. 책으로 낼 때는 필명으로 고칠 생각이었겠지."

"왜 그런 수고를 들일까요? 초고 단계부터 필명을 쓰면 될 텐데."

"작가 중에는 원래 비뚤어진 사람이 많아."

"그건 편견이에요. 뭔가 다른 이유가 있을 거예요."

뜻밖에도 미사키는 완고하게 자기 의견을 굽히지 않았다. 확신에 찬 목소리에 아모도 왠지 자신감이 수그러들었다.

"하지만 이 내용 때문에 마키베 부부가 말다툼을 벌인 건 맞잖아."

"아뇨. 전 반대로 이것이 말다툼을 벌인 이유가 될 수 없다고 봐요."

"왜?"

"사상이나 신념 운운하기 전에 어린아이들이 이런 이야기를 이해할 리 없어요. 오히려 우화성이 있으니 더 동화 같지 않나요?"

"우화성이라."

그렇게 생각하면 분명 전래 동화인 〈딱딱산〉이나 〈원숭이와 개의 싸움〉과 비슷하다고도 할 수 있다.

"공교롭게도 전 그림책이나 아동 문학을 잘 모르지만 이런 내용으로 출판돼도 학부모들이 별 거부 반응을 보이지는 않았을 거예요. 그래서 더욱 마키베 부부가 말다툼을 벌였다는 진술이 이 필명 건과 겹쳐서 묘해요."

"필명에 되게 집착하네."

"작가에게 필명은 고유 상표 같은 거니까요. 자기가 쓴 작품에는 전부 넣는 게 상식적이에요. 그런데 유독 왜 〈붉은 토끼 로큰롤〉만 본명으로 썼는지 전 영 이해가 안 돼서."

"하지만 네가 이해가 안 된다는 이유로 조사에 끼어드는 건 문제야."

"이상한 건 그뿐만이 아니에요. 피의자 마키베 히미코 씨는 계속해서 일관되게 범행을 부인하고 있어요. 상황만을 놓고 보면 만약 법정에 가더라도 평소에 아내가 남편에게 계속 압박을 받다가 충동적으로 범행을 저질렀다는 식으로 정상 참작이 될 여지도 있어요. 간바라 교수님이 하신 말씀이 정확해요. 그런데 지금까지 범행을 부인하는 걸 보면 정말로 히미코 씨가 범행을 저지르지 않았을 가능성도 생각해 봐야 한다는 거죠."

"……진심으로 하는 소리야? 히미코 씨가 범행을 저지르지 않았다면 사이타마 현경과 지검이 오인 체포를 했다는 뜻이 돼."

"피의자가 끝까지 범행을 부인하고 있으니 가능성을 넓혀 봐야 한다는 말이에요."

미사키의 눈빛은 전에 없을 만큼 진지했다.

"한 사람을 법정에 세우고 처벌하려는 거예요. 아무리 신중을 기해도 부족하지 않죠. 그리고 또 하나, 전 이 〈붉은 토끼 로큰롤〉을 조금 다르게 해석해요."

"다르게 해석하다니?"

그러나 미사키는 그 물음에는 답해 주지 않았다.

"피의자를 신중히 조사해야 한다는 의견에는 나도 동의해. 그런데 구체적으로 뭘 어떻게 하고 싶은데? 간바라 교수님이나 니와 사무관과 함께 가서 범행 현장을 조사라도 하게?"

"감식반이 이미 철저히 조사했을 테니 현장에는 아무것도 남아 있지 않겠죠. 하지만 기록만은 여기 다 담겨 있어요."

미사키는 골판지 상자를 가리키며 말했다. 그의 말대로 사건의 상세 정보는 모두 이 안에 있다. 현장에 가지 않고 주어진 증거와 당사자 진술만으로 진상을 파헤치는 것은 그야말로 검사가 하는 일이나 마찬가지다.

아모는 머릿속으로 재빠르게 주판알을 굴렸다. 피의자 대면 조사 때 간바라는 히미코의 자백을 끌어내지 못해 곤혹스러워했다. 검찰이 이번 사건을 히미코의 범행으로 단정 지은

근거는 이웃집에서 얻은 증언과 흉기로 사용된 식칼에 남아 있던 그녀의 지문뿐이다. 바꿔 말해 우리가 그 밖의 다른 증거 또는 히미코의 진술만 얻어 내면 앞으로 검사가 할 일이 훨씬 편해진다. 사법연수생들의 실무 평가 점수도 높아질 것이다.

"마키베 로쿠로의 필명 외에 또 신경 쓰이는 게 있어?"

아모도 수사 자료를 향해 손을 뻗었다. 파일을 펼치자 마키베의 시신 사진이 눈에 들어왔다. 우선 현장에서 발견된 시신의 전체 사진. 그리고 다음 페이지에는 가슴 상처 부위를 확대한 부검 전후 촬영 사진이 있다.

형사 사건인 만큼 시신 사진이 있는 것은 당연하지만 역시 아직 익숙하지 않았다. 강의에서 이미 여러 번 접했지만 그래도 사진을 보고 나서 고기를 먹으라고 하면 아직 먹을 자신이 없다. 에나미는 노골적으로 얼굴을 찌푸렸다.

그러나 미사키는 피바다에 드러누운 시신과 복부를 절개한 시신 사진을 봐도 눈썹 하나 까딱하지 않았다.

"이런 사진을 봐도 아무렇지 않아?"

"사진이니까요. 실물을 보면 놀라 주저앉을지도 모르죠."

"아버지가 어릴 때부터 그림책 대신 수사 자료를 보여 준 건 아니지?"

"설마요. 그래도 가끔 일을 집까지 들고 오신 적은 있어요."

"네 의견을 묻기도 했어?"

"아들 의견에 별로 귀를 기울이는 분은 아니세요."

미사키는 아버지 이야기만 나오면 어째서인지 무뚝뚝해진다. 오히려 시신 이야기에 더 제대로 반응할 정도이니 이해하기 어려웠다.

"시신의 상처는 가슴에 난 상처 한 군데뿐. 정면에서 칼에 찔렸다는 사실도 범인이 가족인 히미코 씨인 것을 암시해. 방어흔이 없는 건 방심한 탓일 거야. 부검 보고서에도 이 일격이 치명상이 됐다고 적혀 있고."

날 길이 20센티미터의 식칼에 찔리면 평범한 사람은 잠시도 버티지 못한다. 마키베는 아마 저항할 새도 없이 쓰러졌을 것이다.

"직접 사인은 출혈성 쇼크네요. 이토록 피를 많이 흘렸다면 앞에 있던 범인도 피를 뒤집어썼을 거예요."

"글쎄, 그런가. 당시 피해자가 입고 있던 셔츠의 소재는 폴리에스테르 65퍼센트에 면 35센트로 흡수성이 뛰어났어. 만약 칼을 찌른 다음 다시 천천히 뽑았다면 피도 별로 안 튀지 않았을까?"

미사키가 범인이 피를 뒤집어썼다고 추측한 데는 이유가 있다. 이웃집 주민이 시신을 처음 발견해 경찰이 현장에 출동했을 때는 부엌과 세탁기에 피 묻은 옷 따위 없었다. 집에 돌아온 히미코의 옷에서도 마키베의 혈흔은 검출되지 않았다.

"히미코 씨가 피를 뒤집어쓰지 않았다는 건 다르게 해석할 수도 있어. 범행 당시에는 외투를 걸치고 있다가 집에서 역으로 향하는 길에 버렸을 가능성이야. 사건이 일어난 이때는 계절상 주부들이 집 안에서 니트 카디건 등을 입고 있었을 수 있고."

"네. 그런 분들도 계시겠죠."

대답은 하지만 왠지 석연치 않아 하는 게 전해졌다.

"뭔가 만족스럽지 않나 보네."

"여성분들이 집 안에서 어떤 옷을 입는지 잘 모르지만 히미코 씨를 봤을 때 평소 그렇게 옷에 신경 쓰는 분 같지는 않았어요. 정리정돈 같은 걸 꼼꼼히 하는 분도 아닌 것 같았고요."

히미코가 털털한 성격이었을 거라는 추측에는 아모도 동의했다. 범행 현장인 부엌 사진 속 부엌은 난잡했다. 조미료와 비닐 랩 등은 물론이고 평소 쓰는 식기와 냄비도 수납함 밖에 나와 있었다. 범행이 발생한 시간이 전날 오후 9시부터 11시 사이이니 저녁 식사 후 정리를 마쳤을 테지만 싱크대 안에는 더러운 식기가 그대로 남아 있었다.

"히미코 씨는 그림책 삽화가예요. 평소에 잉크나 물감이 묻어도 되는 옷을 입지 않았을까요?"

"매일 그런 옷을 입고 있을 필요는 없지 않아?"

"그건 그래요. 하지만 주부에다가 주로 집 안에서만 일했으니 복장에 무신경했을 가능성은 크다고 생각해요."

"너무 갖다 붙이는 것 같은데."

아모는 수사관이 집 안 수색을 통해 압수한 물건 목록을 보며 말했다.

"넌 지금 히미코 씨가 무고한 피의자라는 생각에 지나치게 사로잡혀 있어. 그러니 보잘것없는 사소한 가능성에 집착하는 거고."

"아무리 작아도 가능성이 있는 한 간과할 수 없죠. 고엔지 교수님도 그런 태도가 바로 원죄를 낳는 요인이라고 지적하셨잖아요."

"고엔지 교수님도 지나치게 신중해. 그분은 돌다리를 두드리다가 깨뜨릴 분이야."

아모는 그렇게 말하고 퍼뜩 놀라 주변을 둘러봤다. 연수원에서 잡담을 나눌 때처럼 말했지만 여기는 합동 청사 안이다.

미사키와 대화하고 있다 보면 자기도 모르게 본심이 튀어나온다. 원해서 드러내는 게 아니라 늘 자제하려고 하지만 어느새 경계심이 허물어지는 것이다. 이 역시 미사키의 특기 중 하나이고 그가 검사가 되면 효과적인 무기가 될 것이다.

"판사는 언제나 힘없는 초식 동물보다 겁쟁이여야 한다. 강의 중에 고엔지 교수님이 여러 번 강조하신 말이에요. 전 꼭 판사뿐만 아니라 사법에 종사하는 모든 분에게 필요한 말이라고 생각해요."

"짜증이 날 정도로 여러 번 반복하시기는 하더라."

"전에 고엔지 교수님 또는 교수님과 가까운 분이 용서받기 어려운 큰 실수를 저질렀을 거예요. 그러니 그런 충고를 계속 반복하시는 거겠죠."

"그러려나."

"사려 깊은 사람은 실수에서 교훈을 얻는답니다."

미사키와 대화하다 보면 문득 미사키의 나이를 잊어버릴 때가 있다. 실제로는 아모가 두 살 더 많은데 마치 중장년 아저씨와 말을 주고받는 듯한 착각에 빠진다.

"넌 전에 대체 어떤 학생이었어? 평소에 조숙하다고 해야 하나, 애늙은이 같은 말을 할 때가 많아."

"지극히 평범했어요."

"가정환경 때문이려나."

"다른 가정이 어떤지 모르니 비교하기 어렵네요."

그때였다.

집무실 문이 열리더니 에나미가 얼굴을 불쑥 들이밀었다.

"둘 다 수고했어."

그렇게 격려하지만 표정은 잔뜩 당황해 있다.

"니와 사무관님께 들었는데 미사키가 직접 지원했다며. 그래도 돼?"

미사키는 의아해하며 되물었다.

"안 될 이유가 뭐죠?"

"아직 연수생 주제에 제 발로 야근을 하겠다고 나서다니. 그러다 정말로 검찰이나 법원에 들어가게 되면 지독하게 부려 먹힐 거야."

"제가 원해서 하는 일이니 괜찮아요."

"원해서 하는데 벌써 아모를 끌어들였잖아."

그러나 아모도 나름대로 계획이 있었다. 굳이 입 밖에 꺼내지는 않았지만 날카로운 에나미라면 눈치챘을 것이다.

"너랑 하즈 씨도 같이 할래?"

"미안하지만 난 패스. 하즈 씨도 과제가 남았다고 하니 패스일걸."

에나미는 상자 앞에 앉더니 안을 가만히 들여다봤다.

"미사키. 하나 물어도 돼? 이 사건에 왜 집착하는 거야? 조사할 건은 이 사건 말고도 많잖아. 절도나 사기 사건도 있고."

"피의자가 범행을 부인하니까요."

"피의자가 범행을 부인하는 사건 역시 발에 챌 만큼 많아. 네가 아무리 똑똑하다고 해도 하나하나에 신경을 다 기울이다가는 한도 끝도 없다고. 그걸 떠나 우리 연수생들의 의견이 꼭 필요한 상황도 아니고."

미사키는 별로 길게 이야기하고 싶지 않은지 곤란한 듯 웃으며 시선을 수사 자료에서 떼지 않았다.

"혹시 히미코 씨의 변명을 믿는 거야?"

"그 변명을 완전히 뒤집을 만한 재료가 없으니까요."

"살인 동기라면 설명할 수 있잖아."

에나미가 자못 당연하다는 듯 말해서 미사키는 에나미 쪽으로 눈길을 옮겼다.

"간바라 교수님은 작가와 삽화가의 관계성과 좌익 사상 등을 언급했지만 그건 어디까지나 남성 위주의 사고방식이야. 함께 사는 여자가 어떻게 느꼈을지 하는 부분이 빠져 있어."

"그게 뭔지 알려 주시겠어요?"

"대면 조사 때 너도 히미코 씨를 봐서 알겠지만 여자이기를 포기한 것 같지 않았어? 아무리 조사라고 해도 첫인상은 중요하기 마련이니 기초화장이라도 하고 오거나 괜찮은 옷을 갖춰 입을 거야. 그런데 히미코 씨는 맨얼굴에다 평상복 차림이었어. 이해하기 어렵지. 하지만 히미코 씨가 삶 자체에 지쳐 있었다면 이해할 여지도 있어."

"마키베 씨가 집 안에서 폭력을 휘둘렀다는 사실은 아직 입증되지 않았어요. 교수님의 추측일 뿐이고 피의자도 즉시 부인했고요."

"육체적인 폭력뿐만 아니라 정신적인 폭력도 있어. 가끔은 직접 얻어맞는 것보다 더 타격이 클 때도 있고. 히미코 씨가 바로 그런 사례였을 거야."

"근거를 알려 주시겠어요?"

"내가 전에 다니던 회사에서 경리로 일했다고 했지? 그 회사가 어떤 곳이었냐면 바로 중견 출판사였어. 그만두기 직전에는 경리였지만 한때는 편집 일도 같이했거든. 그 출판사는 다행히 출간 부수가 워낙 적어서 피해는 별로 없었지만 원래 그림책을 출간하는 건 밑 빠진 독에 물 붓기야."

에나미는 당시를 떠올리기만 해도 짜증스러운 듯이 인상을 썼다.

"그림책과 아동 문학은 외국 작품을 번역한 책이 많거든. 베이비붐 시대에는 경기가 좋았다고 하지만 지금은 출생률이 낮을뿐더러 고령화 시대잖아. 물론 국내에도 팔리는 작가가 있지만 대부분은 일감이 확 줄었대. 실은 대면 조사 이후에 출판이 엮인 사건이라 나도 나름대로 조금 조사해 봤어. 그림책 작가 목부육랑이 데뷔한 건 지금으로부터 10년 전. 처음에는 여러 출판사에서 오퍼를 받아 책도 여러 종 냈지만 요즘은 프롤 출판사라는 아동 전문 서적 출판사 한 곳과만 거래했나 보더라고. 게다가 벌써 2년이나 신작이 나오지 않았어. 일감이 줄어든 그림책 작가와 삽화가의 수입이 대충 어느 정도일지 짐작이 가지?"

"넉넉하지는 않았을 것 같네요."

"대면 조사 때 히미코 씨가 삶에 찌들어 보였던 건 그녀 자신의 성격 탓도 있겠지만 경제적으로 쪼들리는 상황도 이유 중 하나였을 거야. 먹고살기 힘든데 함께 사는 남편은 정치비판에만 골몰하는 배배 꼬인 사람. 나라면 그런 남자와는 하루도 같이 못 살걸. 그래서 피의자의 심정이 이해가 돼. 그런 상황에서 남편을 충동적으로 죽였다고 해도 이상하지 않다는 뜻이야. 가난은 원래 양심과 윤리를 파괴하니까."

에나미는 다시 미사키를 쳐다봤다.

"진술의 사소한 부분에 파고드는 건 그야말로 너답지만 안타깝게도 히미코 씨가 무고한 피의자는 아닌 것 같아. 이번 사건은 히미코 씨가 저지른 범행이 맞아."

"감사합니다."

미사키는 겸손하게 대답하면서도 생각을 바꿀 마음은 없어 보였다.

"여성분들의 심리를 잘 모르는 제게는 소중한 의견이에요. 같은 여성인 에나미 씨의 추측은 법정에서 지지를 받겠지요. 변호인이 제시하면 정상 참작 재료도 될 거예요."

"그럼."

"하지만 필명 문제가 해결되지 않은 이상 전 조금 더 조사해 보고 싶어요. 제가 사소한 부분에 집착하는 건 맞지만 사소한 부분에 핵심이 숨어 있을 때도 있으니까요."

"난 잘 모르겠어."

"피아니스트의 단 한 번의 미스터치로 곡 전체가 엉망이 되는 건 절대 드문 이야기가 아니랍니다."

3

다음 날 아모가 미사키와 함께 청사에 출근하자 간바라가
곧장 두 사람을 불렀다.

"니와 사무관에게 보고를 받았네. 어젯밤 늦게까지 남아
있었다더군."

아모가 변명하기도 전에 미사키가 한 발짝 앞으로 나갔다.

"죄송합니다. 대면 조사를 옆에서 참관한 것만으로는 부족
해서요."

"자네가 어제 마지막에 언급한 그 필명 문제 때문인가?"

"여러 분들에게 사소한 문제에 집착한다고 비난받기는 했
죠."

"그 말이 틀리지 않겠지. 물론 사소하다고 해서 마냥 방치
하는 것도 좋은 자세는 아니야. 구속 기간을 유념하며 백 퍼
센트 유죄로 만들 증거를 갖춰서 기소한다. 불안 재료는 모
조리 없앤다. 검사가 추구할 자세는 바로 그런 거니까. 사소
한 의문을 해결하려고 하는 건 틀리지 않았어. 다만."

간바라는 목소리를 깔고 말했다.

"검찰청에는 안건이 늘 산적해 있네. 자기만족만을 위해
움직이면 일정이 꼬이고 더 나아가 전체 업무에도 지장을 준
다는 소리야."

"죄송합니다."

"한 가지 사건을 대하는 자네들의 집념은 칭찬하겠어. 그러나 그것도 정도의 문제지. 오늘 처리해야 할 다른 안건도 줄지어 있는 마당에 자네들이 검사라면 그 한 건에 지나치게 집착한 나머지 다른 안건에서 구속 기한을 넘긴 게 생기면 어떡하겠나? 타임 오버. 아무리 혐의가 짙어도 혐의 불충분이라는 이유로 불기소 처분을 할 수밖에 없겠지. 그건 원래라면 법정에서 다퉈야 할 피의자를 다시 세상 밖으로 풀어주는 셈이야. 그게 얼마나 위험한 일인지 자네들은 알고 있나?"

불기소 처분의 이유는 세 가지가 있다. 가장 먼저 피의자가 무죄로 판명됐을 때의 '무혐의'. 둘째로 기소하기에 충분한 증거를 갖추지 못했을 때의 '혐의 불충분'. 마지막으로 범죄가 입증돼도 피해자와 합의가 성립하거나 피의자의 연령과 사정 등을 고려해 기소할 필요가 없다고 결론짓는 '기소 유예'. 이중 검사가 가장 수치로 여기는 것은 '혐의 불충분'이다.

"유죄율이 높아도 혐의 불충분으로 처리되는 건이 많다면 무슨 소용 있겠나? 완벽을 추구하는 건 이상적이지만 기한을 지키는 게 더 중요해."

미사키는 "네" 하고 순순히 고개를 숙였다. 겉으로는 얌전히 수긍하고 있지만 속으로는 무슨 생각을 하는지 알 수 없다.

이 정도면 알아들었을 거라고 판단했는지 간바라는 다시

표정을 풀었다.

"내 조언을 잊지 말고 심기일전해서 앞으로 연수에 더 힘 쓰도록. 이상."

다행히 잔소리는 최소한에 그쳤다.

"감사합니다."

둘이 함께 고개를 숙이자 간바라는 미사키 쪽으로 다가 갔다.

"지금 내가 한 말은 질타가 아니라 격려이니 기죽을 필요 는 없네."

그는 그렇게 말하고 미사키의 어깨를 툭툭 두드렸다.

간바라가 집무실에서 나가자 아모는 안도의 한숨을 내쉬 었다.

"학교를 졸업해도 선생님한테 불려 가는 건 역시 긴장된다 니까."

"죄송해요. 괜히 아모 씨까지 끌어들여서."

"질타가 아니라 격려라잖아. 신경 안 써도 돼. 그리고 조사 를 도운 건 어디까지나 내 의지였어."

"하지만 이 이상 폐를 끼칠 수는 없어요."

"이 이상 폐? 잠깐만. 설마 앞으로도 조사를 계속하려는 건 아니지?"

"질타가 아닌 격려니까요. 이번 일에서 손을 떼라는 말은 못 들었습니다."

"심기일전하라고 했잖아."

"심기일전이야 앞으로도 얼마든 할 수 있습니다."

"정말 고집스럽네."

"네. 가끔 이런 제가 싫어지기도 해요."

"……나도 내가 싫어지기 시작했어."

"왜죠?"

"또 널 돕고 싶으니까."

미사키는 "그럼 안 되죠" 하고 두 손을 가슴까지 들어 흔들었다.

"저와 함께하다가 다음번에는 격려에서 끝나지 않을 거예요."

"그때는 격려가 아니라 칭찬으로 바꾸면 되지."

아모는 위협하듯 미사키에게 얼굴을 바짝 들이밀었다.

"네 주장대로 히미코 씨의 무죄를 입증하면 검찰은 무혐의로 불기소 처분을 할 테니 감점을 면할 수 있어. 반대로 네 예상이 빗나가 히미코 씨의 혐의가 더 굳어지면 기소 처분의 보충 재료가 되겠지. 어느 쪽이든 검찰의 이익이야."

"아무 성과도 없이 헛수고로 끝날지도 모릅니다."

"그때는 네가 좌절하는 얼굴을 가까이서 볼 수 있잖아. 사실 그게 가장 기대돼."

"심술궂으시네요."

"얼마 전에는 너무하다고 하더니 그래도 평가가 조금은 나아졌네."

"그럼 하나만 약속해 주세요."

미사키는 전보다 진지하게 말했다. 최근 들어 느끼지만 미사키는 다른 사람과 마주 보고 있을 때 몸짓과 말투가 상냥해진다. 버릇이라기보다 일부러 그러는 것처럼 보인다.

"제가 어디서 어떤 조사를 해도 아모 씨가 위험하다고 느낀 순간 그 즉시 도망쳐 주세요."

"호들갑스럽네. 그래, 알겠어. 꼭 지금부터 불이라도 지르러 가는 사람 같아."

"그 비유가 의외로 들어맞을지 모르겠네요."

미사키는 험한 말을 입에 담고 다시 덧붙였다.

"심지어 소방서에 불을 지르러 가는 거나 마찬가지니까요."

그날 연수를 마친 시간은 오후 5시 20분. 종합 청사가 문을 닫는 것과 거의 동시였다.

"그래서 어딜 갈 건데?"

"프롤 출판사."

"아, 마키베 씨랑 끝까지 함께 일했다는 그 출판사?"

"회사는 지요다구에 있더군요. 여기서 꽤 가깝고 에나미 씨 이야기를 들으니 편집부에는 보통 늦게까지 사람이 남아 있다고 해요."

고지마치역 부근에서 길을 약간 헤맸지만 신주쿠 거리 뒤쪽에서 프롤 출판사를 찾았다. 미사키가 미리 약속해 둔 덕에 거의 기다리지 않고 손님용 응접실로 안내받았다.

출판사라는 곳은 원래 이런 걸까. 프롤 출판사가 낸 책과 관련이 있는지 애니메이션 캐릭터 홍보물과 포스터가 곳곳에 붙어 있다. 그중에는 아모가 어렸을 때 자주 본 히어로 캐릭터도 있었다.

잠시 기다리자 목부육랑의 담당 편집자였다는 서른 남짓의 여자가 모습을 드러냈다.

"안녕하세요. 스가이시라고 합니다."

"사이타마 지검에서 온 연수생 미사키라고 합니다. 이분은 아모 씨."

"두 분 다 검사님치고는 상당히 젊어 보이시네요."

"검사는 아니고 인턴 같은 거예요."

옆에서 이야기를 듣는 아모는 겨드랑이에서 식은땀이 흘렀다. 상대가 잘 모른다는 점을 이용해 사법연수생의 신분을 명확히 알리지 않을 듯하다.

검찰청 관계자라면 상대도 믿고 입을 열어 줄 것이다. 정직한 방법은 아니지만 연수생이라고 밝혔으니 딱히 거짓말을 한 것은 아니다.

프롤 출판사에 들어오기 직전 미사키가 자신이 직접 편집자를 상대하겠다고 했는데 설마 이런 흐름이 펼쳐질 줄은 예상하지 못했다.

"마키베 선생님 일로 찾아오셨다고 하셨죠? 선생님 일은 정말 안타깝습니다. 게다가 체포된 사람이 히미코 선생님일 줄은……."

"마키베 씨를 담당하셨다면 히미코 씨의 담당이기도 했겠네요."

"네. 부부가 함께 쓴 작품이 많았으니까요."

"조사의 일환이니 사적인 부분도 여쭤는 걸 양해해 주십시오. 편집자님이 보시기에 부부 사이는 어땠습니까?"

"글쎄요……. 두 분 다 엄연한 자기 일이 있는 작가셨으니까요. 쉽게 타협하거나 물러서고 싶지 않다고 늘 당당히 말씀하셨죠. 부부 사이에 대해서는 뭐라고 말씀드리기가 어렵네요."

"타협하거나 물러서지 않겠다니 두 분 다 창작에 대한 신념이 확고했나 보군요. 다른 사람과 일하는 게 아니고 한 지붕 아래에 사는 부부가 동업했으니 그에 따른 갈등 같은 것도 있지 않았을까요?"

"그런 게 이번 사건에 영향을 미쳤다고 보시나 봐요."

"마키베 부부의 책은 잘 팔렸나요?"

스가이시는 잠시 생각하다가 무겁게 입을 열었다.

"솔직히 그다지 성적이 좋지는 않았습니다. 두 분 다 작품을 많이 쓰는 타입이 아니었고 그렇다고 인기 작가도 아니었으니까요. 히미코 선생님은 다른 작가와도 함께 일한 적이 있는데 그 인세도 미미했습니다."

"데뷔 초만 하더라도 마키베 씨는 여러 출판사에서 책을 냈는데 요즘은 거래처가 프롤 출판사뿐이었다고 들었습니다."

"네. 맞아요."

"단순히 작품이 잘 안 팔린다는 이유였나요? 혹시 마키베 씨 본인에게 이유가 있지는 않았습니까?"

"돌아가신 분을 나쁘게 말하고 싶지는 않네요."

그 말이 이미 나쁘게 말하는 거나 마찬가지다. 이게 바로 사회인들의 처세일까.

"고인의 단점을 알려 주시면 피의자분을 구할 수도 있습니다."

"굳이 말씀드리자면 특이한 분이셨죠."

"젊었을 때는 좌익 사상을 추구하셨다더군요."

"젊었을 때부터, 라고 해야겠네요."

스가이시는 뭔가 꺼림칙하게 미사키의 말을 정정했다.

"최신작이 2년 전에 출간됐는데 그 작품에도 정치 비판 메시지가 담겨 있었죠. 주인공과 맞서는 악역의 모델이 현직 총리였고 그가 주변 사람들에게 폐를 끼치며 사적 욕심을 채우다가 끝내 주인공의 손에 쓰러지는 이야기였습니다. 노골적인 체제 비판물이었지만 아이들이 그런 이야기를 이해할

지와 별개로 동화, 그리고 선전물로서도 어정쩡한 작품이었
어요."

어린아이들에게 그런 이야기를 읽혀서 세뇌라도 하고 싶
었을까.

"마키베 씨는 처음부터 그런 작품들을 쓰셨다죠?"

"처음을 어디까지 거슬러 가야 할지……. 선생님은 20대
때부터 작가가 되고 싶어 하셨지만 처음부터 그림책 작가
를 지망한 건 아니었고 순문학 작가로 데뷔하려고 하셨습니
다."

히미코와 간바라의 말과도 일치한다.

"그러나 아무리 열심히 작품을 투고해도 신인상과는 연이
닿지 않았죠. 저도 투고작을 한번 읽어 본 적이 있는데 작품
이 너무 관념적이라고 할까요, 자기주장이 앞선다고 할까요.
문장까지 거칠어서 상업 출판물로 내기는 어려운 작품이었
습니다."

"자기주장이라는 건 사상이나 신념 말이겠죠?"

"네. 그게 아주 직설적이었죠. 아무튼 그런 작품을 계속 쓰
시다가 선생님은 저희 회사에서 주최한 아동 문학 신인상에
갑자기 원고를 투고해 멋지게 입선 후 데뷔를 이루셨습니다.
다만 아동 문학에서도 작품에는 선생님의 사상과 신념이 늘
짙게 깔려 있었죠. 원고를 교정할 때 최대한 손보기는 했지
만 그래도 완성작에는 흔적이 남았습니다."

"마키베 씨는 그런 교정을 흔쾌히 허락하시던가요?"

그러자 스가이시는 "그럴 리 있겠습니까" 하고 질린 듯이 고개를 흔들었다.

"작가 선생님들 중에는 자의식이 강한 분이 많고 그것이 창작의 원동력이 되면 좋은데 선생님께는 좋지 않게 작용하는 경우가 많았죠. 이 대사는 없앨 수 없다, 이 이야기에서 해피 엔딩이 말이 되느냐 등등. 이견을 조율하느라 얼마나 고생했는지요. 저는 선생님의 세 번째 담당 편집자였는데 제가 세 번째이니 대략 어땠는지 아시겠죠?"

다시 말해 모두가 그를 담당하기를 꺼렸다는 뜻이다.

"아주 까다로운 분이셨나 보네요."

"선생님처럼 일반 문예에서 아동 문학으로 방향을 튼 작가 분들의 특징이 있는데, 평소에 일반 문예 작가들을 자주 비판하거나 헐뜯습니다. 특히 마키베 선생님의 말에는 콤플렉스가 훤히 드러나서 듣고 있기가 괴로웠죠. 올해 아쿠타가와상을 탄 어느 작가의 작품은 해외 누구의 작품을 따라 한 것에 불과하다든지, 나오키상을 받은 작품은 대중과 영합해서 질이 낮다고도 하셨습니다. 그러다가 점차 같은 아동 문학을 쓰는 작가들도 험담하기 시작했고 심할 때는 저희 편집자들에게 이상한 문학론을 설파하기도 하셨습니다. 심지어 그럴 때 선생님이 납득할 만한 대답을 하지 못하면 무능하다고 비난하셨죠."

들을수록 마키베 로쿠로라는 인물에 대한 인상이 구겨졌다. 그는 단순히 비뚤어진 게 아니라 거의 성격 파탄자 수준이었던 것으로 보인다. 그런 사람이 그림책을 썼다는 이야기가 농담처럼 들렸다.

"업무상 파트너에 불과한 저희에게도 그러셨으니 히미코 선생님께는 오죽했을까요. 회의 때 히미코 선생님은 늘 긴장하셨는데 평소 마키베 선생님의 성격을 아는 저희는 안타깝게 생각하곤 했습니다."

"혹시 집 안에서 폭력을 휘두르거나 하는 낌새는 없었나요?"

"그런 건 알 수 없었습니다. 히미코 선생님이 눈에 띄게 다치거나 멍들어 오신 적은 없었으니까요. 하지만 꼭 힘을 쓰지 않아도 말로 상처를 주면 똑같지 않을까요."

"편집자님은 히미코 씨가 마키베 씨를 살해했다고 생각하시나요?"

"믿고 싶지 않지만 그랬다고 해도 전혀 수긍이 안 되진 않을 것 같네요."

평소 삶에 쪼들린 것으로 모자라 남편의 언어폭력까지. 아모의 머릿속에 에나미가 한 말이 되살아났다. 이곳에서도 마키베 로쿠로는 문제 있는 남편이었고 히미코의 범행을 뒷받침할 증언만 나왔다. 히미코 범인설에 의문을 품고 있는 미사키에게는 달갑지 않겠지만 히미코의 혐의를 굳히고 싶어

하는 간바라에게는 좋은 재료가 될 것이다.

"그런데 혹시 마키베 씨의 다음 작품은 읽어 보셨나요? 집 서재에서 원고가 나왔다던데요."

"아, 네. 〈붉은 토끼 로큰롤〉 말이군요. 저도 초고를 봤습니다."

"예전 작품을 읽지 못해서 사정을 잘 모르겠는데, 마키베 씨는 유독 왜 이 작품에만 본명인 마키베 로쿠로 이름을 썼을까요?"

그러자 스가이시는 허리를 앞으로 숙이더니 얼굴을 가까이했다.

"그거, 실은 저도 궁금했어요. 말씀하신 대로 데뷔 초부터 선생님은 목부육랑이라는 필명을 썼는데 유독 이번에만 히미코 선생님처럼 본명을 썼더군요. 초고 단계부터 본명이 적혀 있어서 실수라고 생각해 한번 여쭌 적이 있습니다. 그러자 선생님은 '실수가 아니다. 출간할 때도 마키베 로쿠로 이름으로 낼 거다'라고 하시더군요."

"이유를 물으셨나요?"

"네. 심기일전하시려고 그러나 싶어 여쭀는데 명확히 대답해 주지 않으셔서……."

"애초에 아내분은 본명인데 마키베 씨는 왜 필명을 썼을까요? 두 분 다 본명으로 통일하는 게 기억되기도 더 쉬울 것 같은데."

"그건 데뷔작을 맡았던 저희 회사 편집자도 지적한 바 있습니다. 표지에 작가와 삽화가 이름이 같이 들어가는데 균형이 맞지 않으니 수정을 부탁드렸죠. 하지만 선생님은 거절하셨고 그 뒤로도 쭉 필명을 쓰셨어요."

"마키베 씨는 그렇다 해도 히미코 씨는 설득할 수 있었던 거 아닌가요?"

"그 담당자도 그렇게 예상해 제의했지만 선생님께서 '아내까지 필명을 쓸 필요는 없다. 애초에 그림책 작가와 삽화가가 이름을 다르게 쓰는 게 뭐가 문제냐'라며 단칼에 거절하셨다고 합니다. 필명을 쓰는 건 작가 재량이니 저희도 물러설 수밖에 없었습니다."

아모는 약간 흥미가 동했다. 미사키가 처음 언급했을 때만 해도 사소한 부분이라고 생각했는데 이렇게 스가이시의 이야기를 들으니 뭔가 심각한 사정이 있는 것이 아닐까 의심됐다.

"〈붉은 토끼 로큰롤〉은 2년 만에 나오는 신작이어서 선생님도 심혈을 기울였다고 한 작품이었습니다. 초고가 완성돼 히미코 선생님의 그림을 기다리는 중이었는데 이런 일이 일어나서…… 정말로 안타까워요."

아모는 하마터면 입을 턱 벌릴 뻔했다.

스가이시는 처음에 사건이 일어난 것을 두고 안타깝다고 했다. 그러나 그것은 마키베 로쿠로가 살해돼서 안타까운 게 아니라 두 사람의 신작이 출판되지 못한 상황이 안타깝다는 뜻이었나.

"많이 놀라신 것 같네요."

스가이시는 아모의 마음을 꿰뚫어 본 것처럼 말했다.

"저도 물론 선생님 부부 사이에 그런 불행한 일이 일어나서 애도하고 있어요. 하지만 전 그 이상으로 신작을 내지 못한 것이 아쉽습니다. 분명 이건 돌아가신 마키베 선생님이나 히미코 선생님도 같은 심정일 거예요."

"창작자는 창작이야말로 살아 있다는 증거라고 하던데, 편집자님도 그 말을 믿으시나 보네요."

"어느 유명한 작가분이 59세의 젊은 나이로 세상을 떴습니다. 장례식에는 그전까지 그분이 쓴 작품들이 나란히 놓였는데 총 아홉 작품에 불과했죠. 모든 출판사 편집자들이 그분이 살아생전 조금 더 많은 작품을 썼으면 좋았을 거라며 아쉬워했다고 하네요. 편집자와 작가의 관계란 원래 그런 게 아닐까요?"

스가이시는 왠지 자랑스러운 것처럼 말했다. 외부인이라서 그럴 수 있지만 아모는 편집자와 작가의 관계가 도통 이해되지 않았다. 당사자의 죽음보다 창작물이 세상에 얼마나 남는지가 우선되는 상황은 비상식적이다.

그러나 미사키는 스가이시의 말을 잘 이해했는지 당연한 것처럼 연신 고개를 끄덕였다.

"그런데 혹시 마키베 씨 작품의 견본 같은 게 남아 있나요? 있다면 좀 확인하고 싶습니다만."

"아, 네. 물론이죠. 빌려 드릴까요?"

"감사합니다. 빠른 시일 안에 돌려드리겠습니다."

스가이시가 자리를 뜨자 아모는 미사키에게 소리 낮춰 말을 걸었다.

"괜찮겠어? 기세를 보니 아무래도 마키베 로쿠로의 모든 작품을 가져올 것 같은데."

"그럼 감사하죠. 오래된 그림책 중에는 절판된 것도 많으니까요."

"그걸 다 읽으려고? 아무리 그래도 데뷔작 같은 건 이번 사건과 상관도 없을 텐데."

"그건 읽어 봐야 알죠."

미사키는 고개를 가볍게 흔들었다.

"아모 씨는 베토벤 팬이라고 했죠? 베토벤 교향곡 9번만 듣고 베토벤을 다 이해하셨나요?"

얄미울 정도로 정확한 비유라 아모는 입을 다물 수밖에 없었다.

"오래 기다리셨습니다."

스가이시가 그림책을 여러 권 들고 돌아왔다.

마키베 로쿠로의 기존 작품은 총 다섯 권. 스가이시의 이야기 속에 언급된 다른 작가의 작품 수보다 적었다.

돌아가는 전철 안에서 미사키는 곧장 그림책을 펼쳤다. 맞은편에 앉은 여고생 두 명이 신기한 것처럼 미사키를 힐끔거렸다. 그럴 만도 하다. 어느 부잣집 도련님처럼 잘생긴 남자가 진지한 얼굴로 아동용 그림책을 읽고 있으니 오죽 이상해 보일까.

"미사키, 아무리 그래도 기숙사에 가서 읽는 게 어때?"

"다른 분들도 열심히 핸드폰을 보고 있잖아요."

"핸드폰과 그림책이 같아?"

"같진 않지요. 전 이게 더 재미있어요."

농담으로 받아들였지만 미사키는 정말로 열심히 그림책을 탐독하고 있다. 집중하는 모습을 하루 이틀 본 것은 아니지만 미사키는 한번 집중을 시작하면 옆에서 말을 걸기도 망설여진다.

결국 '이즈미관'에 도착할 무렵 미사키는 책 다섯 권을 전부 읽어 버렸다.

"내일 바로 돌려드리고 와야겠어요."

"편집자가 서두르지 않아도 된다고 했잖아."

"이건 프롤 출판사의 재산이에요. 얼른 돌려드리는 게 예의예요."

상대가 누구든 예의 바르고 친절하게 구는 것은 미덕이지만 나중에 판사가 된 미사키가 피고인 앞에서도 예의를 차리는 모습을 상상하니 조금 우습기도 했다.

"혹시 제가 무슨 이상한 소리라도 했나요?"

"아니, 아니야. 그보다 책 감상은 어때?"

"아주 흥미롭던데요."

아모가 가볍게 물었는데도 미사키는 이번에도 진지하기 그지없이 대답했다.

"마키베 씨의 데뷔작은 〈혐오스러운 곤타〉. 안티 히어로물이라고 해야 할까요. 마을 사람들에게 배척당하는 괴팍한 성격의 곤타가 친구의 혼담을 성사시키기 위해 일부러 못된 짓을 벌인다는 이야긴데, 전래 동화 〈눈물 흘린 붉은 도깨비〉를 떠오르게 하는 작품이에요. 신인상을 받을 만한 작품이라고 생각해요."

"하지만 치우친 사상과 신념의 흔적이 남아 있다고 했잖아."

"편집 과정에서 얼마나 손을 댔는지는 모르겠지만 작품 속마을 사람들 캐릭터로 이해심 없는 대중을 표현하려 한 것 정도가 그 흔적 같네요. 주인공이 고립된 원인을 그들 탓으로 돌리는 느낌이 있어요."

"어쨌든 어린아이들이 읽고 이해할 만한 이야기는 아닌 것 같네."

"두 번째 작품은 〈배고픈 모건〉. 이 작품은 이야기의 무대가 확 바뀌어서 19세기 서양이에요. 당시 유럽에 모건이라는 이름의 괴물이 출몰해 건물을 부수고 사람들을 잡아먹어요. 모건은 늘 배가 고파서 끊임없이 뭔가를 계속 먹어야 하죠. 이 괴물에 맞서는 사람이 바로 주인공 마커스예요."

"오, 그건 영웅 서사 판타지인가 보네. 데뷔작과는 전혀 다른 방향인데?"

"그런데 이 작품은 어느 유명작의 패러디가 확실해요. 괴물 모건은 당시 유럽을 제패한 공산주의를 의인화한 것으로 보여요. 주인공 마커스는 〈자본론〉을 저술한 마르크스를 본떴고요."

"그건 좀 노골적이네."

"네. 심지어 결말에서는 괴물과 주인공이 힘을 합쳐 공동투쟁을 해요. 성인이면 모를까 유치원에 다니는 아이나 초등학생이 이걸 읽고 과연 재미나 카타르시스를 느낄지 대단히 의문스러워요."

그런 동화는 아모도 읽고 싶지 않았다.

"세 번째 작품은 〈우주선 가이아호의 모험〉."

"이번에는 SF인가. 오락가락하네."

"판권에 적힌 발행일을 보면 그런 장르가 유행하던 시기였어요. 시류에 편승했겠죠. 스토리는 각 대륙에서 선발된 실력 있는 우주 비행사들의 모험 이야기. 다만 장편으로 써야 할 이야기를 무리하게 압축한 느낌을 지울 수 없어요. 결말도 어정쩡하고요."

"시리즈로 제작하려고 했는데 판매량이 좋지 않았을 수

도.”

“네 번째 작품은 다시 민화의 세계로 돌아와서 〈리키타로와 겁쟁이 촌장〉. 마을에서 미움받는 리키타로와 심약한 촌장은 견원지간이지만 무리하게 공물을 뜯어 가는 대관을 무찌르기 위해 결국 둘이 힘을 합쳐요.”

“아, 그 정도만 들어도 대관 캐릭터가 어떤지 알겠어. 가난한 이들에게서 이익을 착취해 가는 극악무도한 인물이지?”

“액션 묘사가 많고 두 사람의 성장 이야기기도 하지만 이야기 속에 나오는 공물은 노골적으로 현대의 노인 의료비를 묘사한 거예요. 이 역시 아이들이 읽고 교훈을 얻을 만한 이야기는 아닌 것 같아요.”

“그 사람 책이 팔리지 않은 이유를 대충 알겠어.”

“최근작은 다시 현대를 무대로 한 〈나의 전쟁〉. 평소 성격이 소심하고 여성스러운 초등학교 4학년 남자아이가 반 아이들에게 괴롭힘을 당해요. 그 아이는 예전에 이야기 속 주인공 미치히로에게 친절을 베푼 적이 있는데 그걸 잊지 않은 미치히로가 그 아이를 도우려고 못된 아이들을 상대로 고군분투하는 이야기예요.”

“요즘 빈발하는 교내 집단 괴롭힘을 주제로 한 이야기인가.”

“아뇨. 이 이야기도 괴롭힘을 당하는 남자아이가 원예 동아리에 속해 있어서 괴롭히는 아이들로부터 화단을 지키는 설정이에요. 환경 파괴 문제를 다뤘음을 알 수 있어요."

아모는 이제는 진절머리가 났다.

"들은 대로 작품에 하나같이 정치적인 메시지가 담겨 있네. 프롤 출판사의 역대 편집자들이 딱할 정도야."

"작가 고유의 개성이라고 하면 문제 삼을 수도 없었겠죠."

"그래서 그 다섯 작품을 다 읽고 뭐 알아낸 거라도 있어?"

"새롭게 알아낸 건 없지만 제가 세운 가설의 보충 재료는 될 것 같아요."

"무슨 가설? 알려 줘."

그러나 미사키는 "죄송해요" 하고 한 손을 들어 올렸다.

"아직 알려 드릴 단계는 아닌 것 같아요."

4

아무리 처리해야 할 안건이 산적해 있어도 지검도 주말은 휴일이다. 검사와 사무관들은 휴일을 반납하고 업무에 매달리지만 다행히 사법연수생을 부르지는 않았다.

그러나 모처럼 맞이한 휴일에 독자적으로 조사를 이어 가는 어리석은 연수생들도 있다. 바로 미사키와 아모였다.

두 사람은 이제는 익숙해진 법무 종합 청사를 지나 현청 제2청사로 향했다. 가려는 곳은 사이타마 현경 본부다. 늘 근처를 지나가기는 하지만 현경 본부에 직접 들어갈 생각을 하니 아모는 긴장해서 호흡이 조금씩 가빠졌다.

"하나 물어도 돼?"

"네."

"수사 자료는 전부 그 상자 안에 담겨 있다고 하지 않았어?"

"기록이 있다고 했지 모든 수사 자료라고는 하지 않았어요."

"뭐야, 그게. 허무 개그야?"

"상자 안에는 제가 확인하려고 하는 게 없었어요."

미사키는 1층 접수창구에 가서 자신이 사법연수생임을 밝혔다. 미래의 검사라고 생각했는지 접수창구 여성은 다행히 친절하게 응대해 줬다. 가와구치시에서 일어난 그림책 작가 살해 사건 때문에 왔다고 하자 곧 담당자를 불러 주었다.

"여기서 잠깐만 기다려 주세요."

그러나 친절은 접수 단계에서 끝났다. 아모와 미사키는 구석에 있는 벤치에 앉아 기다렸지만 좀처럼 담당자가 나타나지 않았다. 10분, 20분이 지나도 올 기색이 없다.

"연수생이라 우습게 생각하나 보네."

"바빠서 늦는 거겠죠."

아모가 인내심의 한계를 느낄 무렵이 돼서야 맞은편에서 슬랙스 정장 차림의 여성이 뛰어왔다.

"죄송합니다. 오래 기다렸죠?"

나이는 30대 초반. 몸매는 균형이 잘 잡혔고 머리카락을 뒤로 묶었다. 꼭 육상 선수 같은 분위기가 느껴졌다.

"수사1과의 세오 유마라고 합니다. 잘 부탁드려요!"

인사도 체육 전공자처럼 씩씩했다.

미사키와 아모가 자기소개를 하자 세오는 둘의 얼굴을 번갈아 봤다.

"사법연수생이라. 실무 연수를 받는 곳에 검찰청과 법원, 변호사 사무실은 있어도 경찰청은 없지 않아요?"

"검찰 조사의 일환입니다."

미사키는 상대가 체육을 전공한 여장부처럼 보여도 전혀 기죽지 않았다.

"검찰에 송치한 수사 자료에 뭐 빠진 거라도 있었나요?"

"목록과 대조했을 때 빠진 건 없었습니다. 오늘은 송치되지 않은 증거품을 확인하고 싶어서 이렇게 찾아뵈었어요."

"흥미로운 이야기를 하시네요."

세오는 장난기 섞인 얼굴로 불만스러운 듯이 입술을 내밀고 미소 지었다.

"송검 절차를 맡았던 사람이 전데 뭐가 부족했나요? 알려주세요, 미래의 검사님."

연수생이 불쑥 찾아와서 기분이 상했는지 아니면 원래 호전적인 성격인지 몰라도 세오는 벌써부터 시비조였다.

"범행 현장에 도착하면 우선 감시과가 현장에 들어가 혈흔과 체액, 지문, 머리카락, 발자국 등을 조사해 수집하고 나서 수사관들이 현장에 들어가죠?"

"네. 여러분이 강의실에서 배운 대로예요. 물론 사건에 따라 조금 다르기는 하지만."

"감식반이 수집한 샘플은 양이 아주 방대하겠죠."

"그런데 사건과 관계없다고 판단하는 것들도 섞여 있으니 꼭 그렇지만도 않죠."

"네. 그리고 검찰에는 피해자와 용의자와 관련된 것들만 보내시겠죠. 재판에 필요한 자료는 그뿐이니까요. 그런데 범행 현장에 있던 것들을 하나도 빠짐없이 조사하기는 어려웠을 거예요."

"잠깐만요."

세오의 얼굴에서 웃음기가 사라졌다.

"그건 그냥 듣고 넘기기 어렵네요. 감시과가 일을 대충 처리했다는 말인가요?"

"범행 현장은 1층 부엌이었습니다."

"설명하지 않아도 알아요."

"저도 현장 사진을 봤는데 마키베 씨의 집 부엌은 난장판이었고 특히 부엌 주변은 꼭 폭풍우가 휩쓸고 지나간 것 같더군요. 식기와 조미료를 두는 곳은 동선이 아예 무시됐고 흉기로 사용된 식칼류가 싱크대 옆에 그대로 나와 있어서 보기도 안 좋았어요. 싱크대 안에는 세제 통이 떨어져서 내용물이 바닥에 흐르고 있었죠. 그런 상태로는 싱크대를 쓰기 어려웠을 테고 세균도 번식했을 거예요. 사는 분들 성격을 고려한다고 해도 효율적인 부엌과는 거리가 멀죠."

세오는 표정이 점차 험악해졌다.

"뭐 현장에 갔을 때 저도 비슷하게 느끼긴 했는데…… 그런데 남자분이 부엌에 대해 잘 아시네요. 혹시 요리가 취미예요? 아니면 요새 사법연수생들은 다들 살림을 잘하나?"

"그런 걸 떠나 현장 사진을 보면 눈에 띄는 물건이 굉장히 많았습니다. 예컨대 조미료, 타월, 식기 등등. 감식과분들은 그 모든 것에서 지문을 채취하고 설거지 후 남은 찌꺼기도 수집하셨나요?"

"인력과 시간이 무한하지 않으니 조미료나 숟가락 하나하나를 다 조사하는 건 무리예요. 게다가 피의자는 집을 매일 청소하지 않아서 바닥에 쌓인 먼지와 머리카락 따위도 많았죠. 부부뿐만 아니라 출판 관계자와 방문자들이 남기고 간 것들도 있었다고 해요. 감식과원들 표정이 안 좋았던 게 기억나네요."

"제가 궁금한 게 정확히 그 부분입니다. 아무리 봐도 범죄와는 관련 없어 보이는 것, 범행 당시 피해자와 가해자가 손대지 않았을 만한 것, 시야에서 완전히 감춰져 있었던 것. 그런 것들은 어디까지 조사하셨나요?"

"잠깐만요."

미사키가 잇달아 캐묻자 세오는 두 손을 뻗어 제지했다.

"그쪽이 무슨 말을 하고 싶은지 이해했어요. 하지만 아까 말했듯이 인력과 시간은 무한하지 않아요. 조미료 한 통, 식기 한 장까지 전부 지문을 수집하는 게 무슨 의미가 있죠? 그것들을 분석해서 수사에 얼마나 진전이 생긴다고요?"

"그건 저도 알 수 없습니다."

"무책임한 말 하지 마세요."

"약속할 수 없는 성과를 호언장담하는 것도 무책임하죠. 세세한 부분을 채워 가는 작업은 수사의 정확도를 높일 수 있습니다. 그리고 정확도를 높일수록 피의자 마키베 히미코 씨의 기소, 불기소 판단을 내리기도 수월해지죠."

"누가 지시했나요? 간바라 검사님이 담당 교수시죠? 마키베 사건도 간바라 검사님이 맡은 걸로 아는데 혹시 검사님이 지시한 거예요?"

세오는 상대의 속내를 꿰뚫어 본 것처럼 물었다. 미사키가 어떻게 변명할지 관찰하고 있자 미사키는 모든 것을 솔직히 털어놓았다.

"아뇨. 교수님이 지시하신 건 아닙니다. 어디까지나 제 판단으로 움직이고 있어요."

세오는 미사키의 대답을 듣고 잠시 벌어진 입을 다물지 못했다.

"……그 말은 여러분 두 분의 판단으로 여기 왔다는 뜻인가요?"

"아뇨, 제가 결정한 겁니다. 여기 계신 아모 씨는 감시 역할을 맡으셨고요."

"이봐. 미사키."

"제가 모르는 사이에 사법연수생에게 수사권이 주어진 건 아니죠? 미래의 검사가 엘리트 티를 내기 위해 현경 본부를 움직이려 한다고 해석해도 될까요?"

"지금껏 제가 엘리트라고 생각해 본 적 없고 수사권을 행사하는 것도 아닙니다. 이건 권리를 주장하는 게 아니라 부탁이에요."

미사키는 깊숙이 고개를 숙였다.

"압수품 실물을 관리하고 현장에 들어갈 권리는 모두 현경 본부에 있으니까요. 그러니 이렇게 부탁드리러 온 겁니다."

"월권을 넘어 경찰과 검찰 양쪽 모두에 폐를 끼치는 행동이라는 건 알아요?"

"물론입니다."

최대한 저자세로 공손히 부탁해야 할 것 같은데 거리낌이라곤 없어서 어쩌면 거만해 보일 수도 있겠다고 생각했다.

"그걸 아는데도 자신의 호기심을 채우려는 이유가 뭐죠?"

"옳은 일을 하고 싶습니다. 제 눈앞에서 무죄를 말씀하신 분이 이제 곧 법정에 서게 됩니다. 아마도 십중팔구 범인의 마지막 발버둥질이겠지만, 만에 하나 사법이 틀렸을 수도 있는데 그분은 이의를 제기할 권리가 아예 없는 것처럼 입을 다무시더군요. 검찰 조직 입장에서는 그게 정답일 테고 저처럼 자격도 없는 풋내기가 참견할 일이 아니라는 것도 압니다. 그래도 지금 제가 할 일을 내팽개치는 것은 저 자신을 포함한 다양한 것들을 배신하는 행위라고 생각해요."

그러자 세오는 어이가 없다는 듯이 미사키를 빤히 쳐다봤다.

"……와, 정말 햇병아리 티가 팍팍 나네요."

"실제로 햇병아리이기도 하고요."

"그래서, 구체적으로 확인하고 싶은 물건이 있는 거죠? 이야기를 들어 보니 아무 목적도 없이 이곳을 찾았을 것 같지 않은데."

"이겁니다."

미사키는 가져온 가방에서 종이 한 장과 봉투를 꺼냈다.

"이 목록에 적힌 증거품에서 수집한 지문과 봉투 속 물건의 지문을 대조해 주셨으면 합니다. 일치하면 사건의 양상이 크게 바뀔 거예요."

"봉투 속 물건의 주인은 누구죠?"

"거기에 주인 이름이 각인돼 있습니다."

세오는 미사키에게 받은 것을 주머니에 넣고 눈을 한 번 흘겼다.

"'일치하면' 앞에 '만약'을 붙이지 않은 건 자신 있어서?"

"자신은 없습니다. 가능성 중 하나일 뿐이니까요."

"자신도 없으면서 부탁하러 온 거예요? 배짱이 대단하네요."

"불쾌하셨다면 사죄드리겠습니다."

"그런데 이상하게 별로 화가 나지 않는 건 왜일까요. 미사키 씨라고 했나요? 가만히 있어도 주변에 사람들이 붙는 타입이죠?"

"아뇨. 뒤에서 절 미워하거나 험담하는 분도 많을 거예요."

"건방진 건지 겸손한 건지 잘 구분이 안 되는 분이네요. 아무튼 알겠어요. 확인은 해 보겠는데 원하는 대로 모든 게 다 잘 풀릴 거라고 기대하지는 말아요. 저도 바쁘기도 하고."

"네. 알겠습니다."

"이번 사건 담당자가 착한 저라 다행인 줄 아세요. 만약 그 와타세 반에서 맡기라도 했으면 곧장 불려 가서 한 소리 들었을걸요."

"그게 무슨 뜻이죠?"

"수사1과는 반이 여러 개로 나뉘어 있는데 그중에서 유독 용병 부대 같은 반이 있어요. 이 사건을 그 반에서 맡았다면 저처럼 이렇게 좋게 좋게 넘어가지 않았을 거예요."

"용병 부대 말인가요. 뭔가 무섭네요."

"검거율이 현경 톱이라 아무도 뭐라고 하지 못하죠. 그쪽은 아모 씨라고 했나요? 그쪽도 딱하네요. 이분한테 계속 끌려다닐 테니."

아모는 맞장구를 치고 싶었지만 입을 열지 않았다.

세오는 자리에서 일어서며 마지막으로 말했다.

"두 분 이름을 확실히 기억해 두고 있을게요. 여러분이 나중에 검사가 되면 같은 사건을 맡고 싶네요. 기다릴게요."

현경 본부를 나가기 전에 아모는 미사키에게 봉투 속 물건과 목록에 적힌 증거품에 대해 물었다. 그러나 예상대로 미사키는 고개를 흔들었다.

"세오 씨께 말씀드렸듯 아직 자신이 없어요."

"그럴 줄 알았어. 아무튼 넌 운이 좋네. 성격은 한 성격 하는 것 같았지만 그래도 친절한 형사님을 만나서."

"운이 좋다는 게 구체적으로 뭔가요?"

"뭐야, 설마 네 운에도 자신 없다고 하려는 건 아니지?"

"호사다마라는 사자성어가 있죠. 일이 잘 풀릴 때야말로 조심해야 한다는 뜻이에요."

다음 날 미사키의 걱정이 멋지게 적중하고 말았다. 일요일인데도 기숙사에 있던 미사키와 아모는 연수원 교수실에 불려갔다.

"대체 무슨 꿍꿍이지?"

간바라는 뭔가를 쓰고 있었는지 펜을 든 오른손을 잠시 멈추고 두 사람을 노려봤다.

"어젯밤 현경 본부에 있는 지인의 전화를 받았어. 내게는 비밀로 하고 둘이 몰래 돌아다니고 있다던데."

거의 피의자를 신문하는 투였지만 미사키는 물러서지 않았다.

"교수님은 저희에게 사소한 의문점을 그냥 내버려 두지 말라고 하셨습니다."

"그렇다고 멋대로 독자 수사를 하라고 한 기억은 없네. 사법연수생에게 수사권이 인정되는 건 검사나 사무관이 함께 있을 때뿐이고 그 밖의 다른 수사는 적정 절차 위반이야. 설마 모르는 건 아니겠지."

고개를 숙인 아모는 간바라의 대답이 약간 초점을 빗나갔다고 느꼈다. 간바라가 말한 적정 절차 위반은 피의자를 취조할 때만 언급된다. 이른바 '아이지마 6원칙'이라는 것인데 사법연수생이 지도 검찰관의 지도를 받아 취조한 경우에는 법률 위반이 아니라는 취지의 내용이다.

"그게 과연 수사라고 부를 만한 것인지 전 의문입니다."

"어디서 뭘 조사했지?"

아모는 속으로 아차 싶었다. 현경 본부에서 연락받았다고 해도 구체적인 내용까지 파악하지는 못한 듯했다.

"출판사에서 마키베 로쿠로 씨의 작품을 빌렸고, 현경에 가서 현장에 남아 있던 잔류품에 대해 여쭸습니다."

"그뿐인가?"

"네. 아모 씨도 옆에서 제 행동을 모두 지켜봤고요."

갑자기 나한테 화살을 돌리지 말라고. 아모는 내심 당황했지만 일단 부랴부랴 고개를 끄덕였다.

"네. 미사키가 한 말이 사실이에요. 그 외에 뭘 더 한 건 없습니다."

"절판 가능성이 있는 그림책을 빌렸고 감식 작업에 대해 조금 상세히 여쭤봤습니다. 그 정도는 수사라 할 수는 없을 거라고 스스로 판단했습니다."

"피의자의 책을 왜 읽으려 했지?"

"교수님이 피의자를 조사하실 때 피의자는 피해자가 그림책 작가가 된 후 반사회적 경향이 더 강해졌다고 했습니다. 그걸 확인하고 싶었습니다."

"감식 작업에 대해 물은 건?"

"실무 연수에서 수사 자료를 조회하거나 열람할 수 있지만 실제 감식 작업을 보지는 못하니까요. 직접 가서 생생한 이야기를 듣고 싶었습니다. 일이 어떻게 돌아가는지를 파악해야 더 깊이 이해할 수 있으니까요."

아모는 속으로 잘도 둘러댄다며 혀를 내둘렀다. 대체 뭐가 자신이 없고 겸손하다는 말인가. 지도 검찰관 앞에서 이렇게 당당히 거짓말을 늘어놓는 실력은 거의 사기꾼 수준 아닌가.

간바라는 미사키의 이야기를 듣고 납득했는지 무뚝뚝한

얼굴로 고개를 끄덕였다.

"그래서, 마키베 로쿠로의 작품을 읽고 뭘 알아냈지?"

"데뷔작부터 최근작까지 모든 작품의 밑바탕에 작가의 사상과 신념이 깔려 있더군요. 교수님이 말씀하신 반사회적 경향까지는 잘 모르겠지만 현실 정치를 비판하는 의도가 충분히 읽혔습니다. 교수님도 읽어 보셨나요?"

"출판사에서 신간이 나올 때마다 작가에게 증정본을 몇 권 보내 주나 보더군. 오래전부터 알고 지내는 사이였으니 내게도 책을 보내 줬어. 내가 작품에서 더 많은 메시지를 읽어 낸 건 자네보다 그를 더 오랫동안 알고 지냈기 때문이겠지. 자네의 독해력이 떨어지는 게 아니라."

"감사합니다."

"아무튼 사정을 들어 보니 분명 수사라고 부를 수준은 아니었던 것 같군. 그래도 실무 연수를 받는 사법연수생이 현경 본부의 사건 담당자를 찾아가는 건 극히 이례적인 일이야. 왜 사전에 나나 니와 사무관의 허락을 받지 않았지?"

불똥은 아모에게도 튀었다.

"아모 군, 자네도 마찬가지야. 옆에서 지켜보고 있었다면 자네가 말려야 했던 거 아닌가?"

"아모 씨는 저를 말렸습니다. 제가 멋대로 움직였죠. 아모 씨에게는 면목 없는 짓을 저질렀다고 반성하고 있습니다."

간바라는 한번 치켜든 주먹을 언제 내려야 좋을지 모르는 사람처럼 질책할 대상을 잃고 머뭇거렸다.

"자네는 조금 더 신중할 줄 알았는데 말이야. 그러다 아버지 명성에 누라도 끼치면 어쩌려고 그러나? 교헤이 검사님은 지금 지검의 삼석 검사시지만 언젠가 고검과 대검까지 올라갈 분이야. 아들인 자네가 걸림돌이 돼서야 되겠나?"

그러자 그전까지 평온하던 미사키의 표정에 순간적으로 균열이 갔다. 입을 꾹 다물고 눈에서도 웃음기가 사라졌다.

"어쨌든 적정 절차 위반이 되지는 않겠지만 사법연수생으로서 바람직하지 않은 행동이었어. 자네는 감점 대상이 될 테니 그리 알도록. 그리고 앞으로는 반드시 사전에 나나 니와 사무관의 허가를 받도록 해. 만약 앞으로 같은 일이 반복되면 그때는 김점 정도로 끝나지 않을 거야."

지도 교수의 입을 통해 직접 들은 감점 통보. 다른 연수생이면 얼굴이 새파래질 테지만 미사키는 달랐다. 미사키는 풀죽은 기색도 없이 고개를 한 번 숙이고 문 쪽으로 뚜벅뚜벅 걸어갔다.

"그럼 이만 실례하겠습니다."

아모는 어쩔 수 없이 미사키를 뒤쫓았다.

평소보다 발걸음이 빠르다. 걸음걸이에 분노가 실린 듯했다.

"잠깐, 미사키. 잠깐만 기다리라니까."

아모는 잰걸음으로 가서 간신히 따라잡았다.

"죄송해요, 아모 씨. 아모 씨한테는 늘 폐만 끼치네요."

"교수님이 나한테는 별말 안 하셨잖아. 그냥 넘어가 주겠다는 뜻이니 신경 쓰지 마."

"아뇨, 신경 쓰입니다. 제가 경솔하게 행동한 탓에 아모 씨까지 불쾌한 일을 겪었으니까요."

"무슨 소리를 듣건 감점만 없으면 괜찮아. 지도 교수의 눈에 들려고 연수받는 건 아니니까. 2차 시험에만 합격하면 돼. 그보다 아까는 왜 그랬어? 갑자기 표정이 확 굳던데."

미사키가 멈춰 섰다. 질문에 답하나 싶었는데 앞쪽에서 복도 벽에 몸을 기대고 있는 사람을 발견하고 멈춰 선 듯했다.

"진도가 정말 빠르네요."

고엔지 교수는 벽에서 몸을 떼고 미사키 쪽으로 천천히 다가왔다.

"실무 연수의 연장선이라면서 현경 본부를 직접 찾아갔다면서요?"

"벌써 소문이 다 퍼졌나요?"

"제 귀에는 모든 이야기가 다 들어온답니다. 피의자를 직접 찾아가 수사한 건 아니니 엄한 처분이 떨어지지는 않겠지만 왜 그런 행동을 했죠? 평소의 미사키 씨라면 그렇게 섣부르게 행동하지 않을 텐데."

"다 제가 경솔해서."

"비굴해지지 마세요."

조용하지만 날 선 목소리였다.

"그런 모습이 다른 사람의 눈에는 고상해 보일지 몰라도 제 눈에는 오히려 오만하게 보여요. 미사키 씨는 다른 사람의 좋은 평가를 바라지 않는 것 같지만 그건 사람들을 가장 우롱하는 행위이기도 해요."

미사키는 꾸지람을 듣는 어린아이처럼 고개를 푹 숙였다. 간바라에게 불려 갔을 때는 태연하던 미사키가 고엔지 교수의 훈계에는 귀를 기울이고 있다.

"교수님은 무슨 일로 여기 오셨나요?"

"저도 할 일이 남아서요. 우연히 두 분 이야기를 듣고 잔소리 한두 마디 정도는 해야 할 것 같아서."

"일부러 오셨다는 말인가요?"

"젊은 사람에게 설교하는 건 나이 든 사람의 작은 특권이죠. 빼앗지 말아 줬으면 해요."

고엔지 교수는 환하게 미소 지었다. 이렇게 다른 감정이 일절 섞이지 않은 순수한 미소를 짓는 것도 연륜일까.

"현경 본부에는 뭘 하러 간 건가요?"

간바라 앞에서 한 이야기를 그대로 전하자 고엔지 교수는 고개를 살짝 갸웃거렸다.

"거짓말이네요. 미사키 씨처럼 총명한 사람이 실제 작업에 대해 꼭 설명을 들어야 이해한다고요? 질문이 아니라 따로 부탁할 게 있었던 거 아닌가요?"

"왜 그렇게 생각하시나요?"

"미사키 씨는 쓸데없는 행동은 하지 않을 테니까요. 쓸데없는 질문도 하지 않을 테고요. 현경 본부를 찾아간 건 꼭 그곳에 가서 부탁할 게 있었으니. 아닌가요?"

고엔지 교수의 눈이 마치 올빼미처럼 빛났다. 미사키도 이제는 체념했는지 짧게 탄식했다.

"자세히 말씀드릴 수는 없지만 그 말씀이 얼추 맞습니다."

"그 밖에는?"

"고인의 책을 출간한 출판사에서 책을 빌려 왔습니다."

"무작정 간 게 아니라 처음부터 목적이 있었군요. 답이 어딨는지 이미 아는 사람의 행동이네요. 연수생으로서 규범을 어겨 가며 왜 그렇게까지 하죠?"

"피의자가 범행을 부인하는 이상 모든 가능성을 검토해야 하니까요."

"그뿐인가요?"

고엔지 교수가 부드럽게 되묻자 미사키는 도망칠 곳을 잃은 사람처럼 당황했다.

"……제가 아무리 부족해도 일단 할 수 있는 건 다 해 보고 싶었습니다. 그래야 그 피의자분 앞에도 당당히 설 수 있을 것 같았고요."

"이제야 진심을 털어놓네요."

고엔지 교수는 애정이 듬뿍 담긴 눈빛으로 미사키를 봤다.

"줄곧 그 말을 기다렸습니다. 간바라 교수님께는 무슨 말을 들었나요?"

"앞으로는 교수 허락 없이 움직이지 말라고……."

"그럼 제 허락이 있으면 괜찮다는 뜻이겠네요. 저도 간바라 교수님처럼 여러분의 지도 교수이니까요."

"정말 그래도 될까요?"

"여러분은 실패를 두려워해서는 안 되고 지도 교수도 그런 여러분을 질책해서는 안 됩니다. 오히려 질책해야 할 대상은 아무것도 하지 않으려는 태도와 책임에서 도망쳐서 생기는 결과죠. 여러분은 여러분의 신념대로 하세요. 실패하더라도 올바르게 실패하면 제가 힘닿는 데까지 여러분을 도울 테니까요."

"왜 저희 같은 연수생에게 그렇게까지 해 주시는 건가요?"

"젊은 사람을 올바른 방향으로 이끄는 것도 나이 든 사람의 특권이니까요."

IV *Espressivo moviendo*
풍성하게 표현을 바꾸며

I

6월 중순이 지날 무렵 피의자 마키베 히미코는 남편을 살해한 혐의로 기소됐다.

간바라의 집무실에서 미사키와 마주한 아모는 일이 어떻게 돌아가고 있는지 궁금해서 물었다.

"마키베 로쿠로 씨 사건은 어떻게 돼 가고 있어? 피의자가 기소됐다던데."

"아직 세오 형사님께 연락이 없네요."

미사키는 느긋하게 대답했다.

"저도 대답을 들어야 움직일 수 있어요."

"피의자…… 아니, 기소됐으니 이제 피고인이겠네. 그분의 무죄를 증명할 거라 하지 않았어? 재판이 시작돼 버리면 검찰이 기소를 취하하지 않을 텐데."

"기소되더라도 첫 재판까지는 두 달 정도 준비 기간이 있어요."

"그렇기는 해도……."

"만약 간바라 교수님이 제게 재판 준비를 맡겨 주신다면 기간을 더 연장할 수도 있고요."

"뭔가 정석이 아닌 방법까지 염두에 두고 있나 보네."

"정석이냐 아니냐를 따질 여유는 없습니다."

"그런 것치고는 왠지 자신만만해 보이는데."

"오해예요."

미사키의 말을 들으니 오늘도 평소대로 움직일 듯하다. 본인은 오해라고 하지만 미사키의 사전에 과연 긴장이라는 단어가 있기는 할까.

아모가 미사키를 이렇게 걱정하는 것은 오늘부터 연수생들이 직접 피의자 조사를 맡기 때문이다. 간바라와 다른 연수생이 지켜보는 곳에서 혼자 힘으로 피의자를 조사해 기소, 불기소를 판단한 후 간바라의 결재를 받아야 한다. 자기 재량으로 피의자의 운명을 좌우하는 것이니 책임은 막대하다고 할 수 있다. 옆에 서 있는 하즈와 에나미도 긴장한 기색을 숨기지 못했다.

그나마 다행인 것은 선두 주자가 미사키라는 점이다. 적어도 처음보다는 두 번째, 두 번째보다는 세 번째가 긴장도 덜하다. 앞 사람들이 하는 것을 지켜보다 보면 흐름도 대략 파악할 수 있다.

그러나 불행인 것은 선두 주자가 미사키라는 점이다. 미사키는 피의자의 입에서 꼭 필요한 사항만을 끌어내 적절한 판단을 내릴 것이다. 완벽한 모범 사례를 보여 주면 그 뒤에 오는 사람은 자연히 위축될 수밖에 없다.

니와 혼자 쓰는 책상에 지금은 간바라도 앉았다. 집무실 책상 앞에는 미사키가 얌전히 앉아 피의자를 기다리고 있다.

"준비됐습니다."

니와가 그렇게 신호하자 집무실 문이 열리고 피의자 여성이 들어왔다.

나이는 스물네 살. 화장기가 약간 짙지만 모델이라고 해도 통할 외모다. 그러나 아쉽게도 두 볼이 움푹 패여 약간 병적인 느낌을 줬다.

피의자가 자리에 앉자 미사키는 가볍게 고개를 숙였다.

"이번 조사를 맡은 미사키라고 합니다. 우선 성함과 나이, 직업, 주소를 알려 주십시오."

"시마 아야카, 24세. 직업은 배우. 주소는 가와고에시 미나미오쓰카예요."

그녀의 목소리를 듣고 아모는 화들짝 놀랐다. 밤새 술이라도 마시고 온 사람처럼 목소리가 쉬어 있다. 배우라고 하지만 아모는 처음 보는 얼굴이었다.

"왜 체포됐는지 아시죠?"

"네……."

"사실을 확인하겠습니다. 사실에 오류가 있다면 나중에 지적해 주세요."

미사키는 범행 사실을 담담히 읊었다. 사건의 개요는 다음과 같다.

피의자 시마 아야카는 시마자키 아이라는 가명으로 활동한 성인물 배우다. 4년 전 데뷔해 출연작이 백 편이 넘는다. 소속사는 업계에서 큰 축이고 본인 말로는 성인물계의 아이돌로 불렸다고 한다.

데뷔부터 3년째까지는 순조로웠지만 어느 날 동료 여배우와 함께 술집을 찾은 것이 그녀의 인생을 파멸로 이끌었다. 동료 여배우에게서 '피로가 한 번에 풀리는 약'을 건네받은 것이다.

피로 회복제라고 하는 그것이 마약인 것은 아야카도 어렴풋이 눈치챘지만 공포보다 호기심이 앞섰다. 소량이면 중독되지 않을 거라며 우습게 봤다. 그리고 그 판단이 너무 경솔했다는 것을 아야카는 그날 이후 몸소 깨닫게 되었다.

호기심으로 한 행동이 상습적으로 변하기까지 한 달도 걸리지 않았다. 동료 여배우는 이후에도 아야카에게 흔쾌히 약을 나눠 줬지만 가격을 한 팩(0.2~0.3그램)에 1만 엔에서 1만 5천 엔으로 올려 받았다. 아야카는 약값을 벌기 위해 무리하게 일했다. 그리고 무리하게 일하니 또 약이 필요해져 약값을 벌었다. 악순환은 마치 개미지옥 같았고 아무리 발버둥 쳐도 삶은 나락으로 떨어졌다.

이후 아야카의 인기도 점차 떨어져 출연 편수와 수입이 줄 무렵, 다카야스라는 인간 말종 남자가 그녀에게 접근했다. 이 역시 흔한 스토리다.

"이제는 구매자가 아니라 판매자가 되는 거야."

다카야스의 끈질긴 설득에 넘어간 그녀가 다시 정신을 차렸을 때는 이미 업계에서 유명한 판매책이 돼 버린 뒤였다. 그녀가 전에 들른 술집이 불법 약물 거래소인 것을 밝혀낸 경찰은 마지막 구매자의 증언을 통해 판매책을 아야카로 특정하고 5월 8일 그녀의 집을 급습해 2백 그램, 시가 1천만 엔에 달하는 마약을 압수한 후 그녀를 마약류 관리법 위반으로 현행범 체포했다.

"여기까지 설명에 틀린 부분이 있나요?"

미사키가 묻자 그전까지 움츠리고 있던 아야카가 고개를 들었다.

"틀렸어요. 전 가해자가 아니라 피해자예요."

"집에서 마약이 나왔을 때 당신은 직접 쓸 게 아니라 팔기 위해 갖고 있던 거라고 진술했습니다. 집에서는 마약을 담는 데 쓰는 나일론 봉지와 계량기도 발견됐고요."

"제가 약을 한 것과 판 건 인정할게요. 하지만 전 피해자예요. 약을 접하고 판매책이 된 것도 전부 그 다카야스 때문이라고요."

"다카야스 아키히토, 자칭 프로 댄서. 전과는 있지만 현재까지 그가 불법 약물을 소지, 남용한 사실은 밝혀지지 않았습니다."

"그 자식은 제게 모든 죄를 덮어씌웠어요. 약도 그 자식이 절반 이상 가져갔고요."

"그에게 협박을 당했습니까?"

"제가 처음 약을 했을 때의 모습을 촬영했어요. 그리고 그 영상을 인터넷에 올리겠다고…….'"

"그럼 마약 사용, 판매, 소지에 대한 사실은 인정하시죠?"

"그건 인정할게요. 하지만 다 어쩔 수 없이 그렇게 된 거예요. 제발 부탁드려요. 저를 도와주세요."

아야카는 허리를 숙여 미사키를 향해 얼굴을 들이밀었다. 꼭 먹이를 받으려고 목을 뻗는 병아리 같다.

"성인물 배우가 된 것도 길거리 캐스팅에 속아 넘어간 거예요. 약을 처음 제게 권할 때도 촬영이 겹쳐서 힘들었던 시기를 노린 거고요."

필사적인 변명이지만 아모는 별로 동정이 가지 않았다. 본인 말대로 남의 말에 휘둘려 저지른 짓이었을지 몰라도 올바른 판단만 내렸다면 최악의 사태는 피할 수 있었을 것이다. 피해자인 척하지만 결국 모든 것은 자기 책임이다.

"전 시마자키 아이가 아니에요. 제작사와 팬들이 저한테 그런 캐릭터를 억지로 강요했고 주변 상황이 너무 힘들고 지쳐서 저도 모르게 약에 손을 뻗고 말았어요. 하지만 이제는 싫어요. 이번 일을 계기로 예전의 저로 다시 돌아가고 싶어요. 제발 저를 도와주세요."

"이것으로 조사를 마치겠습니다."

미사키는 또다시 고개를 한 번 숙이고 종료를 알렸다. 아야카는 조사가 이렇게 맥없이 끝날 줄 예상 못 한 듯했지만 잠시 후 체념한 것처럼 집무실을 나갔다.

"예상보다 빠르게 끝났군."

상황을 예상 못 한 건 간바라도 마찬가지인 듯했다.

"자네는 워낙 꼼꼼하니 조금 더 깊숙이 파고들 줄 알았는데."

"피의자는 혐의를 인정하고 물증도 있습니다. 의문점이랄게 없죠."

"단호하군. 그렇게 말하는 걸 보니 이미 판단도 내렸나?"

"기소 처분이 타당하다고 생각합니다."

의연하게 말하는 미사키를 보며 이번에는 아모가 깜짝 놀랐다. 미사키의 평소 성격을 고려하면 불기소 처분을 내릴수도 있을 거라 예상했다.

"죄상만 놓고 보면 기소가 당연하겠지만 당사자의 나이나 상황도 전부 고려했나? 초범이고 스무 살에 그런 세계에 데뷔했으니 치기 어린 행동으로 볼 수도 있을 텐데."

"정상 참작 여부는 판사가 판단할 문제입니다."

미사키가 한 치의 흔들림 없이 말하자 간바라도 기가 약간 눌린 듯했다.

"그래. 그게 정답이기는 하지. 조금 엄격한 감은 있지만 마약 문제가 급부상하는 요즘 같은 때에 검찰의 단호한 태도를 보여 준다는 의미에서도 납득되는 판단이야."

굳이 결재를 기다릴 것도 없다. 미사키가 기안한 기소장은 문제없이 채택될 것이다.

휴식 시간이 되어 모두 함께 집무실을 나갔을 때 에나미가 심각한 표정으로 다가왔다.

"미사키. 아까 그건 말인데."

에나미는 두 손을 아래로 내리고 있지만 당장에라도 미사키의 멱살을 움켜쥘 기세였다.

"안건을 어떻게 처리할지는 해당 건을 맡은 연수생의 영역이니 참견할 일이 아니라는 건 알아. 하지만 한마디만 할게. 조금 전 그걸 기소 처분하는 건 너무 심하지 않아?"

에나미가 뒤에서 말을 걸자 미사키는 천천히 고개를 돌렸다. 에나미 뒤에 있는 하즈는 긴장한 얼굴로 두 사람을 지켜보고 있다.

"교수님도 말씀하셨지만 고작 스무 살 여자아이가 길거리 캐스팅과 남자한테 속아 어쩔 수 없는 선택을 계속 강요당했어. 물론 마약 사용과 판매는 엄연한 범죄지만 그 여자를 둘러싸고 있던 환경을 조금은 참작해 줘야 하지 않겠어?"

"마약 소지와 사용은 물론 판매는 다른 사람까지 끌어들이는 범죄입니다."

"그 말이 맞아. 하지만 그 여자가 피해자인 측면도 고려해야지. 마약류 단속법 위반은 최고 10년의 징역인데 만약 그런 판결이 떨어지면 여자는 서른네 살에 전과범, 거기에 전직 성인물 배우라는 딱지까지 달고 출소하는 셈이야. 새로운 인생을 시작하기 정말 힘들 거라고. 그런 것들도 다 고려했어?"

"그분은 아직 의존증에서 벗어나지 못했습니다."

"······뭐?"

"몸이 지나치게 말랐고 에어컨이 켜져 있는데도 땀을 계속 흘리시더군요. 전형적인 마약 의존증 증세죠. 그분에게는 마약을 끊을 시간과 환경이 필요해요. 적어도 1년 정도는 세상에서 격리되는 게 낫습니다."

"민간에도 약물 의존증 재활 시설이 있어."

"지원 체계가 확립돼 있으면 괜찮겠지만 그분 주변에는 아직 다카야스라는 남자가 떠돌아다니고 있습니다. 그녀가 힘들게 재기하려 할 때 다카야스가 접촉하면 모든 게 물거품으로 돌아가겠죠. 세상에서 격리하는 데는 그런 목적도 있습니다. 초범이니 형량은 판사님이 잘 판단해 주시겠죠. 그리고 무엇보다."

미사키의 표정이 누그러졌다.

"그분은 예전의 자기 자신으로 돌아가고 싶다고 하셨습니다. 예전 자신의 모습이 어떤지 아는 분이라면 주어진 처벌의 시간을 의미 있게 쓸 것이고 사람이 바뀔 수도 있을 거라 저는 믿고 싶습니다."

에나미는 맥이 풀렸는지 그 이상 반박하지 못했다.

한 달 정도 실무 연수를 하고서야 폐관 시간에 맞춰 퇴근할 수 있게 되었다. 아모도 일찍 기숙사에 돌아가 클래식 음악을 들을 여유가 생겼다.

그러나 미사키의 행동이 뭔가 이상했다. 다른 사람과 같은 시간에 청사를 나가는데도 기숙사에 바로 가지 않았다. 정작 기숙사에는 밤늦게야 돌아왔고 휴일에는 아침 일찍 외출했다. 아모는 미사키의 바로 옆방이라 그가 돌아오면 바로 알 수 있다.

다소 여유가 생겼다고 해도 미사키가 밤늦게까지 놀러 다닐 리는 없다. 아모는 문득 그림책 작가 사건을 떠올렸다. 미사키에게서는 별다른 말은 못 들었지만 혼자 조사를 계속하고 있을 가능성이 있다. 그렇게 생각하자 조금 화가 치밀었다. 사건을 다시 조사하고 싶어 한 사람은 미사키지만 그전까지는 아모도 함께 움직였다. 이제 와서 단독 행동을 하는 건 조금 비겁하지 않나.

사건이 기소됐다고 해도 첫 재판까지 아직 한 달 이상 남았다. 그날을 대비해 미사키가 뭔가 다른 비장의 무기를 준비하고 있을 것 같아 아모는 불안했다.

다음 날 아모는 미사키에게 직접 물었다.

"그림책 작가 사건, 아직도 조사하는 거야?"

"아뇨. 그날 이후 아직 별 소득은 없어요. 여전히 세오 형사님의 연락을 기다리고 있죠."

요즘 기숙사에 늦게 돌아오는 이유는 차마 묻지 못했다. 어차피 그럴싸한 변명으로 빠져나갈 것이다. 그보다 아모는 미사키를 직접 미행해 보기로 했다. 재수사 현장을 목격하면 변명의 여지도 없다.

폐관 시간이 다가와 네 사람은 슬슬 돌아갈 채비를 했다.

"수고하셨습니다."

"수고."

하즈와 에나미는 각각 다른 방향으로 흩어졌다. 그러고 보니 하즈는 요즘 청사 근처에 있는 술집에 자주 드나든다고 들었다.

"수고하셨어요."

"응, 너도 수고했어."

미사키가 집무실을 나간 지 몇십 초가 지나 아모도 타이밍을 재서 복도로 나갔다. 다행히 복도 끝에 미사키의 모습이 보였다. 뒤쫓기 알맞은 수준으로 간격이 벌어져 있다.

미사키는 청사를 나간 뒤 그대로 우라와역 쪽으로 걸어갔다. 아모는 미사키가 갑자기 뒤돌아봐도 몸을 숨길 수 있게 일부러 거리를 유지하며 그늘로 걸었다. 미행은 처음 해 봤지만 의외로 스릴 있고 재미있었다. 뒤가 켕기기는 해도 나중에 검사가 되면 이런 미행 수사도 할 거라며 억지 섞어 스스로 납득했다.

미사키는 여전히 우라와역을 향해 가고 있다. 이대로 전철을 타고 기숙사에 돌아가려는 걸까.

그러나 역에 들어간 미사키는 중앙 개찰구를 지나 그대로 동쪽 출구로 빠져나갔다. 역 앞 교차로와 백화점도 지나치더니 거침없이 앞으로 나아간다. 이 일대는 전철을 타려는 사람과 쇼핑객이 많아서 뒤쫓기가 쉽지 않았다.

미사키는 잠시 더 걷다가 어느 빌딩 안으로 들어갔다. 양옆에 술집이 있는 4층 빌딩이다. 아모는 빌딩에 걸린 간판을 보고 흠칫 놀랐다.

'우라와히가시 사운드 스튜디오'

혹시 잘못 봤나 싶어 다시 한번 확인했지만 분명 대여 스튜디오였다. 방음 시설이 완비된 방 안에 틀어박혀서 2차 시험 예습이라도 하려는 걸까. 물론 그럴 가능성은 작다.

혼자 이것저것 공상해 봐야 소용없다. 미사키가 건물에 들어간 후 몇 분 더 기다렸다가 아모도 문을 열고 들어갔다.

내부는 꼭 노래방 같은 구조로 복도를 가운데에 두고 양옆에 쭉 방이 있다. 카운터에는 젊은 남자가 바텐더 같은 유니폼을 입고 앉아 있었다.

"어서 오세요."

청년은 싹싹하게 미소 지으며 아모를 향해 다가왔다. 영업용 미소라고 해도 백 점짜리 미소다.

"저희 스튜디오를 처음 이용하시나요?"

"아, 네. 시스템 같은 게 궁금합니다."

"네. 그럼 우선 이 표를 확인해 주세요."

그의 설명을 들으니 이곳에는 총 여덟 개의 스튜디오가 있고 모든 스튜디오에 기타 앰프, 베이스 앰프, 드럼 세트, 마이크, CD 녹음 기기 등이 마련돼 있다고 한다. 회원제에 예약은 필수고 사용 요금은 한 시간에 천 엔이라고 하는데 비싼 건지 싼 건지 감이 오지 않았다.

"프로 스튜디오 뮤지션을 목표로 하는 개인 레슨 코스도 있습니다."

"저, 모든 방이 밴드용 스튜디오인가요?"

미사키가 기타나 드럼을 치는 모습을 떠올려 봤지만 역시나 잘 그려지지 않았다.

"아뇨. 최소한의 밴드용 악기들은 있지만 밴드 연습이 아닌 다른 목적으로 쓰시는 분들도 많습니다. 합창이나 댄스 연습도."

"피아노가 있는 방도 있나요?"

"물론이죠."

청년은 의기양양하게 모든 스튜디오의 세부 사항이 적힌 일람표를 꺼내 아모에게 보여 줬다.

"1층 3호실 스튜디오에 그랜드 피아노가 있습니다. 아, 그런데 이 방은 평일 오전 10시부터 오후 5시 30분 사이에만 비어 있습니다. 다른 시간대에는 전부 미사키라는 회원분께서 예약해서."

"그럼 평일 오후 5시 이후와 휴일에는 그 미사키라는 사람이 독점하고 있다는 뜻이네요."

"그렇습니다."

거기까지만 들어도 충분했다.

"회원 등록을 해야 할지 아직 조금 고민돼서요. 내부를 살짝 구경해 봐도 될까요?"

"물론입니다. 사용 중 램프가 켜진 방에만 들어가지 말아 주세요."

방음 설비의 성능이 별로 뛰어나지는 않은지 각 스튜디오에서 소리가 크게 새어 나왔다. 통로에 서 있어도 알 만한 사람은 곡명을 알아맞히지 않을까.

3호 스튜디오는 1층 안쪽에 있었다. 문 위에서 붉게 빛나는 램프가 현재 사용 중임을 알리고 있다.

방 안에서는 피아노 소리가 들리고 있었다. 밴드 연습 소리에 묻힐 만도 한데 한 음 한 음이 문을 뚫고 나와 아모의 귀에 꽂힌다. 연주하는 사람은 틀림없이 미사키일 것이다.

산토리 홀에서 미사키가 보여 준 손가락 움직임이 머릿속에 되살아났다. 이제는 미사키가 그날 왜 그랬는지 대략 이해가 됐다.

미사키는 전에 피아노를 쳤다. 심지어 실력도 상당하다. 그러나 어떤 이유로 주변 사람들에게 그 과거를 숨기고 있다. 아니, 그걸 넘어 음악 자체에서 도망치는 것처럼 보이기도 한다.

그런 미사키가 굳이 스튜디오를 빌려서 지금 피아노를 연주하고 있다.

가장 먼저 떠오른 가능성은 '재시작'이다. 미사키를 보면 오랫동안 음악을 멀리했음을 알 수 있다. 그러니 예전 감을 되찾기 위해 건반을 두드리는 게 아닐까.

감을 되찾으려는 이유는 도무지 짐작되지 않는다. 지금 당장 문을 열고 들어가 본인에게 직접 물어보면 대답해 줄지도 모르지만 우정에 금이 갈 염려도 있다.

아모는 복도에 우두커니 서서 스튜디오에서 들리는 소리에 귀를 기울였다. 타건이 강렬한 덕에 문을 사이에 두고도 어떤 곡인지 알아차릴 수 있었다.

베토벤 피아노 소나타 제32번. 악성이 만든 피아노곡 중에서도 특히 어려운 것으로 유명한 곡이다. 재시작의 곡으로 왜 하필 이렇게 어려운 곡을 선택한 걸까.

젠장. 아모는 속으로 악담을 내뱉었다.

연수원에서 우연히 같은 조가 됐을 뿐이다. 미사키는 날 때부터 검사가 되기 위해 태어난 사람 같고 말과 행동, 거기에 품성까지 훌륭하다. 아모로서는 눈꼴신 요소가 가득한 짜증스러운 상대일 뿐이다. 그런데도 아모는 미사키를 떨쳐 내지 못하고 있다. 무시할 수가 없었다. 자기도 모르게 시야 한구석에서 미사키의 모습을 좇으며 소리에 귀를 기울이고 있다.

문득 홀로 남겨진 기분이 들었다. 아모는 결국 문을 두드리지 않고 3호 스튜디오 앞을 떠났다.

카운터에 있는 청년이 아모를 향해 활기차게 물었다.

"구경은 다 하셨나요?"

"네."

"회원 등록을 하시겠어요?"

"조금 더 고민해 볼게요."

"네. 기다리겠습니다."

"참, 그리고 3호 스튜디오에서 연주하는 분 말인데……."

"아, 그분이요. 대단한 분이죠."

청년은 묻지도 않은 이야기를 술술 들려주기 시작했다.

"여기서도 연주 소리가 들리는데 5시 30분부터인 12시에 폐점할 때까지 한시도 쉬지 않고 피아노를 치세요. 매일매일 무려 6시간 30분을요. 휴일에는 더 열심히 치시는데 식사 시간에 잠시 방을 비울 때 빼고는 소리가 끊기는 순간이 거의 없을 정도입니다."

"왜 그렇게 열심히 피아노를 치는 걸까요. 혹시 그분께 직접 물어본 적이 있나요?"

"저희는 손님분들과 사적인 대화를 하지 않는 것이 원칙이라서요. 하지만 취미로 치시는 게 아닌 것만은 확실해 보입니다. 카운터에서 들어도 연주에서 어마어마한 힘이 느껴지거든요. 취미로 치시는 분은 그렇게 칠 수 없죠. 심지어 제가 여기서 일하고 있을 때만 해도 벌써 피아노 줄을 다섯 번이나 끊어 버리셨습니다."

"취미가 아니면 뭘까요?"

그러자 청년은 "글쎄요" 하고 어깨를 움츠렸다.

"그런데 저렇게 힘과 집중력이 넘치는 연주를 전에도 들어본 적이 있습니다. 보통 공연 직전에 하는 연습이 저런 느낌이죠. 물론 저분처럼 저렇게 오래 연주한 분은 안 계세요. 제가 생각하기에 혹시 이걸 준비하시는 건가 싶은 행사는 있습니다."

"무슨 행사죠?"

"이겁니다."

청년은 카운터 옆에 있는 전단 한 장을 집어 들었다.

"조만간 개최를 앞둔 피아노 행사죠. 예선일이 다가오고 있으니 시간상으로도 맞고요."

아모는 받아 든 전단을 빤히 들여다봤다. 눈을 의심할 만한 내용이 그 안에 적혀 있었다.

'2006년 제40회 전일본 피아노 콩쿠르 예선 공지'

2

6월 셋째 주 토요일 아모는 전철을 타고 가서 JR 이다바시 역에서 내렸다. 메지로 거리에서 북쪽으로 걷다가 간다강을 지나자 얼마 안 돼 가려던 건물이 시야에 들어왔다.

돗판 홀. 인쇄를 전문으로 하는 주식회사 돗판이 창업 백 주년을 기념해 설립한 클래식 전용 공연장으로 오늘은 전일본 피아노 콩쿠르 간토 지역 예선이 열린다.

이미 접수가 시작돼 공연장 입구에 입장을 기다리는 관객이 몰려 있었다. 대부분 콩쿠르 참가자의 관계자일 것이다.

창구에서 당일권을 사서 건물 안에 들어가자 입구에서 전단을 몇 장 받았다. 살펴보니 참가자 명단이 있다. 아모는 통로 구석에 서서 목록에서 그의 이름을 찾았다.

있었다.

참가 번호 38번 미사키 요스케.

설마 했지만 역시 현실이다. 미사키 요스케가 피아니스트들의 등용문인 이 콩쿠르의 참가자로 이름을 올린 것이다.

아모는 한때 피아니스트를 꿈꿨기에 콩쿠르의 권위를 누구보다 잘 알고 있었다.

전일본 피아노 콩쿠르는 이름 그대로 전국 단위의 콩쿠르다. 홋카이도, 도호쿠, 간토, 주부 호쿠리쿠 신에쓰, 긴키, 주고쿠, 시코쿠, 규슈, 오키나와의 전국 다섯 개 구역에서 예선을 치러 상위권 여섯 명의 입상자가 본선에 진출한다. 참가 자격은 대학생부터 사회인까지. 즉 현역 음대생과 프로 연주가에게도 문이 열려 있어서 수준이 높고 본선에서는 프로끼리 경쟁하는 장면도 자주 펼쳐진다. 음대생 참가자들도 우습게 볼 수는 없다. 대학원에 진학한 음대생 중에는 콩쿠르 사냥꾼이라 불리는 강자도 있다. 아무튼 국내 굴지의 콩쿠르인 것은 부인할 수 없는 사실이다.

그런 어려운 콩쿠르에 미사키가 참가했다. 참가자들의 면면은 다양하지만 현역 사법연수생은 역시 희귀한 부류에 속할 것이다.

아모는 미사키의 이름을 확인하고서도 참가 번호 38번이 적힌 종이를 뚫어지게 쳐다봤다. 인쇄된 글자를 보고 있는데도 실감이 나지 않고 여전히 혼란스러웠다.

역 앞 대여 스튜디오에서 피아노를 다시 치기 시작한 것을 처음 알게 됐을 때는 응원해 주고 싶었다. 그러나 얼마 안 돼 미사키가 전국 단위 콩쿠르에 도전한다는 것을 알게 되자 곧장 제정신이 아니라고 생각을 바꿨다. 비유하자면 이건 오랫동안 트랙을 밟지 않은 아마추어가 프로들이 뛰는 풀 마라톤에 참가하는 것이나 마찬가지다. 무모한 것을 넘어 정상이라 할 수 없다.

더욱이 아모는 경험자라 더 잘 알고 있었다. 피아니스트는 매일매일 손가락을 단련해야 한다. 연주가 아무리 능숙한 사람도 하루만 쉬면 기존 컨디션을 되찾는 데 일주일이 걸린다. 미사키가 그동안 몇 년이나 건반에서 손을 뗐는지 몰라도 그 공백을 고작 몇 주 안에 채우는 것은 당연히 불가능하다.

그걸 떠나 미사키는 도대체 왜 프로 피아니스트의 등용문에 도전하는 걸까. 미사키에게는 법조계라는 세상이 열려 있고 복 받은 재능과 환경까지 갖췄다. 이제 와서 다른 세계로 도피할 이유가 있을까.

생각할수록 혼란만 커져 갔다. 역시 의문을 해소하려면 미사키의 연주를 직접 듣는 수밖에 없다. 그래서 아모는 일부러 돗판 홀을 찾았다.

아모는 참가자 명단을 접어서 주머니에 넣었다. 어쨌든 미사키의 연주를 듣고 나서 판단하자. 모든 건 그다음부터 생각하면 된다.

티켓 창구에서 휴대품 보관소를 지나 관객의 파도에 휩쓸려 통로를 걷는다. 깨끗이 닦인 바닥이 조명 불빛을 반짝반짝 반사하고 있었다.

공연장 안에 들어간 순간 아모는 고요함에 지배당했다.

잡음이라고는 없는 공간. 외부 소음이 완전히 차단돼 마치 대성당에 온 것 같은 정적이 느껴진다. 공연장 소개 팸플릿을 보니 홀 전체를 뜬구조로 지어서 소음과 진동을 막는다고 한다. 또 건축재로 모과나무, 벚나무, 노송나무처럼 음향 효과가 뛰어난 것들이 쓰였다.

객석은 1층과 2층 합쳐 총 4백 석 정도 될까. 뒷자리까지 소리가 전부 전해지도록 앞좌석보다 뒷좌석 등받이가 더 높다. 클래식 전용 공연장으로는 중간 규모지만 어디에 앉아도 연주자의 얼굴이 보여서 마음에 들었다.

무대 가운데에 자리 잡은 그랜드 피아노는 천장 조명을 받아 신비롭게 빛나고 있었다.

예선 참가자는 총 40명. 간토 지역 예선 참가자치고는 적은 감이 있지만 전일본 콩쿠르처럼 이름난 콩쿠르는 심사 수준이 높고 조예 깊은 관객들이 모이기 때문에 연습 삼아 참가하는 바보는 없다. 무대에서 부끄러운 모습을 보이고 싶은 사람도 없을 것이다. 장래에 피아니스트를 목표로 하는 사람이라면 더욱 그렇다.

미사키의 참가 번호는 38번이니 앞으로 한참 기다려야 한다. 중간에 자리를 떠도 상관없지만 아모는 공연장에서 라이브 연주를 듣는 게 오랜만이라 쭉 앉아 있기로 했다.

—금일 콩쿠르를 찾아 주신 관객 여러분께 감사의 말씀을

드립니다. 공연 중에는 음식물 섭취와 사진 촬영, 녹음, 녹화 등을 삼가 주시기를 바라며…….

콩쿠르 시작을 알리는 장내 방송이 끝나도 객석이 계속 웅성거리는 것은 역시 아마추어 콩쿠르라서일 것이다. 그러나 분위기를 깰 정도로 큰 소리로 떠드는 사람은 없어서 아모도 기분 좋은 두근거림을 만끽했다.

참가자 명단을 다시 펼쳤다. 이름 옆에는 오늘 연주할 곡명도 적혔는데 이번 콩쿠르의 과제가 베토벤인지 하나같이 베토벤의 곡이다. 〈열정〉, 〈월광〉, 〈비창〉 같은 익숙한 3개 피아노 소나타는 물론이고 그 밖에도 유명한 곡들이 나열돼 있다. 그중에서 미사키가 고른 곡은 피아노 소나타 제32번이었다. 대여 스튜디오에서도 들었던 곡이라 대충 예상은 했지만 정말로 32번을 고를 줄이야.

그때 옆에 앉아 있는 어머니와 딸의 목소리가 귀에 들어왔다.

"어라? 엄마, 이것 봐. 이 38번 참가자. 32번을 친대."

"응? 정말이네. 대단한데?"

"무섭지도 않나 봐. 우리 오빠는 무난한 곡을 골랐는데."

"콩쿠르에서 실수하면 안 될 텐데. 그냥 경험 삼아 나온 걸까? 별로 간절하지 않나 보네."

친구의 악담을 듣는 게 썩 기분 좋지 않지만 모녀의 말에도 일리가 있어서 뭐라 하고 싶지는 않았다.

32번은 베토벤의 마지막 피아노 소나타다. 바꿔 말해 베토벤이 피아노 소나타 표현의 극한에 도전한 작품이고 기술 면에서도 몹시 어려운 곡으로 알려져 있다.

만약 이번 콩쿠르가 프로들의 공연이라면 이해할 수도 있다. 실력에 자신 있는 피아니스트가 기교를 보여 주기에 안성맞춤인 곡이기도 하다. 그러나 실수하면 감점되는 콩쿠르에서는 제 발로 지뢰를 밟는 것이나 마찬가지다. 현명한 참가자라면 이런 만용은 부리지 않는다.

아니. 아모는 생각을 다시 고쳤다. 미사키가 애초에 현명한 참가자가 맞기는 할까. 예전 감을 되찾기 위해 콩쿠르에 참가했고 일부러 자신의 한계를 시험하려고 어려운 곡을 선택했다면 그보다 어리석은 짓은 없다. 사법연수생으로서는 뛰어날지 몰라도 피아노 앞에서는 멍청할 수도 있다.

―그럼 지금부터 2006년도 제40회 전일본 콩쿠르 간토 지역 예선을 시작하겠습니다. 참가 번호 1번, 도쿄도에서 온 시바자키 다쿠미. 곡명은 베토벤 피아노 소나타 제9번.

가장 먼저 등장한 참가자는 학생 분위기의 남자였다. 음대생으로 보인다. 무대에 익숙하지 않은지 긴장한 기색이 역력하다. 지켜보고 있는 아모도 조마조마했다. 예전에 자신도 경험한 바 있으니 그의 현재 심정이 뼈저리게 와닿았다. 객석 모두가 자신을 비웃는 느낌이 들어 두려울 것이다.

예상한 대로 그의 연주는 참담했다. 손가락이 엇나가 몇 번이나 실수를 저질렀다. 만회하려고 했지만 실수가 또 다른 실수를 불렀다. 10분 조금 넘는 곡인데도 몹시 길게 느껴졌다.

연주가 어땠는지는 관객보다 본인이 더 잘 안다. 마지막 음이 무대 위로 사라지자 그는 체념한 듯한 얼굴로 몸을 일으켰다. 성기게 터지는 박수 소리. 그를 격려하려고 친 박수겠지만 당사자에게는 그야말로 굴욕적일 것이다.

아모는 문득 자신의 오래된 상처를 헤집는 듯한 착각에 빠졌다. 음악을 포기한 이유는 재능의 한계를 깨달아서였지만 압박감을 견디지 못한 것도 이유 중 하나였다. 콩쿠르에 참가할 때마다 자신보다 뛰어난 연주자를 부러워하고 자기혐오에 빠지는 상황이 고통스러웠다. 압박감을 자양분 삼아 발전하는 사람도 있다지만 아모는 그런 배짱이 없었다.

그렇게 움츠리고 퇴장하지 마.

네게는 피아노 말고 다른 선택지도 있다는 걸 명심해.

아모는 힘없이 무대 뒤로 걸어가는 그를 향해 위로를 보냈다. 꼭 오래전 나 자신이 무대 위에 있는 것 같았다.

—참가 번호 2번. 모기 고헤이. 곡명은 베토벤 피아노 소나타 제14번.

아모의 우울한 기분과는 상관없이 예선은 계속 진행됐다.

점심 휴식시간이 되자 관객들이 식사를 하러 하나둘 자리를 떠났다. 공연장 위층에는 레스토랑이 있어 대부분 그곳에 갈 것이다.

그러나 아모는 인파를 거슬러 가서 통로를 지나 무대 뒤에 있는 대기실로 향했다. 돗판 홀은 무대 뒤에 대기실 A, B, C가 있고 인접한 인쇄 박물관 뒤에 대기실 D가 있다. 다른 세 곳에 비해 대기실 D는 두 배 이상 넓어서 많은 이들을 수용하는 강당 역할도 한다.

예상대로 참가자의 가족이나 관계자들이 대기실 앞에 진을 치고 있었다. 오전부 때 평소처럼 연주를 잘 소화해서 기뻐하는 사람, 반대로 생각지도 못한 실수를 저질러서 낙담한 사람. 모두 가족들과 도란도란 대화를 나누고 있다.

아모는 가슴 안쪽이 찌릿했다. 피아니스트를 꿈꾸던 시절에는 내 부모님도 아들 옆에 있어 주었다. 법조계로 방향을 틀고 난 뒤부터는 소원해졌지만 당당히 검사가 되면 부모님은 예전 그때처럼 나를 축복해 줄까.

사람들을 헤치고 대기실 안에 들어갔다. 쓸데없이 넓은 곳이다. 양복과 드레스를 입은 참가자들이 의자에 앉아 서로를 견제하듯 힐끔거리고 있다.

아모가 만나려는 사람은 구석에 홀로 있었다.

"아모 씨!"

미사키는 아모를 보고 소스라치게 놀랐다. 미사키가 놀라는 모습을 처음 보는 것 같아 아모는 왠지 고소했다.

"왜 아모 씨가 이곳에."

"그건 내가 할 말이야."

그동안 미행했다는 것은 밝히지 않는 게 좋아 보였다.

"클래식 팬이라면 이런 콩쿠르도 한 번쯤은 와 봐야지. 입구에서 나눠 준 참가자 명단을 보고 얼마나 놀랐는지 알아? 클래식을 싫어한다고 생각했는데 무려 콩쿠르에 참가자로 직접 참가하다니."

대답을 잠시 망설이던 미사키가 마음을 굳힌 것처럼 입을 열었다.

"이게 다 아모 씨 때문이에요."

"나 때문이라고? 내가 왜?"

"아모 씨가 산토리 홀에 절 데려가 〈황제〉를 들려줬잖아요. 그게 계기 중 하나였어요. 그전까지 간신히 억누르고 있던 음악에 대한 열정에 아모 씨가 다시 불을 지폈다고요."

"역시 전에는 너도 피아니스트가 되려고 했구나."

"사정이 있어서 포기했고 그 후로는 다른 일에 전념하려고 했어요. 그래서 클래식과 완전히 연을 끊으려고 했는데…… 결국 이렇게 됐네요."

"뭔가 미안하네."

"아뇨."

미사키는 서둘러 고개를 흔들었다.

"미안하다뇨. 지금은 오히려 아모 씨에게 감사해요."

"그런데 너무 극단적이지 않아? 너도 피아노를 쳤다면 이 콩쿠르가 얼마나 수준 높은 콩쿠르인지 알 거 아냐. 감을 되찾으려는 시도치고는 너무 과격하다고."

아모는 대기실 안에 있는 다른 참가자들을 둘러봤다. 모두 긴장하고 있지만 나름대로 자신감을 보이고 있다.

"첫 번째 참가자는 별로였지만 두 번째부터는 역시나 수준이 다르더라. 참가자 명단을 보면 오후부에는 프로도 참가한대."

"그런 것 같네요."

"무대에서 네 실력을 시험해 보고 싶은 기분은 알겠지만 다시 한번 생각해 보는 게 어때? 모처럼 클래식의 세계에 돌아왔는데 복귀 첫 무대부터 타격을 입고 쓰러지면 헛수고잖아."

"아, 절 걱정해 주시는군요. 기쁘네요."

"착각하지 마. 같은 조원이 좌절해서 연수원 2차 시험에 떨어지면 나도 찜찜할 거라고."

"그건 안심하셔도 돼요."

미사키가 환하게 미소 지었다.

"실패 몇 번으로 의욕이 꺾이지는 않을 테니까요. 애초에 그런 만만한 정신 상태로는 이룰 일도 못 이뤄요."

"이루다니, 뭘?"

"물론 1위 입상이죠."

농담하는 건가 싶어 아모는 웃어 보였지만 그에 화답하는 미사키의 미소는 같은 종류가 아님을 깨달았다.

"……진심이야?"

"진심이 아니면 이룰 수도 없어요. 그리고 단지 실력을 시험하려고 생각한 시점에 이미 지는 거예요. 전 오늘 이기러 왔어요. 여기 있는 다른 참가자분들과 똑같이요."

오후부 경연이 시작되자 공연장에 관객들이 돌아왔다. 식사를 마치고 오거나 화장실에 다녀온 사람도 있을 것이다. 모두 마음을 가라앉힌 것처럼 편안해 보였다.

그러나 아모는 편안하기는커녕 혼란의 극에 달해 있었다.

1위 입상을 노린다니.

진심으로 이기러 왔다니.

미사키는 오히려 실력을 시험해 보겠다는 정신 상태로 오는 게 자폭이나 마찬가지라고 했다.

주최 측의 의도인지 몰라도 참가 번호가 뒤로 갈수록 실력 있는 참가자들이 속속 등장했다. 앞선 참가자들과의 기량 차이가 엄연히 드러났다.

객석이 전부 들어차지는 않았지만 이토록 큰 무대와 많은 관객들 앞에서 실수를 저지르면 재시작은 고사하고 평생 트라우마로 남을 것이다.

좀 더 말려야 했을까. 하지만 이제는 늦었다. 이렇게 고민하는 동안에도 미사키의 차례는 점점 다가오고 있다. 다른 참가자들의 연주가 이제는 귀에 잘 들어오지도 않았다.

잠시 후 마침내 두려워하던 순간이 찾아왔다.

─참가 번호 38번. 미사키 요스케. 곡명 베토벤 피아노 소나타 제32번.

무대 옆에서 나타난 미사키를 보고 아모는 자신의 눈을 의심했다.

평소와는 전혀 다른 미사키가 눈앞에 있었다. 무엇보다 놀라운 것은 미사키가 긴장하고 있다는 점이다. 입을 한일자로 다물었고 두 눈은 낮은 온도로 불타고 있다. 누구에게나 상냥하고 친절하던 모습은 자취를 감췄고 지금은 오히려 다가가기 어려운 분위기를 내뿜는다. 바람을 가르듯 뚜벅뚜벅 피아노를 향해 걸어가는 모습은 마치 군인의 행진을 연상케 해서 순식간에 관객들의 의식을 사로잡았다.

"뭐야, 저 아저씨."

옆에서 지켜보던 여자아이가 불쑥 내뱉었다.

"프로인가? 아우라가 엄청난데."

미사키가 피아노 앞에 앉자 공연장 안이 찬물을 끼얹은 것처럼 조용해졌다.

제1악장, 다단조, 4분의 4박자.

갑작스럽게 비극을 알리는 두 번의 타건이 공기를 가르자 아모는 어깨를 움찔했다. 감 7도의 비약과 하강으로 서주가 시작되고 부점 리듬이 미끄러져 내려가기 시작한다. 물 흐르는 듯한 리듬이 이따금 움직임을 멈추고 위축하듯 가라앉는

다. 그 뒤로 펼쳐지는 정적. 그러나 소리 자체는 약음으로 계속 이어진다.

아모는 경탄했다. 이런 약음만으로 소리의 넓이를 표현하는 것은 웬만한 실력으로는 불가능하다. 공연장 내부의 반사와 잔향을 계산해서 소리 내야 하기 때문이다. 미사키는 공연장의 잔향 특성을 완벽히 자기 것으로 만들어 마치 홈그라운드에 온 것처럼 연주하고 있다.

음형이 조금씩 위로 솟구쳤다가 사라질 듯 말 듯 조용히 활주를 이어 간다.

열정을 머금은 침울함이 마음을 흐트러뜨린다.

대체 이게 뭐지?

몇 년의 공백기를 보낸 아마추어의 실력이 아니다. 매일매일 숨 쉬듯 건반을 두드려 온 피아니스트가 내는 소리다.

곡이 제시부에 들어가자 G와 A플랫 꾸밈음이 제1주제를 연주한다. 셋잇단 16분음표의 급속한 상하향은 열정을 고스란히 드러내는 광란의 난무다. 속도와 박자를 조절해 가며 듣는 이의 마음을 쥐락펴락한다. 왼손의 강렬한 옥타브와 튀어오르는 듯한 아르페지오*.

비약과 순차 진행, 그리고 상향과 하향. 두 개의 상반된 동기가 한데 겹치고 얽혀서 꿈틀거리며 질주한다. 끊길 새도

---

* arpeggio, 화음을 동시에 연주하지 않고 아래에서 위로 또는 위에서 아래로 연주.

없이 맞붙던 16분음표와 8분음표의 대결이 내림가장조의 제2주제로 연결된다. 2주제는 서주에서도 보인 부점 리듬을 따라가지만 곧 다시 분산화음으로 사라진다.

아직 제시부인데도 아모의 영혼은 옴짝달싹 못 하게 구속돼 있었다. 다른 관객들도 마찬가지다. 무대 위에 있는 독재자에게서 눈을 떼지 못하고 있고 옆에 앉은 여자아이는 무려 입을 떡 벌리고 있다.

원래 피아노 소나타의 기본은 3부 구성이다. 그러나 베토벤은 대조적인 악장을 마주 보게 하는 2부 구성을 택했다. 1악장의 거친 기운은 그런 대립에서 오는 특징이다.

그렇다고 해도 이건 너무 거칠다. 격렬하게 위아래로 움직이는 음형과 계속해서 변화하는 멜로디가 듣는 이의 이성을 마비시키고 있다.

전개부에 접어들자 1주제가 다시 고개를 치켜든다. 긴 트릴*이 이끄는 주제는 셋잇단음표와 함께 공연장 안을 거침없이 내달린다. 어두운 정열이 듣는 이의 가슴을 검게 그을리고, 낮게 흐르는 음울함이 다리를 붙잡는다.

이런 표현력이라니.

타건이 강렬하지도 않은데 고뇌와 비애가 엄습한다. 악보를 그대로 쫓아가는 것만으로는 절대 얻을 수 없는 건반 지

---

*   trill, 어떤 음을 연장하기 위해 그 음과 2도 높은 음을 교대로 빨리 연주하는 것.

배력과 악곡에 대한 깊은 이해가 없으면 도저히 불가능한 기술이다. 물론 하루 이틀 안에 만들 수 있는 기술도 아니라 아모는 미사키가 지금 보여 주는 현실을 믿을 수 없었다.

곡은 전개부로 들어가 사단조에서 다단조로, 그리고 또다시 바단조로 조바꿈을 한다. 주제는 화음이 되어 반복되고 곡조는 더 크게 꿈틀거린다.

아모가 앉은 곳에서는 미사키의 손가락이 보였다. 그 운지는 예전에 산토리 홀에서 본 것과는 비할 수도 없다. 눈에 보이지 않는 속도라는 표현이 바로 이런 움직임을 뜻하는 것이리라. 마치 손가락이 스무 개인 것처럼 보이기까지 했다.

아모는 지금껏 눈이 멀어 있었다는 것을 깨달았다. 피아니스트의 길을 포기한 사정과 오랜 공백기와도 상관없다. 미사키 요스케는 희소한 피아니즘을 지닌 연주가다. 아모, 그리고 수많은 피아니스트 지망생들이 간절히 바라도 손에 넣을 수 없는 개성과 재능을 신에게 부여받았다.

너무 불합리하다고 생각했다. 법조의 세계에서도 모든 것을 다 가진 천재로 칭송받고, 음악의 세계에서도 남들을 뛰어넘는 재능을 가졌다. 신은 공평하다는 말은 순 엉터리 거짓말이다. 법의 신 테미스와 음악의 신 뮤즈 양쪽에게 모두 축복받은 사람이 바로 눈앞에 존재하지 않는가.

미사키의 연주는 아모의 열등감 따위 산산조각 내며 앞으로 돌진했다. 재현부에 들어가 2주제가 다장조로 재현되자 미사키의 손가락이 종횡무진하기 시작한다. 멈추는가 싶다가 다시 달음박질을 시작하고, 뛰는가 싶다가도 또다시 우뚝 멈춰 선다. 위로 솟구쳐 쐐기를 박을 것처럼 강렬히 내려치는 타건. 쐐기는 그대로 관객들의 가슴을 꿰뚫고 그들의 온몸을 꽁꽁 옭아맸다.

곡은 마침내 코다에 진입한다. 다장조의 감미로운 선율은 하늘에서 쏟아지는 눈부신 빛 같다. 약음이 낮고 넓게 흐른다. 오른손의 멜로디와 왼손의 리듬이 합쳐진 음악이 관객들의 영혼을 한결같이 휘어잡고 놓지 않고 있다. 잠시 후 소리는 완만하게 잦아들더니 관객석 쪽으로 가라앉으며 1악장의 종언을 고했다.

한숨 돌릴 새도 없이 다음 악장의 막이 오른다.

제2악장, 다장조, 16분의 9박자.

지난 악장과는 사뭇 다른 평온한 멜로디가 관객들의 마음을 달랜다. 이 악장은 16소절의 주제와 다섯 가지 변주곡으로 구성되어 시종일관 탁 트인 느낌을 준다.

첫 번째 변주에서 소리의 수가 급격히 늘어난다. 소프라노 선율에 몇 가지 소리가 겹쳐 휘황찬란하게 변모한다. 아름답게 이어지는 선율이 다음에는 어떤 변모를 보일지 기대하게 한다. 1악장의 열정적인 소나타, 2악장의 부드러운 변주곡이 훌륭한 대비를 보인다. 작곡자 베토벤이 피아노를 통해 표현하려고 한 모든 것이 이 두 악장에 담겨 있다고 해도 과언이 아니다. 복잡한 두 가지 개성과 풍부한 감흥을 주제 반복과 테크닉만으로 만들어 내려는 시도가 이 32번을 어려운 곡으로 만들었다.

두 번째 변주에서 소리가 튀어 오른다. 박자는 16분의 6박자로 바뀌어 더욱 리드미컬해진다. 마치 깡충깡충 뛰는 듯한 리듬에 아모도 무심코 손가락을 튕기기 시작했다.

무대 위에 있는 미사키에게도 변화가 찾아왔다. 1악장에서 보여 준 찌푸린 표정은 자취를 감췄고 그 대신 음악을 진정으로 즐기는 듯한 만족스러운 표정을 짓고 있다.

세 번째 변주에 이르러 리듬은 더욱 경쾌하게 발전한다. 박자는 32분의 12박자가 되어 마치 재즈 같은 양상을 보인다. 미사키는 연주한다기보다 이제는 리듬에 맞춰 춤을 추는 것처럼 보인다. 그 모습을 보는 관객들도 희열에 잠겨 있고 개중에는 몸을 들썩이는 사람도 하나둘 보이기 시작했다.

소리는 끝없이 튀어 오르다가 이따금 공중에서 툭 하고 터진다. 마음이 들떠서 이 곡이 원래 완만한 박자의 곡임을 잊게 한다.

그러나 소란은 거기까지였다. 멜로디가 조금씩 침착해지더니 소리가 다시 가라앉는다.

네 번째 변주에서 박자는 16분의 9로 돌아간다. 셋잇단 32분음표가 고음부와 저음부에 깃들고 으뜸음과 딸림음을 중심으로 한 트레몰로* 위에 주제의 화성이 덧씌워진다. 긴 트릴이 시작되는가 싶더니 갑작스럽게 다시 주제가 돌아온다. 호흡이 긴 크레셴도**를 거쳐 멜로디는 낭만적으로 바뀌어 이번에는 들뜬 마음을 상냥하게 어루만져 준다.

무대 위에 있는 미사키는 마치 마술사 같다. 열 개의 손가락으로 관객들에게 절망과 희열, 그리고 위안을 선사하고 있다. 그의 손가락이 자아내는 선율이 사람들을 마리오네트로 만든 것이다.

다섯 번째 변주는 130번째 소절부터 시작된다. 분산화음을 버팀목 삼아 소프라노가 충실히 주제를 재현하다가 천천히 마지막으로 향한다. 고요함 속에서도 절정을 예감케 하는 선율 때문에 아모는 무심코 두 손을 꼭 쥐었다.

모쪼록 끝내지 않기를 바랐다. 이 안도와 해방감을 영원히 맛보고 싶었다.

잠시 후 160번째 소절에서 트릴이 돌아오자 코다에 돌입했다. 주제가 긴 트릴과 화음이 트레몰로를 동반해 나타나자 용맹하고 힘찬 멜로디가 공연장 안을 휘감는다. 이런 타건을 뭐라고 불러야 할까. 마치 소리 하나하나가 몸을 꿰뚫는 것 같다.

매끄럽고 부드럽게 소리가 작아지고 그리운 듯이 주제를

---

*   tremolo, 음 또는 화음을 떨리는 듯이 되풀이하는 연주법.
**   crescendo, 점점 세게 연주.

노래하다가 곡은 정적 속에서 끝을 맞이했다. 마지막 한 음이 공연장 끝에 도달하고, 이내 사라진다.

그때였다.

마치 꿈에서 깨어난 것처럼 드문드문 터지던 박수가 느닷없이 우레 같은 박수 소리로 바뀌었다. 개중에는 환호성을 지르는 사람도 있다.

연주를 마친 미사키는 조금도 지친 기색 없이 수줍은 미소로 관객들에게 화답했다.

이제는 공연장에 있는 모두가 확신했다. 나머지 두 사람의 연주를 듣지 않아도 이번 예선의 1위는 이미 정해졌다.

앞으로 나올 참가자들은 피아노 의자가 꼭 가시방석 같을 것이다. 미사키의 압도적인 공연 이후에는 정교한 손가락 움직임과 개성적인 선곡도 빛을 잃는다. 역시나 뒤에 나온 두 참가자들은 모두 비참한 연주에 그치고 말았다.

아모는 다시 대기실로 향했다. 심사 결과가 쉽게 예상되는 만큼 미사키에게 반드시 전해야 할 말이 있다.

아니나 다를까 대기실 안에는 작은 소동이 일어나 있었다. 다른 연주자들에게 둘러싸여 미사키가 보이지도 않았다.

"엄청난 연주였어."

"이름이 미사키라고 했지? 대체 어느 음대 출신이야?"

"처음부터 자신이 있어서 32번을 고른 거지?"

"다른 콩쿠르에서는 본 적 없는 것 같은데. 어떻게······."

"아아, 아모 씨."

미사키는 아모를 보고 마치 구원자를 만난 것처럼 그들 사이를 빠져나왔다.

"와 주셔서 다행이에요."

"다행은 뭐가 다행이야. 네가 일으킨 반란은 이제 본격적으로 시작될 것 같은데."

아모는 미사키 옆에 다가가 말했다.

"얼마나 놀랐는지 알아? 그런 연주는 지금껏 듣도 보도 못했다고. 감탄했어. 널 아마추어라고 생각한 예전의 나를 때려 주고 싶을 정도야. 하지만 그건 네가 지금껏 재능을 숨겨 온 탓도 있어."

"숨길 생각은 없었습니다만……."

"지금은 자세한 사정을 묻지 않을게. 그런데 네 재능은 음악에서는 빛을 발하겠지만 사법 세계에서는 필요 없어. 아니, 오히려 마이너스가 될지도. 우리에게는 연수 전념 의무가 있잖아. 연수생이 이런 콩쿠르에 참가한 게 알려지면 졸업에 악영향을 미칠 거야."

"그러겠죠."

걱정스럽게 말하는 아모와 달리 정작 미사키는 별로 신경쓰지 않는 듯했다.

"그러겠죠, 라니. 뭐가 그렇게 느긋해."

"이기겠다고 마음먹었을 때부터 이미 각오했어요."

"……아까 산토리 홀에서 들었던 〈황제〉가 피아노를 다시 치게 된 동기 중 하나라고 했지? 다른 동기도 있는 거야?"

"또 하나의 동기는 바로 마키베 로쿠로 씨의 〈붉은 토끼 로 큰롤〉이에요."

"뭐라고?"

"그 책의 영향을 받았어요. 저도 붉은 토끼처럼 원래의 내 모습을 당당히 드러내며 살겠다고 생각하게 됐죠."

"무슨 말인지 잘 모르겠어."

"이제는 저 자신을 속이지 않기로 했답니다."

30분 후에 심사 결과가 발표됐다.

모두의 예상대로 무명의 참가자 미사키 요스케가 간토 지역 예선을 1위로 통과했다.

3

간토 지역 예선에서 예상 못 한 전개가 펼쳐지기는 했지만 지역 예선인 만큼 영향력은 찻잔 속 태풍에 그쳤다. 사법연 수생들은 평소처럼 검찰청에서 실무 연수를 받았고 아모 외 에는 그 누구도 미사키의 쾌거를 알지 못했다.

아모는 하즈와 에나미에게도 미사키의 예선 통과 소식을 전하지 않았다. 명확한 이유는 스스로도 알 수 없지만 미사키의 또 다른 일면을 다른 사람들에게 알리기가 왠지 꺼려졌다.

본선은 7월 둘째 주 토요일, 장소는 지난번과 같은 돗판 홀. 본선까지 진출했으니 이제는 가 보지 않을 수 없다. 본선 진출 단계부터 이미 문제지만 만약 본선에서 상위권에 입상하기라도 하면 그때는 정말 연수 전념 의무를 위반했다는 말을 들어도 변명할 수 없게 된다.

옆에서 보기에는 평소와 다를 바 없는 실무 연수의 나날. 그러나 교수와 다른 연수생들이 보지 못하는 곳에서 불순한 움직임이 조금씩 일어나고 있었다.

발단은 미사키의 병가였다. 청사 문을 닫는 시간이 돼도 집무실에 미사키가 보이지 않아서 니와에게 물어보니 미사키에게서 연락이 왔다고 했다.

"여름 감기에 걸렸다더군요."

니와도 의외라는 듯이 말했다. 미사키는 평소 모든 일에 부지런하니 컨디션 관리도 완벽할 거라 믿었을 것이다.

"그런데 뭐 미사키 씨답다고 하면 미사키 씨답네요."

하즈는 이럴 때도 미사키를 두둔했다.

"요즘 감기는 독하고 전파력도 강하다고 하니까요. 저희를 배려한 미사키 씨의 현명한 판단으로 보입니다."

"그럴지도. 걔는 연수를 며칠 쉬어 봐야 별 타격도 없잖아."

에나미는 거침없이 말했지만 쉬어도 타격이 없을 거라는

말에는 모두 이견이 없었다.

그러나 아모는 믿지 않았다. 콩쿠르 본선이 다가오는 이런 시기에 미사키만큼 신중한 사람이 컨디션 관리를 못 할 리 없다.

"참, 여러분. 집무실 책상에 있던 검사용 펜을 찾고 있습니다. 자개 세공이 들어간 펜인데 혹시 못 보셨나요?"

니와가 그렇게 물었지만 아모는 내 알 바 아니라며 한 귀로 듣고 흘렸다.

연수를 마치고 아모는 대여 스튜디오를 찾았다. 카운터에는 전에도 있었던 청년이 앉아 있었다.

"오, 미사키 씨의 지인분이시군요. 마침 3호 스튜디오에 계십니다."

"몇 시부터 와 있나요?"

"요새는 계속 오픈하자마자 오셔서 마감까지 계시더군요. 피아노를 쓰려는 다른 손님들도 있는데 미사키 씨가 2주 치를 미리 정산하셔서."

오픈부터 마감까지의 시간을 무려 2주 치 정산.

이제는 틀림없다. 아모는 3호 스튜디오의 문 앞에 섰다. 방안에서는 강렬한 타건 소리가 새어 나오고 있다.

문을 세 번 두드려 봤지만 대답이 없었다.

또다시 세 번. 그러자 잠시 후 미사키가 문 틈새로 얼굴을 내밀었다.

"응? 아모 씨. 어떻게 제가 여기 있는 줄 아시고."

비밀 아지트가 밝혀졌는데도 전혀 개의치 않는 모습이다.

"잠깐 시간 괜찮아?"

"마침 쉬려고 했습니다."

"오늘은 꾀병?"

"오늘만이 아니라 본선까지는."

"본선까지라니. 앞으로 2주 동안 계속 꾀병을 부리겠다고?"

"아모 씨도 전에는 피아노를 치셨죠? 그럼 건반을 1분 1초라도 더 두드리고 싶은 마음을 이해하시지 않나요?"

"이해해. 하지만 지금 네 처지를 좀 생각해 봐. 넌 사법연수생이야. 물론 네 능력에 2주 쉬어 봐야 2차 시험 합격에 큰 지장은 없겠지. 하지만 본선에서 상위 입상이라도 하면 사법연수원에도 소식이 알려질 수밖에 없어. 그러면."

"그건 그때 가서 생각할 문제예요."

"그렇게 쉽게 이야기하지 마!"

아모는 자신도 깜짝 놀랄 만큼 큰 소리가 나왔다. 분노 때문에 감정을 억누르지 못한 것이다.

일단 제어가 풀리자 봇물 터지듯 말이 쏟아져 나왔다.

"분하지만 넌 사법 세계에서 반드시 두각을 드러낼 거야. 미래에는 사법 개혁에 앞장설 수도 있겠지. 넌 내가 아무리 노력해도 따라잡지 못할 재능을 가졌어. 그런 사람이 고작 한 번의 피아노 콩쿠르를 위해 그 모든 걸 내팽개치겠다고? 나중에 네 도움이 필요한 사람들을 그렇게 쉽게 배신하지 마!"

아모는 속내를 모조리 내뱉고서 수치심과 자기혐오에 빠졌다.

왜 이런 말을 한 걸까. 미사키가 같은 조이기는 해도 추켜세워 주고 싶기는커녕 오히려 아니꼽기만 한데.

다음 순간 아모는 숨이 턱 막혔다. 미사키가 손을 뻗어서 아모의 손을 붙잡은 것이다.

"감사합니다."

미사키는 피하거나 쑥스러워하지 않고 아모의 눈을 똑바로 쳐다봤다.

"저 같은 사람을 그렇게까지 신경 써 주셔서."

"남이 듣기 좋을 소리만 골라서 하지 마."

아모는 멋쩍음을 감추려고 미사키의 손을 뿌리쳤다.

"가끔은 좀 이기적으로도 굴라고."

"안 그래도 그러고 있습니다. 지금은 머릿속이 본선 생각으로 가득하니까요. 교수님들께 혼나겠지만 연수 생각은 하나도 안 나네요. 아, 하지만 히미코 씨와 관련된 사건은 예외예요."

"역시 그건 기억하나 보네. 본선 직후가 그 여자의 첫 재판

일이야."

그 말을 듣고 미사키는 잠시 생각에 잠겼다. 무죄를 부르짖는 사람의 힘이 돼 주고 싶다고 한 말을 떠올렸을까.

"실은 재판이 시작되기 전까지 확인하고 싶은 게 있습니다. 괜찮다면 같이 가 주시겠어요?"

어디 멀리라도 가는 건가 예상했지만 미사키가 가려는 곳은 법무 종합 청사와 같은 부지에 있는 사이타마 지부 구치소였다. 휴일에는 면회를 못 하니 아모가 미사키와 함께 가려면 평일 오후밖에 시간이 없었다.

그날 오후 집무실을 빠져나와 구치소 앞으로 가자 미사키가 아모를 기다리고 있었다.

"죄송해요. 귀중한 시간을 빼앗아서."

"난 괜찮은데 너야말로 괜찮겠어?"

감기에 걸려 쉬고 있을 사람이 청사 주변을 어슬렁거리는 셈인데도 미사키는 전혀 개의치 않았다.

접수창구에서 면회 신고서를 쓰고 짐을 사물함에 넣었다. 사물함 열쇠에 붙은 번호가 그대로 면회 번호가 된다. 대기실에서 기다리고 있자 얼마 후 교도관이 번호를 불렀다.

복도에 마련된 금속 탐지기를 지나 면회실에 들어갔다. 교도관까지 동석해 면회실 안은 비좁았다. 미사키와 아모가 자리에 앉자 아크릴판 너머에 히미코가 모습을 드러냈다.

두 사람을 본 히미코는 미사키가 누군지 알아차린 듯했다. 미심쩍어하면서도 가볍게 고개를 숙였다.

"오랜만이네요. 변호사 선임도 이미 마치셨다면서요."

"네. 국선 변호사님께 부탁드렸어요. 그런데 오늘은 무슨 일로?"

히미코는 의심스러운 것처럼 두 사람을 힐끔거렸다.

"수습 검사님이라고 불러 드리면 될까요? 또 제게 불리한 증언을 받아 내려 오셨나요?"

"감사 인사를 드리려고 찾아뵈었습니다."

감사 인사라는 말을 듣고 히미코는 더욱더 의아해하는 표정을 지었다.

"마키베 씨의 유작 〈붉은 토끼 로큰롤〉을 읽어 봤습니다. 그래서 감사드리려고요."

"제가 왜 감사를 받아야 하죠?"

"그 책이 저를 구해 줬으니까요. 아니, 저뿐만이 아니라 앞으로도 많은 사람들을 구해 줄 겁니다. 히미코 씨. 그 책은 세상의 빛을 봐야 할 책이에요."

"세상의 빛이라……."

히미코는 맥이 풀린 사람처럼 고개를 끄덕였다.

"하지만 제가 구치소에 있는 이상 출판은……."

"히미코 씨는 남편분을 죽이지 않았죠?"

"그건 검사님 앞에서 말씀드린 대로예요."

"그렇다면 무죄가 나올 겁니다. 안심하세요. 히미코 씨는 곧 자유의 몸이 될 테니까요."

아모는 너무 무책임한 말을 한다고 옆에서 타박하고 싶었다. 그러나 미사키는 히미코의 변명을 믿어 의심치 않는 듯했다.

히미코도 비슷한 생각을 떠올린 것 같았다. 그녀는 살짝 원망 섞인 눈빛으로 미사키를 힐난했다.

"남의 일이라고 너무 쉽게 말씀하시는 거 아닌가요?"

"기분 상하셨다면 사과드립니다. 하지만 전 히미코 씨가 지금껏 정당한 선택을 하셨다고 생각해요. 마키베 로쿠로 씨는 어째서 〈붉은 토끼 로큰롤〉에서만 필명이 아닌 본명을 썼을까. 바꿔 말해 왜 데뷔작부터 다섯 작품까지는 목부육랑이라는 필명을 썼는가. 그 이유를 히미코 씨는 누구보다 잘 알고 계시겠죠. 두 분은 일에 관해 서로 자주 의논하셨을 테니까요. 하지만 히미코 씨는 경찰과 검찰 조사에서 그 경위를 한마디도 언급하지 않으셨어요. 왜냐하면 그 필명의 유래가 그림책 작가 마키베 로쿠로의 존재 자체를 위협하는 것이었으니까요."

미사키가 무슨 말을 하는지 아모는 전혀 이해할 수 없었다. 그러나 히미코는 뭔가 낌새를 차렸는지 지금껏 힘없이 뜨고 있던 눈을 휘둥그레 뜨고 겁먹은 눈빛으로 미사키를 보고 있다.

"남편분이 돌아가신 뒤에도 히미코 씨는 그림책 작가 마키베 로쿠로를 필사적으로 감싸고 계세요. 비밀을 밝혀도 뭐라고 할 사람은 아무도 없는데도 말이죠."

"……무슨 말씀이신지 전 도통."

"얼마 전 프롤 출판사의 스가이시 편집자님을 만나고 왔어요. 편집자님은 데뷔작을 포함해 다섯 작품까지 책 안에 마키베 씨의 사상과 신념이 짙게 깔려 있다고 했지만, 제 생각은 조금 달라요. 마키베 씨는 분명 책 안에서 정치 비판적인 메시지를 숨기려 하지 않았어요. 하지만 그건 다른 뭔가를 감추기 위한 위장이었다고 생각해요. 그리고 마키베 씨가 〈붉은 토끼 로큰롤〉을 쓰게 된 동기와 유독 그 작품만 본명으로 쓴 이유도 모두 그 안에 있어요. 아닌가요?"

미사키는 담담한 목소리로 히미코를 몰아붙였다. 히미코는 더는 못 참겠는지 시선을 다른 곳으로 돌렸다.

"이제 그만 돌아가 주세요."

"어차피 히미코 씨가 형사 피고인이 되어 법정에서 검찰과 다투다 보면 언젠가 밝혀질 사실이에요."

미사키는 히미코가 대화를 거부해도 계속 말을 이어 갔다. 비난하거나 손가락질하지 않고 정성을 담아 설득하려 하고 있다. 분위기가 격하지 않은데도 뜨거운 에너지가 느껴져 아모는 더욱 귀를 기울였다.

"히미코 씨. 세상에는 아직 인정받지 못하는 것들이 아주 많아요. 하지만 이 세상은 또 엄청난 속도로 변하고 있죠. 고작 하나의 사법 기관, 고작 법률가 한 명의 생각 따위는 순식간에 사라져 버려요. 〈붉은 토끼 로큰롤〉도 그렇습니다. 지금은 어렵겠지만 언젠가 다시 평가받을 날이 올 거예요."

"됐어요!"

히미코가 버럭 소리쳤다.

"이제 그만 가 주세요. 그리고 다시는 찾아오지 마세요."

더는 내버려 둘 수 없는지 옆에 있는 교도관 두 명이 끼어들었다.

"피고인이 곤란할 만한 언동은 삼가 주십시오. 이것으로 면회를 마치겠습니다."

아모와 미사키는 다짜고짜 구치소 밖으로 끌려 나왔다.

"대체 무슨 이야기를 한 거야? 설명해 줘."

"그때 했던 대면 조사의 연장이랍니다."

구치소 정문 앞에서 아모는 미사키에게 따져 물었지만 미사키는 자세히 대답해 주지 않고 어물쩍 넘겼다.

"히미코 씨가 직접 고백해 주시는 게 가장 좋을 텐데 역시 그걸 바라기는 힘들겠죠. 하지만 첫 재판까지는 아직 시간이 있어요. 그분이 이대로 죄를 뒤집어쓰는 상황은 피해야 해요."

그때 미사키의 주머니에서 핸드폰 벨소리가 들렸다.

"네, 미사키입니다. 지난번에는 실례 많았습니다. ……그런가요. 나왔나요. 감사합니다. 고생 많으셨습니다. 이유는 나중에 따로 설명 드리겠습니다."

미사키는 통화를 마치고 이번에도 아무 일 없었던 것처럼 행동했다.

"그때 그 형사님이야?"

"네. 세오 형사님께 맡긴 물건에서 일치한 지문이 나왔다고 하네요."

V *Altiero con brio*
보란 듯이 생기 넘치게

미사키는 결국 세오에게 맡긴 물건의 정체에 대해서는 끝까지 알려 주지 않았다. 아모는 초조했지만 그 뒤로 더 당황스러운 전개가 아모를 기다리고 있었다.

7월 둘째 주 금요일, 청사 복도를 걷는 아모를 니와가 불러 세웠다.

"미사키 씨 일 때문에 할 얘기가 있습니다."

평소보다 차가운 목소리를 들을 때부터 좋지 않은 예감이 들었다. 아모는 문득 못된 장난을 치고 들킬까 두려워하던 어린 시절을 떠올렸다.

"벌써 2주 가까이 병가가 이어지고 있습니다. 의사의 진단서를 제출하라고 여러 번 말했지만 전화 한 통 없고요. 대체 무슨 일이 있는 건가요?"

"제게 물으셔도…….”

"같은 조에다 아모 씨는 기숙사에서 미사키 씨의 옆방을 쓴다고 들었습니다. 옆방에 있는 사람이 방 안에서 뭘 하는지 정도는 알 수 있지 않나요?”

"서로 방을 오가는 사이는 아니어서요.”

그러자 니와는 무표정한 얼굴 그대로 주머니에서 종이 한 장을 꺼냈다. A4 용지에 프린터로 출력한 문서다.

"이거, 어떻게 생각합니까?”

니와가 종이를 눈앞에 펼치자 아모는 순간 말문이 막혔다.

'2006년도 제40회 전일본 피아노 콩쿠르 본선 공지. 본선 참가자 명단'

총 30명의 참가자 이름이 적힌 명단 뒤쪽에 미사키 요스케의 이름이 있었다.

"사법연수원을 거쳐 간바라 검사님께 보고가 들어왔습니다. 연수원 관계자 중에 누군가가 홈페이지에서 이름을 발견했다는군요.”

제기랄. 쓸데없는 짓을.

분명 미사키를 시샘하는 연수생 중 한 명일 것이다.

"동명이인 아닐까요?”

"그 사람도 처음에는 그렇게 생각했다고 합니다. 하지만 콩쿠르 사무국에 문의해 보니 얼굴과 나이가 미사키 씨와 일치했습니다.”

융통성이라고는 없는 사무국의 대처를 저주하고 싶었다. 아무리 검찰청에서 문의해도 참가자의 개인 정보는 지켜 줘야 하지 않을까.

"그의 피아노 실력이 어떨지 저도 궁금합니다만 그보다 중요한 게 연수 전념 의무입니다. 피아노 연주가 부업에 해당하는지 아닌지를 떠나 콩쿠르 참가는 의무 위반에 해당하겠지요."

"사법연수생은 취미 생활도 할 수 없나요?"

"좋은 질문입니다. 어설픈 연습량으로는 콩쿠르에 참가할 수 없겠죠. 사법연수생에게 왜 연습에 필요한 시간을 주지 않느냐고 물으면 대답을 망설일지도 모릅니다."

지금은 아모가 뭐라고 대답해야 좋을지 알 수 없었다.

"몇 번인가 핸드폰에 전화를 걸어 봤지만 수신 거부로 나왔습니다. 연수원 연수가 의무 교육도 아니니 기숙사까지 직접 찾아가는 건 조금 심할 테지만 적어도 그가 지금 어디 있는지 정도는 알아야 하지 않을까요? 콩쿠르 본선에 참가할 거면 지금쯤 어딘가에서 피아노 연습을 할 것으로 예상됩니다만."

설마 청사와 엎어지면 코 닿을 거리에서 연습하고 있을 줄은 예상 못 할 것이다. 등잔 밑이 어둡다는 것은 바로 이런 상황을 뜻한다.

"전 모르겠네요. 몇 번 물어봤었는데 대답은 늘 같아서요."

"최대한 좋게 해결하고 싶었습니다만."

니와는 신경 쓰이는 말을 남기고 복도 너머로 사라졌다.

니와는 같은 조의 다른 두 명에게도 똑같은 질문을 한 듯했다. 아모가 집무실에 들어가자마자 하즈와 에나미가 달려들었다.

"미사키 씨 이야기, 저도 들었습니다."

하즈는 약간 화가 난 듯했다.

"그분은 음악 쪽에도 재능이 있었군요. 자랑 같은 걸 못하는 분이란 건 알았지만 적어도 귀띔 정도는 해 줄 수 있었을 텐데."

말 곳곳에서 실망과 질투가 묻어났다.

"저희가 모든 시간과 노력을 쏟아붓는 이 사법 연수도 미사키 씨에게는 가벼운 여가 생활 같은 건가 봅니다."

"여가 생활인지 아닌지 몰라도 우습게 보는 건 맞는 것 같아요."

에나미는 더 분개하며 화를 감추지 못했다.

"연수 전념 의무에 대해서는 귀에 못이 박히도록 들었을 텐데. 연수원 규칙이나 우리 입장 따위는 안중에도 없나 봐요."

"글쎄."

갑자기 아모가 미사키를 변호해 줘야 하는 듯한 분위기가 만들어졌다. 스스로 생각해도 모순적이지만 아모도 미사키를 감싸고 싶은 마음이 아예 없지는 않았다.

"연수원 규칙이나 우리 입장을 무시했다면 아마 처음부터 콩쿠르에 참가하는 걸 알렸을 거야. 그러지 않았다는 건 자기도 죄책감을 느낀다는 증거 아닐까?"

"죄책감이라."

"그 녀석은 태생부터가 자기가 아닌 다른 이들에게는 상냥해. 그건 그 녀석이 피의자 대면 조사를 할 때도 다들 느꼈잖아."

에나미는 반박하지 못했다.

"……원래 사람을 알고 지낼수록 어떤 사람인지도 대충 파악하게 되는데 미사키는 정반대인 것 같아. 지금까지도 왠지 뜬구름 잡는 것 같았는데 콩쿠르에 참가한다는 이야기를 듣고 더 뭐가 뭔지 알 수 없게 됐어."

"저도 동감입니다. 속세에서 벗어났다고 할까, 이미 오래전부터 저희와는 다른 세계에 사는 분 같았죠."

미사키가 다른 세계에 사는 사람이라는 게 아예 틀린 말은 아닐 것이다. 같은 공기를 마시고 같은 언어를 써도 미사키의 눈에 보이는 풍경은 우리 세 사람이 보는 풍경과 분명 다를 것이다.

천재라는 말은 되도록 쓰고 싶지 않았지만 예선에서 미사키의 피아노 소나타 32번을 들은 뒤로 미사키에게는 역시 그 호칭이 어울리겠다는 확신이 들기 시작했다. 아모도 전에 피아노를 쳐서 그의 연주가 다른 사람들과 얼마나 다른지 알고 있다. 게다가 고작 한 달도 되지 않는 연습량으로 그 정도 수준까지 실력을 회복했다는 사실 자체를 믿기 어려웠다.

그리고 무엇보다 경악스러운 것은 미사키의 피아니즘이었다.

피아노는 건반만 두드리면 소리가 나는 악기다. 따라서 다른 악기보다 더 테크닉, 그리고 테크닉 이상의 무언가가 요구된다. 음악을 마주하는 자세, 악곡에 대한 깊은 이해, 가슴속에 숨겨 둔 감정, 그리고 어깨 위에 짊어진 것.

아모가 고등학생 시절 피아니스트의 꿈을 포기한 것은 재능 때문이기도 하지만 자신에게는 테크닉 이상의 무언가가 결정적으로 부족하다는 사실을 깨달았기 때문이다. 그러므로 더 미사키가 이질적인 사람이라는 것을 피부로 안다. 평범해 보이지만 결코 평범하지 않다. 잔물결 하나 일지 않는 수면 아래에서 마그마가 끓어오르는 듯한 경외감마저 느껴졌다.

"그 녀석은 분명 우리와 달라. 이런 말까지 하고 싶진 않지만 어떨 때는 그냥 재미 삼아 사법연수원에 들어온 게 아닐까 싶을 때도 있어. 하지만 우리와 다른 게 비난받을 이유는 되지 않잖아."

에나미와 하즈 모두 심성은 착한 사람일 것이다. 아모의 말을 듣고 두 사람은 입을 다물었다. 그러나 에나미가 내뱉었던 한마디는 그 뒤로도 아모의 귓가를 맴돌았다.

연수 전념 의무. 그렇다. 바로 그것이 지금 미사키가 맞닥뜨린 가장 큰 난관이다.

콩쿠르 본선을 하루 앞둔 오늘 미사키가 있을 만한 장소라면 한 곳밖에 없었다. 아모는 청사 문이 닫히는 시간을 기다렸다가 대여 스튜디오를 찾았다. 연수원 관계자가 미행할 수도 있으니 연신 뒤를 확인하며 일부러 다른 길로 돌아갔다. 평소에는 15분이면 가는 거리를 30분 넘게 걸어 간신히 도착했다.

스튜디오 문을 열자 카운터의 청년이 아모를 맞아 주었다.

"어서 오세요."

"미사키 지금 있죠?"

이름을 듣자마자 청년은 환하게 웃었다.

"네, 저도 소식 들었습니다. 미사키 씨, 전일본 피아노 콩쿠르 본선에 진출하신다면서요? 거기서 상위 입상이라도 하면 곧장 미사키 씨의 친필 사인이 들어간 포스터를 제작해서……."

"죄송해요."

끝까지 듣고 있을 시간이 없다. 아모는 카운터를 지나 3호실 스튜디오로 발걸음을 서둘렀다.

스튜디오에서는 전보다 더 크게 소리가 새어 나오고 있었다. 콩쿠르 예선에서의 연주를 기억하는 귀는 문틈으로 들리는 작은 소리만 듣고도 미사키의 연주를 구분했다. 문 잠그는 걸 깜빡했는지 손잡이에 손을 갖다 대자 바로 문이 열렸다. 살짝 열린 문 사이로 소리가 더 크게 들렸다.

소리가 큰 만큼 몇 소절만 들어도 곧장 곡명이 떠올랐다. 이번 곡 역시 베토벤의 피아노 소나타다. 게다가 32번과 비등비등할 정도로 어려운 곡이다.

문 틈새로 연주 중인 미사키의 모습을 힐끗 보고 아모는 숨이 멎었다.

미사키는 일사불란하게 건반을 두드리고 있었다. 아모가 문을 열어도 눈치채지 못하고 고통을 견디는 사람처럼 얼굴을 찌푸린 채 온몸으로 피아노와 싸우고 있다. 땀 때문에 앞머리가 이마에 달라붙어 있지만 전혀 신경 쓰지 않는 듯하다.

평소 미사키에게서 느껴지는 우아하고 도도한 기운은 자취를 감추었다. 눈앞에 보이는 사람은 자신의 한계를 시험하고 그것을 돌파하려고 몸부림치는 수행자였다.

말을 걸기도 망설여진다. 나 자신이 초라한 구경꾼 같았다. 그대로 조용히 다시 문을 닫으려는 순간 미사키의 눈길이 아모를 향했다.

"아모 씨."

미사키는 아모를 알아본 뒤로도 연주를 이어 갔다. 손가락이 멈춘 것은 1악장이 끝난 이후였다.

"죄송해요. 못 알아봐서."

그렇게 일일이 사과하지 말라고 했을 텐데.

"오늘 니와 사무관님이 물었어. 미사키 요스케에게 2주 동안이나 연락이 없는데 혹시 어디 있는지 아느냐고."

"연수원과 검찰청에서 오는 전화는 전부 안 받고 있으니 당연하겠죠."

"남 일처럼 말하지 마."

미사키가 입을 다문 채 미소 지었다. 아모의 말이 정곡을 찌른 듯했다.

"……이미 남 일이 됐나 보네."

"죄송해요. 지금은 본선 생각만 하기도 바빠서 다른 건 떠올릴 여유가 없네요."

"다른 거라니. 네 미래와 관련됐다고."

"하루 24시간 365일 미래를 떠올리는 사람은 별로 없겠죠. 만약 있다면 그분을 존경하겠지만 전 절대 흉내 내지 못할 것 같아요."

"연수원 관계자한테 들었대. 왜 그렇게 쓸데없는 짓을 했는지 모르겠어. 널 끌어내리고 싶어서 안달 난 녀석이 있는 모양이야."

미사키도 동의할 줄 알았지만 그는 왠지 기쁜 것처럼 입가를 풀고 말했다.

"반가운 소식이네요."

"뭐?"

"연수원 관계자 중에도 피아노 콩쿠르에 관심 있는 분이 있다는 증거 아닌가요? 클래식에 관심이 있는 분이 많아지는 건 반가울 일이죠."

아모는 이번에야말로 벌어진 입을 다물 수 없었다. 누가 자신을 끌어내리려는 것도 개의치 않는다는 말인가.

"예상대로 연수 전념 의무에 저촉될지가 문제될 것 같아. 뭐 좋은 변명거리라도 찾았어? 예를 들어 표현의 자유는 모든 국민에게 주어진 권리라든지."

"하하. 헌법 21조 말인가요. 물론 변명용으로는 쓸 만하겠지만 연수 의무 위반은 연수 시간을 문제 삼는 거라 표현의 자유와는 전혀 상관이 없어요. 21조로 해결하기는 어려울 거예요."

역시 남의 일은 아니다.

"어떻게 그렇게 태연할 수 있어?"

"태연하다기보다 본선에 대한 생각 말고는 머릿속에 없어서 그래요."

"연습에 집중하고 싶은 건 알겠어. 방금 연주하던 곡을 본선에서 칠 생각이야?"

"네."

"콩쿠르 과제곡이 베토벤인가?"

"예선 때는 그랬지만 본선은 자유예요. 하지만 전 본선도 베토벤으로 승부하고 싶어요."

"피아노 소나타 32번도 어려운 곡이지만 이 곡 역시 만만 치 않아. 심지어 길고."

"무난한 곡으로는 무난한 결과밖에 못 얻어요."

베토벤 팬인 아모로서는 환영할 일이지만 미사키가 단지 취향만으로 곡을 선택했을 리는 없다. 곡을 선택한 이유를 묻자 미사키는 아모에게 먼저 의자를 권했다.

"아모 씨라면 '하일리겐슈타트의 유서'를 아시겠죠?"

굳이 말하지 않아도 안다. 곡을 쓰면서 자주 난청에 시달 리던 베토벤은 불안과 절망에 빠져 당시 요양하던 하일리겐 슈타트에서 유서를 남겼다.

'나는 사람들에게 '좀 더 큰 소리로 말해 주세요'라고 부탁 할 수 없다. 음악가인 나는 다른 누구보다 감각이 예민해야 할 텐데 내 옆에 앉은 사람이 양치기의 피리 소리를 들었을 때도 나는 아무것도 듣지 못했다. 이 얼마나 치욕적인 일인 가.'

"고난과 실의를 담은 그 글은 분명 유서의 형식을 갖췄죠. 하지만 글 말미에는 '나를 죽음에서 구해준 건 예술이다. 나 는 할 일을 이루기 전까지 세상을 뜰 수 없다'라고 매듭지었 어요."

"그래. 유서라기보다 거의 결의 표명문 같았지. 실제로 베토벤은 그 유서를 쓰고 여러 명곡을 더 만들었어. 하지만 그게 왜?"

"베토벤만큼은 아니지만 제게도 절망스러운 과거가 있습니다."

미사키는 옛날을 회상하듯 말했다.

"무대 위에 서는 게 두렵고 음악을 마주하기가 고통스러워서 피아노에서 멀어졌죠."

절망스러웠던 구체적인 이유를 미사키는 알려 주지 않았다. 아마 동정받기가 싫을 것이다. 아모도 본인이 싫어하는 것을 굳이 캐묻고 싶지 않았다.

"하지만 베토벤은 달라요. 음악가로서 사형 선고를 받은 거나 마찬가지인 상황에서 절망하며 스스로 목숨을 끊을 생각도 했지만 그래도 끝까지 음악의 힘을 믿고 일어서서 불사조처럼 되살아났죠. 부끄럽지만 전 최근에 들어서야 그의 용기를 깨닫게 됐답니다."

"피아노를 다시 시작할 곡으로 베토벤을 고른 게 그런 이유였구나."

"피아노에서 멀어지기 전 마지막으로 연주한 곡이 〈비창〉이었습니다. 그러니 또 피아노 앞에 앉을 거면 다시 한번 베토벤부터 시작해야 한다고 생각했죠."

"넌 역시 특이해."

미사키의 기행은 이미 질릴 정도로 봐 왔지만 이제는 의아하기보다 흐뭇했다.

"다른 사람이라면 반드시 피해 갈 길을 넌 콧노래를 부르며 걸으니까."

"다른 선택지를 찾지 못했을 뿐이에요."

미사키는 재미있다는 듯이 미소 지었다. 분하지만 이 웃는 얼굴을 보면 미사키에게 악의를 품는 것 자체가 바보처럼 느껴진다.

"연수원과 검찰청에 알려진 이상 아무렇지 않게 기숙사에 돌아갈 수는 없을 거야."

"그래서 오늘 밤은 스튜디오에서 보내기로 했습니다."

"괜찮겠어?"

"사장님께 허락을 받았어요. 단 본선에서 꼭 입상하라는 조건으로요. 그리고 이걸 받아 주세요."

미사키가 아모를 향해 내민 것은 내일 공연 티켓이었다.

"아모 씨가 제 연주를 들어 주셨으면 해요."

2

다음 날 입장 시간에 맞춰 돗판 홀을 찾은 아모는 관객들 속에서 뜻밖의 얼굴을 발견했다.

"아, 아모 씨도 역시 초대받았군요."

먼저 아모를 보고 말을 건 사람은 하즈였다. 그 앞뒤로는 에나미와 간바라도 있었다.

"교수님까지."

"어제 오후에 검찰청에 이게 왔더군."

간바라는 무뚝뚝한 얼굴로 티켓을 흔들었다.

"연수생으로서 절대 바람직하지 않은 자세지만 초대까지 받은 마당에 무시하는 건 어른스럽지 못하겠지."

"기숙사에도 도착했어."

에나미도 티켓을 높이 들어 올렸다.

"소인은 같은 와코시 우체국. 어제 도착하게 타이밍을 계산해서 보낸 것 같아. 받을 사람이 고민할 시간도 주지 않은 걸 보면 정말 치밀하다니까."

"여기 온 것과는 별개로 미사키의 처분을 고민할 시간은 얼마든 있네."

간바라는 못마땅한 것처럼 티켓을 흘겨봤다. 종잇조각을 노려봐야 소용없을 텐데 그러지 않고서는 못 배기는 듯했다.

"콩쿠르에서 분투하는 모습을 보여 아군을 늘리려 했다면 오산이야. 아마추어의 연주 따위를 보고 내가 감싸 줄 것 같나?"

간바라는 어지간히 마음에 들지 않는지 주변에 사람이 많은데도 화를 고스란히 드러냈다.

"내가 미사키를 얼마나 기대하고 있는지 아나? 그의 법률가로서의 자질은 연수원에 있는 교수 모두가 인정하고 있어.

그만큼 장래가 촉망되는 사람도 드물지. 그런데 스스로 규칙을 어겨 가며 자신의 장래를 어둡게 하다니."

감정적이기는 해도 간바라의 말은 지도 교수로서 충분히 수긍할 만하다. 그래서 옆에 있는 에나미도 반박하지 못하는 듯했다.

그러나 하즈가 조심스레 입을 열었다.

"교수님이 말씀하신 대로 미사키 씨의 행동에는 저도 공감할 수 없습니다. 저희처럼 평범한 사람들이 필사적으로 자전거 페달을 밟고 있을 때 그 앞을 스포츠카를 타고 가다 사라지는 사람을 보는 것 같아 조금 분하네요."

그 말에는 에나미도 고개를 끄덕이며 동의를 표시했다.

"하지만 그건 어디까지나 저희의 견해입니다. 사람에 따라 눈에 보이는 세계와 도달하고 싶은 장소도 다르죠. 저희가 바라는 걸 미사키 씨는 바라지 않고, 반대로 미사키 씨가 바라는 걸 저희는 바라지 않을 수도 있습니다."

하즈는 감개무량한 것처럼 손에 쥔 티켓을 바라봤다.

"그러니 오늘 미사키 씨가 뭘 원하는지를 알기 위해 나왔습니다. 평범한 사람의 질투일 수 있지만 미사키 씨가 대체 뭘 원하고 목표로 하는지 저도 두 눈으로 확인해야 비로소 앞으로 나아갈 각오도 다질 수 있을 것 같아서요."

"저도 마찬가지예요. 지금껏 다양한 부분에서 재능의 차이를 느껴 왔으니까요."

에나미도 도전적으로 말했다.

"만약 오늘 연주가 별 볼 일 없다면 대기실에 가서 한바탕 욕을 퍼부어 줄 거예요."

마침내 입장 시각이 되자 인파의 행렬이 공연장 안으로 빨려 들어갔다.

본선은 전국 다섯 개 지역 예선에서 상위권에 진출한 사람 여섯 명씩 총 30명이 경쟁한다. 미사키의 순서는 이번에도 오후부였다.

네 사람은 나란히 자리에 앉았다. 아모를 제외하고 클래식에 조예가 없는 세 사람은 주뻣거리며 착석감을 확인했다.

역시 예선 때와는 공연장 분위기가 사뭇 다르다. 관계자를 비롯한 관객들의 기대와 불안감이 한데 뭉쳐서 긴장을 높이고 있다. 불안한 듯이 연신 주변을 두리번거리는 사람, 참가자 명단을 열심히 읽는 사람은 십중팔구 참가자의 가족일 것이다.

연주하는 악기가 무엇이든 간에 음악을 하려면 돈이 든다. 특히 자녀를 피아니스트로 키우려면 2천만 엔 정도의 투자가 필요하다. 오늘 공연장을 찾은 가족은 대부분 그 정도 금액을 음악에 바쳤을 것이다. 그것이 보람 있는 투자가 될지 아니면 시궁창에 내다 버린 돈이 될지가 이제 곧 정해진다. 질 낮은 이야기지만 그런 이유로 긴장하는 사람도 적지 않을 것이다. 실제로 아모의 부모님이 그랬다.

참가자들은 예선 때와 마찬가지로 대기실 D 안에 모여 있을 것이다. 그 모습을 상상하자 아모는 왠지 불안했다. 음악 콩쿠르는 전국 각지에서 열리니 상위권에 자주 오르는 이들이 서로 얼굴을 아는 경우도 적지 않다. 각자의 실력과 성적을 훤히 알고 있어서 만난 순간부터 상대를 의식하게 된다. 그런 참가자가 한 방에 모여 있으니 얼마나 긴장될까. 이곳 관객석과는 비할 수도 없는 팽팽한 분위기가 대기실 안을 지배하고 있을 것이다.

미사키는 지금 그들 안에 있다. 콩쿠르에 참가한 경험이 전혀 없는 미사키는 고양이 무리 안에 내던져진 한 마리 비둘기나 마찬가지다. 아모가 만약 미사키였다면 긴장을 견디다 못해 구역질을 했을 것이다. 미사키는 어떨까. 어쩌면 쟁쟁한 참가자들에게 둘러싸여 있어도 평소처럼 태연할 수도 있다.

각 지역의 상위 입상자들이 모였으니 자연히 콩쿠르 수준도 높다. 그러나 아모는 자신의 경험으로 수준 높은 경연일수록 위축되는 참가자들이 많다는 것을 안다. 결국 최대의 적은 자기 자신이다.

어제 미사키가 언급한 '하이리겐슈타트의 유서'를 떠올렸다. 음악가로서 죽음을 두려워하면서도 다시 일어서려고 한 베토벤. 그의 적 역시 두려움에 떠는 그 자신이었다.

하즈와 에나미는 미사키가 무엇을 바라는지 알고 싶다고 했다. 그러나 아모는 이미 대략 알고 있다. 그것을 확실히 두 눈으로 확인하기 위해 오늘 이 자리에 앉은 것이다.

공연 시작 5분 전 장내 방송이 나오자 천장 조명의 조도가 서서히 낮아지기 시작했다. 관객석이 어두워지자 마침내 빛 속에서 무대가 밝게 부각되었다.

─참가 번호 1번. 다카하시 히데야. 곡명 쇼팽 왈츠 제1번에서 제3번까지.

무대 옆에서 키가 훌쩍한 청년이 나왔다. 익숙한 걸음걸이로 피아노 앞에 앉아 고개를 한 번 숙이고는 곧장 연주를 시작했다.

초반부만 들어도 수준이 높다는 것을 알 수 있다. 박자가 정확하고 미스터치도 허용 범위 안에 있다. 이 정도면 안심하고 들을 수 있는 연주다.

하즈와 에나미는 공연 시작 전까지만 해도 표정이 굳어 있었지만 제3번 〈화려한 윤무곡〉이 흐를 무렵에는 긴장이 풀린 것처럼 연주에 귀를 기울였다. 간바라는 여전히 미간에 주름을 잡고 무뚝뚝하게 무대를 노려보고 있다.

그 뒤로도 엄숙한 분위기 속에서 예선을 통과한 참가자들의 무난한 연주가 이어졌다.

휴식 시간이 되자 간바라는 점심을 먹기 위해 연수생들을 이끌고 2층에 있는 '고이시카와 테라스' 레스토랑으로 갔다. 사법연수생들은 급여를 받아도 아르바이트를 할 수 없어서 형편이 넉넉하지 않다.

"다른 연수원 사람들에게는 비밀로 해."

간바라는 그렇게 못을 박고는 세 사람에게 점심을 사 주었다.

"그런데 클래식이라는 게 확실히 매력적이네요."

하즈가 타이식 치킨을 뜯으며 감탄한 듯 말했다.

"평소에 법률 용어를 외우느라 과부하 걸린 머리가 확실히 식는 느낌이에요."

"고등학생 때 아무로 나미에와 globe 콘서트를 보러 간 적은 있는데 저도 클래식은 처음이에요."

에나미도 아주 싫지는 않은 것처럼 말하고 포크로 샐러드를 찍어 먹었다. 실무 연수 때문에 지친 몸에 좋은 회복제가 될 것이다.

"난 이해가 잘 안 되는군."

간바라는 여전히 별로 내키지 않는 듯했다.

"음악, 그리고 클래식이 훌륭하다는 건 부인하지 않겠어. 수백 년간 명맥을 이어 온 역사가 사법과 비슷하기도 하고. 하지만 미사키 군이 왜 사법 연수보다 음악을 우선해야 하지?"

화를 버럭버럭 내며 고기 국수를 먹는 모습이 조금 우스꽝스러웠다.

"정말로 그의 가치관이 궁금하군. 법조계의 일원은 모두 선택받은 자들 아닌가. 미사키 군은 그걸 모르나?"

간바라 앞에서 농어구이를 먹는 아모는 속으로 그의 말을 반박했다.

맞아요, 교수님. 우리는 모두 치열하게 공부하고 수없는 난관을 헤쳐서 이곳에 모였어요.

하지만 우리는 성적으로 선택된 거예요. 그건 인간이 인간의 순위를 매기려고 만든 수치예요.

콩쿠르에 입상하는 참가자는 성적으로 선택되지 않아요.

음악의 신에게 선택되는 거죠.

오후부는 참가자들의 실력이 막상막하였다. 우열을 가리기 어려워서 아모는 만약 자신이 심사위원이었다면 얼마나 고민했을지를 떠올렸다. 수준 높은 콩쿠르에서는 관객들이 긴장을 풀 시간도 얼마 없다. 아모 주변에서 하품을 참는 관객은 한 명도 없었다.

"드디어 때가 왔네요."

참가자 명단을 보던 하즈가 들뜬 목소리로 말했다.

"다음다음이 미사키 씨 차례예요."

참가 번호 28번 여성 참가자가 고른 곡은 리스트의 〈라 캄파넬라〉. 파가니니의 바이올린 협주곡을 리스트가 피아노 독주용으로 편곡한 곡이다. 종소리를 본뜬 아름다운 울림이 끊임없이 이어지는데 어설픈 힘으로는 표현할 수도 없다. 그녀는 여성답지 않은 강한 타건으로 이 명곡을 훌륭히 소화해 냈다. 아모가 들었을 때 미스터치도 두 번밖에 없었다.

연주를 마치고 고개를 숙이는 그녀에게 아낌없는 박수갈채가 쏟아졌다. 본선은 뒤로 갈수록 각 구역의 1위 입상자들이 나오니 자연스럽게 연주 수준도 높아진다.

─참가 번호 29번. 미사키 요스케. 곡명 베토벤 피아노 소나타 제21번 〈발트슈타인〉.

왔다.

미사키가 모습을 드러냈다. 착각이겠지만 불현듯 조명 불빛이 환해진 느낌이 들었다.

하즈가 "아" 하고 몸을 움찔했다.

"미사키 씨가 긴장하는 건 처음 보네요."

아모도 묵묵히 동의했다. 오늘은 예선 때보다 얼굴이 굳어 있다. 여유를 부리거나 자만하는 느낌은 눈 씻고 찾아봐도 없다.

그러나 결코 주눅 든 얼굴은 아니다. 오히려 의연하고 용맹해 보이기까지 한다. 이상하게도 미사키의 긴장이 객석까지 전해져 관객들이 묘한 분위기에 휩싸여 있다.

"뭐야, 이게……."

에나미는 겁먹은 것처럼 주위를 둘러봤다.

"다들 얼어 있어."

관객들의 변화는 곡명이 발표될 때부터 시작됐다. 〈발트 슈타인〉은 나중에 붙은 부제고 정식 명칭은 소나타 제21번 Op.53이다. 부제는 베토벤이 당시 후원인 중 한 명이던 발 트슈타인 백작에게 곡을 바친 것에서 유래했다. 〈열정〉과 함 께 베토벤 중기의 최고 걸작으로 일컬어지지만 동시에 상당 히 어려운 곡이기도 하다. 연주자의 기량이 고스란히 드러나 기 때문에 음대 시험에서 과제 곡으로 채택되는 경우도 적지 않다. 실력에 자신 있는 사람이 아니면 쉽게 고르지 못할 곡 이다.

그 어려운 곡에, 예선까지는 그 누구도 주목하지 않은 무 명의 참가자가 지금 도전하려 하고 있다. 일부러 창피당하려 고 온 걸까, 아니면 예상 밖의 건투를 보여 줄까. 모든 이의 관심이 쏠린 만큼 다른 어느 때보다 더 큰 긴장감이 공연장 전체를 감쌌다.

미사키가 의자에 앉자 관객 모두가 숨을 죽였다.

시간도 멈췄다. 미사키가 팔을 움직이기 전까지는 시간이 흐르지 않는다.

미사키는 서서히 두 팔을 들어 올려 첫 번째 타건을 내려 쳤다.

제1악장, 4분의 4박자. 다장조.

피아니시모*로 화성이 진행된다. 으르렁거리며 낮게 바닥을 기는 듯한 소리는 마치 북소리 같다. 아모는 피아노도 좁게 보면 타악기라는 사실을 떠올렸다.

다음으로 고음의 앞꾸밈음이 더해져 낙하하는 음형에 의해 제1주제가 제시된다. 언뜻 반주처럼 들리는 오른손의 소리가 E, Fis, 그리고 G로 이어져 한번 들으면 잊을 수 없는 멜로디를 만들어 낸다.

도입부의 고작 몇 소절 만에 관객들은 이미 미사키의 연주에 넋을 잃고 있다. 주제가 격렬하게 위아래를 오가며 관객들을 기분 좋게 들썩이게 한다.

유려한 리듬은 한시도 멈추지 않다가 화성 연타가 트레몰로로 변화하자 한층 기분 좋은 멜로디가 된다.

때로는 완만하게, 때로는 험준하게. 아모는 마음이 점차 멜로디에 동화해 가는 것을 느꼈다. 까끌까끌한 감정에 윤기가 돌더니 최근 며칠 동안 기죽거나 초조해하던 기억이 조금씩 녹아내린다.

뭐지, 이 희열은.

아모는 몸 깊숙한 곳에서 샘솟는 안락감을 즐기며 무대 위에 있는 미사키를 주시했다. 예선 때도 두드러졌지만 오늘 연주는 그 이상이다. 첫 타건부터 관객의 마음을 움켜쥐고

---

*   pianissimo, 매우 여리게 연주.

한시도 놓아 주지 않는다. 그리고 한 번 움켜쥔 뒤로는 자기가 원하는 대로 이리저리 끌고 다닌다.

스튜디오에 틀어박혀서 연습했다고 해도 고작 2주가 안 되는 기간이다. 그런 단기간에 표현의 폭과 깊이가 현격하게 진화했다.

아니, 다르다.

진화가 아니라 회복한 것이다. 지금 보여 주는 것이 원래 기량이고 예선 단계에서는 아직 완전히 각성하지 못했을 뿐이다.

셋잇단 8분음표의 분산화음으로 제2주제가 나타났다. 패시지를 많이 쓴 1주제와 찬송가를 연상케 하는 서정적인 2주제. 두 주제가 잇달아 뒤바뀌며 유쾌한 긴장감을 조성한다. 단순히 대립하는 것이 아니라 서로 공명하며 시너지 효과를 낸다.

아모는 믿을 수 없었다. 미사키는 피아노에서 손을 뗀 지 5년 정도 됐다고 했다. 그러나 이것은 5년의 공백기가 있는 사람의 연주가 아니다. 그 반대다. 5년 넘게 매일매일 건반을 두드려 온 피아니스트의 소리다. 그러나 미사키가 거짓말을 했을 리는 없다. 실제로도 연수원에 처음 들어와 아침부터 밤까지 오로지 강의와 기안에만 매달리지 않았는가.

인정할 수밖에 없다. 이 세상에 천재는 분명 존재한다. 오늘 이 무대에 선 사람은 모두 선택받은 자들이지만 음악의

신이 미소 지어 주는 사람은 그중에서도 한 줌이다. 내게는 보여 주지 않은 미소, 잡을 수 없었던 기회. 그러나 아모는 지금은 이상하게도 분하지 않았다. 오히려 찡한 그리움마저 느껴졌다.

화음을 새기고 분산하는 소리는 마치 댄스나 마찬가지다. 공연장 안을 춤추는 선율에 아모는 이리저리 휘둘렸다.

전개부에서는 주제가 여러 번 형태를 바꿔 반복된다. 바장조로 시작해 다장조, 다단조, 사단조, 다단조, 바단조, 내림나단조, 내림가장조, 바단조, 그리고 다시 다장조로 돌아간다. 현란한 조바꿈. 일단 한번 가라앉은 소리가 다음 순간 또다시 몸을 일으킨다. 급격한 변화는 베토벤 피아노곡의 특징이지만 〈발트슈타인〉은 그런 경향이 더욱 두드러진다. 악보를 펼치면 대번에 알 수 있지만 이 전개부는 p*에서 크레센도로 f**가 되는가 싶더니 다음 순간 곧장 pp***로 바뀐다.

한 번이라도 피아노를 쳐 본 사람은 알겠지만 단지 음량을 조절하는 정도면 몰라도 급격히 낮추기는 어렵다. 손목과 팔의 강약뿐 아니라 터치 변화도 요구된다. 〈발트슈타인〉이 어려운 곡이라고 일컬어지는 이유다.

그러나 미사키의 손가락은 그런 염려를 깨끗이 불식했다.

---

*   piano, 여리게 연주.
**   forte, 세게 연주.
*** pianissimo, 매우 여리게 연주.

아모의 자리에서는 미사키의 손가락이 보이는데 흡사 기계 장치처럼 정확하고 민첩하게 움직이고 있다. 손가락 움직임만 봐도 불안감은 저 멀리 사라진다.

다음으로 나타난 제2주제는 셋잇단 8분음표의 동기와 당김음 리듬으로 전개된다. 이번에도 역시 다단조, 바장조, 내림나장조, 내림마단조, 나단조, 다단조로 조바꿈을 거듭하며 듣는 이에게 표현하기 어려운 흥분을 불러일으킨다.

질주하는 멜로디와 솟구치는 리듬. 잠시 위축되는가 싶더니 다시 주제가 모습을 바꿔 고개를 치켜든다. 의자 등받이에 잠시 기대어 쉬는 것조차 용납하지 않는다. 무대에서 펼쳐지는 난무에 심박 수를 맞출 수밖에 없다.

이것이 바로 음악의 지배력이다. 귀에 들어오는 정보만으로 사람의 감정을 조종하고 기분을 바꾸며 컨디션까지 지배한다. 마술이나 마찬가지다. 뮤즈의 축복을 받은 피아니스트는 아무렇지 않게 이런 것들을 해낼 수 있다. 법을 따르지 않는 사람은 있어도 몸속 깊숙한 곳에서 피어오르는 쾌락에 저항할 사람은 없다. 그런 의미에서 음악가는 법률가보다 악덕한 동시에 매력적이다. 미사키가 법조계에 흥미를 느끼지 못하는 것도 이해할 수 있다.

음형은 서서히 위로 올라가 미친 듯이 춤을 춘다. 지속음과 16분음표가 만드는 음형이 끝없이 이어진다. 다른 곡이면 쓸데없이 장황하게 느껴질 텐데 오히려 장대한 느낌을 주는 것이 베토벤이라는 작곡가의 실력이다. 그리고 미사키는 작곡가의 의도를 정확히 이해해 열 손가락으로 그것을 체현해 내고 있다.

음형이 반복되면서 소리가 점차 낮게 떨어진다. 그러나 짧은 순간이고 다시 숨 돌릴 새도 없이 솟구쳤다가 포르티시모*로 빠르게 내리꽂는다.

곡이 다시 재현부로 옮겨 간다. 이 재현부는 여전히 길고, 끝날 것 같으면서 끝나지 않는다. 일단 한번 멈춰 서는 척하다가 곧 다시 부점 리듬으로 이어진다.

2주제는 우선 가장조로 모습을 드러냈다가 다음으로 가단조를 반복한다. 도입부보다 극적인 상향과 하향이 거듭돼서 아모의 영혼은 옴짝달싹할 수 없이 멜로디에 사로잡힌다.

가슴을 찌르는 듯한 타건 때문에 숨이 가빠졌다.

슬픔과 기쁨을 내포한 멜로디가 마음의 자물쇠를 부수고 들어온다.

이제는 질투도 선망도 없었다. 아모는 미사키의 연주에 매료되고 설복당하고 말았다. 악행을 처단하는 검사, 타인을 재판하는 판사, 그리고 의뢰인의 권리를 지키는 변호사. 모두 매력적이고 의미 있는 일이다. 미사키라면 어떤 일을 해도 다른 사람보다 뛰어난 실적을 거둘 것이다.

* fortissimo, 매우 세게 연주.

그러나 그것은 미사키의 원래 모습이 아니다. 아모가 알지 못하는 사정과 주변의 기대가 빚어낸 허울에 불과하다.

진정한 미사키는 지금 무대 위에 있는 저 남자다. 손가락으로 다른 사람의 마음을 조종하며 긴장과 평안, 통곡과 환희를 원하는 대로 부르는 마술사가 바로 미사키다.

변화를 거듭하는 선율이 문득 과거를 회상하는 것처럼 흐른다. 거기서부터 시작되는 음형은 그야말로 전력 질주였다. 험준한 오르막길을 뛰어오르는 선율. 아모는 숨 쉬는 것조차 잊고 질주의 종착점을 지켜봤다.

소리는 조금씩 작아지다가 거의 사라진다고 느낀 순간에 코다에 돌입했다.

내림라장조의 1주제 위에 소리가 겹쳐져 듣는 이들을 몰아붙이듯 발전해 간다. 변형하는 멜로디를 반복하며 위아래로 움직인다.

고독한 선율이라고 느꼈다. 달리면 달릴수록 주변이 고요해지고 정신을 차려 보니 어느덧 나 홀로 남아 있다. 그래도 끝을 향해 가는 사람에게 멈춤은 용납되지 않는다. 열기에 들뜬 질주감은 그런 고독과 뒤섞여 있다. 마치 죽음으로 향하는 듯한 비장감마저 감돈다.

그러나 무대 위에 있는 미사키는 반듯한 얼굴을 한 치도 무너뜨리지 않았다. 이다음 두 개의 악장을 앞둔 탓도 있겠지만 오싹할 정도의 자제심으로 흥분을 억누르는 것처럼 보인다. 그러면서도 연주 자체는 불타오르듯 뜨겁다.

마지막으로 1주제가 나타나 거친 포르테*로 쐐기를 꽂고 제1악장이 끝났다.

관객석에 안도감이 스르르 퍼져 나갔다.

고작 11분 조금 넘는 연주였는데 관객들은 대부분 넋이 나가 있다. 전국 규모 콩쿠르라고 해도 설마 이런 연주를 듣게 될 줄은 상상도 못 했을 것이다.

하즈와 에나미도 얼빠진 것처럼 멍하니 있다. 두 사람 다 입을 반쯤 벌린 채 놀란 얼굴로 무대 위에 있는 미사키를 바라보고 있다.

"저 사람, 정말 미사키가 맞아……? 전혀 다른 사람인데?"

옆에 있는 간바라도 비슷했다. 찌푸린 얼굴은 미심쩍어하는 표정으로 바뀌었다. 무대 위에 있는 미사키가 진짜 미사키인지 의심하는 눈빛이다.

그들의 당혹감을 뒤로하고 미사키는 손가락을 다시 건반 위에 올렸다.

제2악장, 8분의 6박자, 바장조.

출발은 더없이 음울했다. 낮고 느리게 바닥을 기는 것처럼 진행된다. 1악장과는 분위기가 극단적으로 달라서 놀랍지만 원래 〈발트슈타인〉에는 다른 2악장이 있었다. 그러나 너무

*   forte, 세게 연주.

길고 장황하다는 이유로 현재의 28소절로 구성된 짧은 악장으로 바뀌었다.

바장조로 쓰였다고 해도 화려한 느낌은 없고 오히려 바닥에서 꿈틀거리는 소리가 이따금 고개를 치켜드는 불온한 기운이 감돈다.

다만 낮고 약한 소리여도 미사키의 손가락은 한 음 한 음을 명확히 새기며 관객석에 날려 보내고 있다. 약하지만 명확해서 선율 사이에 슬픔이 퍼진다.

현란한 선율과 강한 타건도 매력적이지만 피아니스트의 기량은 약음 표현에서 진가가 드러난다. 그 점에서도 2악장의 연주가 심사위원의 판단을 좌우하리라는 것은 예상하기 어렵지 않다.

음울함에서 단숨에 곡조가 바뀌어 평화로워진다. 단 여섯 소절의 아름다운 선율은 먹구름 사이로 쏟아지는 한 줄기 빛과 같다.

반주 없는 솔로 파트, 단조로운 선율이어도 전혀 질리지 않는 것은 세부 표현이 풍부하기 때문이다. 한 음이 확실히 듣는 이들의 가슴에 와닿으니 관객들은 그저 숨죽인 채 곡의 행방을 지켜볼 수밖에 없다.

관객들이 집중하려는 것이 피부로 느껴졌다. 미사키가 전하려는 소리, 표현하려는 심정을 단 하나도 놓치지 않으려고 신경을 곤두세우고 있음을 알 수 있다. 신기한 일이다. 미사키의 지배력은 건반에 그치지 않고 관객에게도 미치고 있었다.

자문자답과 비슷한 주제가 반복된다.

낮게, 한층 더 낮게.

잠시 후 다장조의 딸림화음에 날카로운 G음이 겹치며 이 악장은 조용히 끝을 맞이했다.

제3악장, 4분의 2박자, 론도 소나타 형식.

앞선 악장의 흐름에 따라 평온하게 시작하는 제시부. 중음역의 분산화음이 몇 번째인지 모를 안도감을 불러일으킨다. 그러나 안도감 속에서도 이따금 불안이 고개를 치켜들며 관객의 집중력을 탐욕스럽게 요구한다.

피아니시모로 론도 주제를 화려하게 그리는 한편으로 주제를 옥타브로 노래한다. 이 주제는 베토벤이 태어난 지방의 민요를 기반으로 했기 때문에 악보에는 페달링 지시가 많다. 급격한 패시지와 긴 트릴. 트릴에는 선율이 숨어 있어서 그것을 얼마나 교묘히 표현하는지가 관건인 어려운 지점 중 하나다.

그러나 미사키는 조금의 무리 없이 그것을 소화했다. 이제는 얄미울 정도지만 지금은 미사키의 테크닉을 그저 조용히 만끽하기로 했다.

긴 트릴 이후 또다시 론도 주제가 나타난다.

왼손 리듬과 오른손 멜로디가 관객들을 쾌락으로 이끈다.

하즈와 에나미의 표정을 봐도 명백하다. 두 사람 다 긴장한 기색은 그대로지만 입가가 살짝 풀려 있다. 음악이 주는 쾌락은 알코올의 취기와 비슷할지 모른다.

셋잇단음표에 이어 가단조의 2주제가 나타난 시점부터 전개부가 시작된다. 쾌락을 부르는 선율의 몸부림이 점차 깊이를 더해 간다. 동기가 솔로에서 겹치고 반주하는 상대가 없으니 더 격렬하게 들린다. 그러다가 한순간 의기양양하게 높이 솟구쳤다가 다시 광기의 춤에 빠져든다.

론도 주제는 분산화음 반주, 옥타브, 트릴과 함께 여러 번 나타났다. 이 반복이 전개부를 관통하는 리듬이 되어 광기에 더욱 속도를 붙이는 것이다.

연이어 발산되는 멜로디의 소용돌이에 휩쓸려 관객들도 어느덧 몸을 가만두지 못했다. 어떤 사람은 손가락으로 박자를 맞추고, 어떤 사람은 고개를 가볍게 흔든다. 사람들을 그렇게 무의식적으로 행동하게 만드는 연주를 들으며 아모는 섬뜩해졌다. 모두 음악에 도취해 있어서 잊었겠지만 이 집단 최면을 건 최면술사는 그저 손가락만을 움직이고 있을 뿐이다.

곡은 일단 음량을 낮추고 갈 곳을 잃은 것처럼 정체하는 모습을 보인다. 그러나 오래가지 않고 곧 다시 일어서서 춤추기 시작한다. 다단조 소절에 접어들자 이번에는 론도 주제의 동기가 화음으로 반복되고 분산화음을 덧씌워 전개된다.

광기는 약간 숨을 죽였고 그 대신 당혹감을 머금은 악구가 탄생했다. 지금껏 남성적인 색채가 짙었던 곡조에 여성적인 악구가 삽입되자 곡상은 더욱 풍요롭게 부풀어 간다.

곡은 기세를 약간 줄이고 재현부에 접어든다. 론도 주제는 포르티시모로 되살아나 그 이름 그대로 윤무를 펼친다.

강렬함과 섬세함이 한곳에 모였다. 상반된 요소를 자연스럽게 양립하는 것은 흔들림 없는 이미지와 정확하기 짝이 없는 연주 기술 덕분이다. 관객석에서는 미사키의 손가락 놀림이 너무 빨라서 눈에 보이지도 않는다. 연주 시작 후 20분 가까이 지났는데도 지친 기색은 고사하고 시간을 쫓을수록 점점 더 속도가 붙는다.

어떤 경지를 초월한 피아니스트는 운동선수와 비슷하다. 저 가냘픈 몸 어디에 이런 체력이 숨어 있을까. 타고난 체력과 평소의 단련. 거기에 힘의 분배까지 고려해야 비로소 소나타 한 곡을 소화할 수 있다. 미사키는 대체 어디서 이런 체력을 비축했을까. 함께 연수원에서 생활한 아모도 도저히 감이 잡히지 않았다.

미사키의 연타가 멈추지 않는다. 가는 손가락이 건반 위를 훑듯이 미끄러진다. 아모의 흥분도 멎지 않았다. 억누르려 해도 마음이 허공으로 날아가 버린다.

잠시 후 포르티시모로 론도 주제가 새겨지자 뒤잇는 셋잇단음표 패시지가 확장해 간다. 셋잇단 16분음표로 이뤄진 분산화음이 천천히 자취를 감추며 이다음에 앞둔 절정부를 위해 에너지를 모은다. 꼭 〈발트슈타인〉의 구성을 아는 아모가 아니어도 이 침묵이 진정한 끝이 아닌 것은 모두가 예감할 것이다. 그런 불온함을 머금은 전개였다.

눈을 번쩍 뜨이게 하는 소리와 함께 코다에 진입한다. 급속한 옥타브 상향이 하늘을 향해 솟구친다. 베토벤이 곡을 쓴 당시의 빈식 액션 피아노는 지금의 피아노보다 건반이 가벼웠다. 그래서 1-5라는 운지가 가능했지만 건반이 무거워진 지금은 어쩔 수 없이 주법을 바꿔야 한다.

그러나 놀랍게도 미사키는 베토벤의 지시대로 손가락을 모두 써서 이 난국을 돌파해 버렸다. 이건 연주라기보다 현대의 피아노를 실력으로 굴복시켰다고 해야 할 것이다. 작곡자의 의도를 따라가면 당연히 음악성도 더 정확히 표현할 수 있다. 주법을 잘 아는 관객들의 입에서 감탄의 신음이 터져 나왔다.

론도 주제가 보란 듯이 크고 넓게 펼쳐진다. 38소절에 달하는 긴 트릴을 두드리며 론도 주제를 연주한다. 이 역시 기교적으로 극히 어려운 부분이지만 미사키의 연주는 눈앞을 가로막는 장애물을 연이어 쓰러뜨리며 주제를 반복한다.

윤무는 긴장을 머금은 채 끝을 향해 돌진한다.

그리고 마침내 폭발의 순간이 찾아왔다.

다장조의 으뜸화음이 환희를 연주한다. 미사키의 손가락

이 건반을 파괴하자 피아노는 단말마의 비명을 지르며 정상을 향해 솟구친다. 마치 폭풍우가 몰아치는 듯하다.

아모는 이제는 숨조차 쉴 수 없었다. 앞으로 네 소절. 미사키의 손가락이 소리를 새긴다.

시간이 이대로 멈춰 주기를.

이 순간이 영원하기를.

미사키가 마지막 건반을 내려친 직후, 정적이 깔렸다.

짧은 침묵이 흐르다가 느닷없이 산사태가 일어난 것처럼 박수가 터졌다. 공연장 안이 폭풍과도 같은 환호성과 박수 소리에 휩싸였다.

콘서트가 아닌 콩쿠르인데도 관객들이 연이어 몸을 일으켰다.

"브라보!"

"브라보오!"

미사키가 일어서서 고개를 숙여도 박수 소리는 멎을 기색이 없다. 콩쿠르 공연장은 이미 미사키의 콘서트장이 돼 버렸다.

미사키는 회심의 미소로 관객들에게 화답하고 다시 한번 고개를 숙였다.

그 순간 아모는 그가 이미 다른 세계 사람이 됐음을 깨달았다.

3

마지막 참가자의 연주가 끝나자 아모와 세 사람은 대기실로 뛰어갔다. 짧은 휴식 이후 결과 발표를 앞두고 있지만 도저히 가만있을 수 없었다.

D 대기실은 예선 때보다 더 시끌벅적했다. 연주를 마친 참가자들이 모여 있는데 저마다 반응이 다양하다. 벌써부터 풀이 죽은 사람, 흥분을 감추지 못하고 미사키에게 다가가는 사람, 구석에서 원망스러운 눈빛으로 미사키를 쳐다보는 사람 등등. 본선에 임하는 마음가짐 차이가 그대로 태도에 드러났다.

남자들이 주저하는 사이 에나미가 참가자들을 헤치고 미사키를 향해 힘차게 걸어갔다.

"악수해 줘."

에나미는 허락도 받지 않고 미사키의 손을 덥석 잡았다.

"너라는 사람을 지금껏 완전히 잘못 봤어. 미안해."

"아뇨, 전……."

"한때는 널 냉정한 사법 기계라고 생각했지만 크나큰 착각이었어. 그 어떤 라이브 공연에서도 이런 뜨거운 연주를 본 적이 없어. 넌 그쪽 계통 사람이었구나."

"미사키 씨를 보며 지금까지도 수없이 놀랐지만 오늘이 가장 압권이었습니다."

뒤늦게 하즈도 끼어들었다.

"미사키 씨는 대체 정체가 뭔가요?"

미사키는 우스꽝스러울 만큼 주뼛거리고 있다. 무대 위와는 전혀 다른 사람이다.

지금 눈앞에 있는 사람이 평소의 미사키다. 그렇게 생각하고 아모도 앞으로 나아갔다.

"끝났네."

그러자 미사키는 "아뇨" 하고 온화하게 부인했다.

"이제 시작이에요."

그 한마디에서 미사키의 결의가 읽혔다.

─오래 기다리셨습니다. 지금부터 제40회 전일본 피아노 콩쿠르의 심사 결과를 발표하겠습니다. 호명된 참가자는 무대 위로 올라와 주십시오.

대기실 스피커를 통해 사회자의 목소리가 들렸다. 대기하던 참가자들은 미사키를 남기고 하나둘 밖으로 나갔다.

─6위. 미쓰하시 가나데 씨.

발표가 시작됐지만 아모는 미사키에게 꼭 물어야 할 것이 있었다.

"예전에 네가 음악의 길로 다시 돌아간 이유 중 하나가 마키베 씨의 책 때문이라고 했지? 이제는 자세히 설명해 줬으면 해."

〈붉은 토끼 로큰롤〉의 주인공은 세상에 뛰어들기 위해 자신을 다른 색으로 칠해야 했습니다. 하지만 결국 원래 자신의 모습을 당당히 드러내며 살아가기로 결심하죠. 제아무리 힘들고 세상으로부터 버림받아도 말입니다. 그 이야기는 원래의 내 모습을 되찾자는 것이 주제였습니다."

"그건 알겠는데 그게 필명과 무슨 관계야? 히미코 씨도 그건 언급 안 했잖아."

—5위. 히키치 슌사쿠 씨. 무대 위로 올라와 주십시오.

"마키베 씨는 데뷔작부터 다섯 번째 작품까지는 자기 자신을 속여 가며 이야기를 썼어요. 그러니 본명이 아닌 필명을 썼고 유작이 된 〈붉은 토끼 로큰롤〉은 진심이 담긴 작품이니 일부러 필명을 쓰지 않은 거죠. 물론 그 진심은 그의 작품 군데군데에서 보인 사상과 신념, 정치 비판 같은 것이 아닌 조금 더 본질적인 거예요. 아니, 사상과 신념은 그 본질을 감추기 위한 미끼 아니었을까 저는 추측해요."

"마키베 씨가 뭘 감췄다는 거야?"

"그전 다섯 작품에는 공통점이 있어요. 민화와 현대극, SF물에 영웅 판타지처럼 소재는 다양하지만 그 안에 그려진 건 전부 남자들의 우정 또는 인연이었죠. 그 어떤 작품에도 여성이 이야기의 중심에 선 작품은 없었어요."

"미사키, 너 설마……."

"마키베 로쿠로 씨는 아마 동성애자였을 거예요."

미사키의 선언은 아모를 비롯한 이들을 경악시키기에 충

분했다.

"그렇게 생각하면 모든 게 앞뒤가 맞아요. 마키베 씨 부부에게 자녀가 없던 것도 그래서였을지 모르죠. 외국은 성 소수자들이 커밍아웃할 수 있는 분위기로 점점 바뀐다고 하지만 일본은 그 부분에서만큼은 아직 후진국이라 해야 할 거예요. 게다가 마키베 씨는 그림책 작가였어요. 어린아이들에게 꿈을 심어 줘야 할 작가가 성 소수자라고 하면 비판이 나올 수 있고 무엇보다 책의 판매량과도 연관돼요. 결국 그런 것들을 의식해서 마키베 씨는 자신의 성적 지향을 감춰야 했던 거죠. 그건 동업자였던 히미코 씨도 동의했을 거예요. 마키베 씨 사후에도 입을 굳게 다물고 있는 건 남편의 명예와 '목부육랑'의 이름을 끝까지 지킬 목적이었어요."

—4위. 가고 아키라 씨. 무대 위로 올라와 주십시오.

충격적인 이야기지만 분명 앞뒤가 맞는다. 몇몇 의문점은 있지만 일단은 미사키의 이야기를 더 들어 보기로 했다.

"성적 지향이 폭로되면 사회생활에도 지장이 생길 수 있죠. 그래도 마키베 씨는 더 이상 자기 자신을 속이기 싫어서 〈붉은 토기 로큰롤〉을 썼어요. 주인공인 붉은 토끼는 바로 마키베 씨 그 자신을 나타낸 캐릭터였던 거예요. 하지만 마키베 씨의 생각을 받아들이지 못한 사람이 있었어요. 그는 마키베 씨가 스스로 게이라고 커밍아웃하는 상황을 마키베 씨 이상으로 두려워하던 인물이죠."

"히미코 씨잖아. 마키베 씨가 게이라고 커밍아웃하면 자신도 일감이 떨어질 테니."

"아뇨."

미사키는 이번에도 침착하게 부인했다.

"그건 사건이 일어난 날 밤에 두 사람이 벌인 말다툼의 원인은 됐을 수 있어도 살해의 동기는 되지 못해요. 마키베 씨를 죽이면 동업자인 히미코 씨 자신도 앞으로 쭉 일을 못 하게 되니까요. 그러니 게이 관련 소문 때문에 일감이 줄어들거라는 이유로 파트너를 아예 죽여 버리는 건 모순된 이야기예요."

"그럼 대체 누가."

"마키베 씨를 죽인 사람은 바로 간바라 교수님이에요."

—3위. 미쓰후사 마린 씨. 축하드립니다.

장내 방송 소리가 아득하게 들렸다. 단숨에 대기실 안이 얼어붙었고 하즈와 에나미는 간바라에게 의심의 눈길을 보냈다.

얼어붙은 것은 아모도 마찬가지였다. 충격 때문에 혹시 잘못 들은 건 아닐까 싶어 미사키를 다시 쳐다봤다.

"무슨 소리를 하는가 했는데."

간바라의 표정은 싸늘하게 식어 있었다.

"연주를 마친 흥분 때문에 머리가 어떻게 된 건가?"

"교수님은 마키베 씨를 대학 시절부터 알고 지냈으니 마키베 씨의 성적 지향도 눈치채셨겠죠. 아니, 전 교수님이 마키베 씨의 연인이었다고 생각해요."

"그 무슨 말도 안 되는 소리를. 도대체 무슨 근거로 그런 밑도 끝도 없는 망상을 떠올렸지? 그걸 떠나 난 아내와 자식이 있어."

"아내와 자녀를 둔 게이도 드물지 않다고 들었어요. 가장 먼저 눈치를 챈 건 교수님이 오른팔에 손목시계를 찬다는 점이었어요. 평소 일하시는 모습을 보면 교수님은 오른손잡이가 확실하죠. 오른손잡이인 분이 왜 오른팔에 손목시계를 차는가. 그런 걸 개성으로 여기는 분들도 있다지만, 실례지만 교수님이 그런 분으로 보이지는 않았어요. 그다음 떠오른 것이 바로 외국에서는 자신의 게이 지향을 드러내는 사인 중하나로 오른팔에 손목시계를 찬다는 이야기였어요."

간바라는 반사적으로 왼손으로 손목시계를 감쌌다.

"고작 그 정도로 내가 게이라고?"

"게이를 나타내는 사인은 하나 더 있었어요. 예전에 교수님은 제 손에 티슈 한 장을 건네셨어요. 그건 남성이 남성을 유혹할 때 하는 사인이에요. 하나뿐이라면 그저 망상이라고 넘길 수도 있겠지만 두 개가 모이면 가능성을 검토해 봐야 하지 않을까요?"

"……백번 양보해 나와 마키베가 네 망상대로 그런 관계였다고 치자. 하지만 마키베가 게이인 걸 커밍아웃하는 게 대체 나한테 무슨 피해를 끼치지?"

"마키베 씨의 최신작 〈나의 전쟁〉은 미치히로라는 아이가 여성스러운 성격의 친구를 돕는 이야기예요. 작가를 게이로 가정하면 이 설정도 이해가 가지만 그보다 제가 주목한 건 이름이었어요. '미치히로'라는 이름은 간바라 교수님의 이름인 '히로미치'를 조합해서 만든 게 아닐까요?"

"뭐라고? 그런 억지가 있나."

"네, 물론 억지일 수 있겠죠. 애정을 나타내는 표식이 아니었다면 마키베 씨가 그냥 장난삼아 지은 이름이었을지도 몰라요. 하지만 마키베 씨가 커밍아웃할 경우 마키베 씨를 잘 아는 분들, 그리고 마키베 씨와 교수님이 친구 사이인 것을 아는 분들이 〈나의 전쟁〉을 읽으면 이름을 보고 교수님을 떠올릴 가능성이 아예 없다고는 할 수 없겠죠. 마키베 씨의 책이 나올 때마다 증정본을 받았던 교수님이라면 그 가능성을 무시할 수 없었던 게 아닐까요? 조금 전에도 말씀드렸지만 이 나라는 성 소수자에 대한 편견이 아직 뿌리 깊은 탓에 게이라고 하면 어린아이를 대상으로 책을 쓰는 그림책 작가는 물론이고 검사여도 비난이 쏟아질 거예요. 검찰청이 성 소수자라는 이유로 1급 검사를 냉대하지는 않겠지만 외부 압력에 약한 건 다른 국가 조직과 똑같습니다. 시민의 비난 목소리가 커지면 교수님께도 이런저런 문제가 생길 것은 쉽게 예상할 수 있죠."

"그래서 내가 마키베를 죽였다? 허술하기 짝이 없군."

"교수님은 평소에도 마키베 씨의 집을 자주 찾았다고 하셨죠. 그때 만약 부엌에 가셨다면 흉기로 쓰인 식칼이 어디 있는지도 알고 계시지 않았을까요."

"다른 사람 집 부엌에 뭐 하러 들어가나? 애초에 흉기에서 히미코가 아닌 다른 사람의 지문은 나오지도 않았어."

"히미코 씨의 지문이 묻은 건 다름 아닌 집에서 요리를 자주 하던 사람이 히미코 씨였기 때문이에요. 하지만 히미코 씨의 지문을 그대로 남긴 채 흉기를 쓸 방법도 있죠. 분명 그날에는 이런 상황이 펼쳐졌을 거예요."

─2위, 기지마 노리히코 씨. 축하드립니다.

"〈붉은 토끼 로큰롤〉이 출판된 이후 자신의 성적 지향을 커밍아웃하려고 한 마키베 씨는 그날 히미코 씨와 크게 말다툼을 벌였습니다. 그리고 히미코 씨가 집을 나간 후 마키베 씨는 교수님께 연락했겠죠. 커밍아웃을 할 거면 연인인 교수님과 미리 상의해야겠다고 생각했을 거예요. 마키베 씨의 집을 찾은 교수님은 그의 말을 듣고 극심한 혼란에 빠졌어요. 이유는 조금 전에 말씀드린 대로고요. 교수님은 마키베 씨의 결심을 어떻게든 뒤집으려고 했지만 히미코 씨와 말다툼을 벌인 직후 흥분한 마키베 씨 귀에는 그런 이야기가 전혀 들어오지 않았어요. 다급한 교수님은 결국 부엌에 있는 식칼로 시선이 향했습니다. 그러나 그대로 칼을 집으면 지문이 묻고 마는 상황. 그래서 교수님은 싱크대 옆에 있던 랩을 칼 손잡이에 감고 랩 위로 칼을 쥔 채 마키베 씨에게 향했어요. 흉기를 사용한 다음 랩만 제거하면 칼자루에 히미코 씨의 지문만 남고 교수님의 지문은 남지 않죠. 그렇게 마키베 씨를 살해한 후 통화 기록이 남아 있는 핸드폰을 들고 사라지면 그만이에요. 모르는 사이에 떨어진 머리카락이나 발자국들은 그 전부터 그 집을 자주 드나들었다는 사실로 해명할 수 있습니다."

"자네를 완전히 잘못 봤군."

간바라는 안타까운 것처럼 고개를 절레절레 흔들었다.

"내가 자네를 좋게 평가한 건 감정과 선입견에 휘둘리지 않고 기록에 있는 증거만으로 논리를 쌓아 나갔기 때문이야. 그런데 지금의 자네는 뭐지? 자네가 설명한 그 추리는 모두 억측에 기초한 가능성 아닌가. 그런 빈약한 근거로 다른 사람을 고발할 거면 자네는 법률가로서 실격이야."

"법률가로서 실격인 건 저도 인정하겠습니다. 억측에 기초한 가능성이라는 것도 말씀하신 대로고요. 하지만 적지만 물증도 있습니다."

미사키는 옆에 둔 가방에서 예전에 세오에게 맡겼던 그 봉투를 꺼냈다.

"죄송합니다, 교수님. 잠깐 빌렸습니다."

봉투를 받은 간바라가 봉투를 거꾸로 들자 안에서 자개 세공이 들어간 펜이 툭 떨어졌다.

"현경 감식과에서 조회해 주셨습니다. 조금 전 마키베 씨 댁 부엌에 들어가신 적이 없다고 하셨죠. 하지만 랩 포장지에서 나온 지문과 교수님 외에는 다른 사람이 손댈 수 없는 검사 전용 펜에 묻은 지문이 일치했습니다."

그 순간 간바라의 표정이 무너져 내렸다.

세오에게 건넨 목록에 적혀 있던 것은 부엌에서 쓰는 랩이었을까. 아모는 뒤늦게 알아차렸다.

─1위, 미사키 요스케 씨. 축하드립니다. 무대 위로 올라와 주십시오.

미사키의 얼굴에 잔잔한 미소가 번졌다. 환희와는 거리가 먼, 오히려 안도에 가까운 미소였다.

"저를 부르니 이만 가 보겠습니다."

"기다려!"

문으로 향하는 미사키 뒤에서 간바라가 소리쳤다.

"날 어떡할 작정이지?"

그러자 미사키는 "어떻게도 안 합니다"라고 대답했다.

"이제 전 다른 사람을 고발하거나 재단하고 싶지 않습니다. 그러니 교수님을 더 몰아세우지도 않을 겁니다. 다만 교수님 옆에 계신 세 분은 조만간 법조계를 이끌고 갈 분들이죠. 교수님이 무죄라면 그 세 분이 이해할 수 있게끔 항변해 주세요. 항변을 못 하실 거면 스스로 어떻게 할지를 결정해 주시고요."

그 말만을 남기고 미사키는 그를 기다리는 무대로 사라
졌다.

4

여러모로 뒷맛이 좋지 않은 사건이었지만 유일한 구원은
콩쿠르 본선 다음 날 간바라가 현경 본부에 자수했다는 사실
이다. 간바라의 진술과 긴급 체포로 검찰은 히미코의 기소를
취하해서 적어도 법정에서 추태를 보이는 꼴은 면했다. 당사
자에게 확인한 것은 아니지만 그것이 한때 같은 조직에 속해
있던 간바라가 마지막으로 보여 준 충심 같은 것이라고 아모
는 짐작했다.

미사키는 8월 둘째 주 토요일에 기숙사 생활을 마쳤다. 밖
에는 길일에 어울리는 푸른 하늘이 펼쳐져 있지만 아모는 오
히려 불길했다.

교수와 연수생 중 일부는 필사적으로 미사키를 말렸지만
그런 것에 휘둘릴 사람이라면 아모도 지금껏 고생하지 않았
을 것이다. 마시코 연수원장은 심지어 '연수 기간에 연주 활
동으로 수익을 낸 게 아니면 전념 의무를 위반한 것도 아니
다'라는 지론을 펼치기도 했지만 미사키의 결심은 끝내 흔들
리지 않았다.

"새삼스럽지만 정말 후회 안 하겠어?"

살림살이는 이미 전부 이삿짐센터 직원이 실어 갔다. 미사키도 보스턴백 하나를 들고 퇴소 준비를 마쳤다.

이제는 동료도 아니어서인지 미사키를 배웅하러 나온 사람은 같은 조의 세 사람뿐이었다.

"이제 두 번 다시 후회하지 않습니다."

"쓸쓸하네요."

하즈는 어쩐지 안심한 듯했다.

"미사키 씨와 함께 있다 보면 이것저것 자극을 받았습니다. 이제 미사키 씨 같은 분과 함께 공부할 기회는 두 번 다시 없겠죠."

"난 변호사가 될 생각이니 다음에 미사키를 만나는 건 미사키가 어떤 죄를 저질러서 고발될 때겠네."

에나미는 장난스럽게 웃었다.

"아니면 네 콘서트에 야광봉을 들고 갈 때거나."

"클래식 콘서트에서 야광봉은 신선하겠네요."

"농담은 그 정도로 하고 미사키, 가족들 의견도 참고한 거야? 사법 연수를 그만두겠다고 아버지께는 말씀드렸어?"

"드렸죠."

"얼마나 아쉬우실까."

"의절하겠다고 하셨습니다."

미사키가 너무도 태연히 말해서 순간 '의젓하다고 하셨습니다'라는 말을 잘못 들은 줄 알았다.

"괜찮겠어?"

"이미 퇴로는 차단했습니다. 그 말씀이야말로 새삼스럽네요."

아모도 솔직히 하즈처럼 안도하고 있었다. 천재는 멀리서 바라볼 때는 멋지고 통쾌하지만 옆에 있으면 거슬릴 때가 많다. 미사키와 함께 있으면 나 자신의 평범함을 깨닫게 되니 눈엣가시 같은 존재였다.

그래도 미사키에게는 역시 거스를 수 없는 매력이 있다.

"그럼 여러분, 그동안 신세 많이 졌습니다."

"미사키, 하나만 약속해 줄래?"

"뭐죠?"

"간바라 교수님도 말했지만 어쩌면 우리도 앞으로 어떤 계기로 피고인이 되지 않을 거라 단언할 수 없어. 그때는 네가 내 변호인이 돼 줬으면 해."

"사법 연수를 끝마치지 못한 사람에게 변호사 자격은 주어지지 않습니다. 아모 씨도 아실 텐데요."

"상관없으니 도우러 와 줘. 다른 사람도 아닌 너라면 변호사 자격 같은 건 언제든 딸 수 있을 테니."

미사키는 잠시 고민하다가 고개를 끄덕였다.

"이런 저라도 괜찮으시다면 지구 반대편이라도 달려가겠습니다."

"약속이야."

미사키는 마지막으로 세 사람과 악수를 하고 돌아서서 발걸음을 뗐다.

그리고 두 번 다시 뒤돌아보지 않았다.

너의 예술 안에서만 살아라.
그것이 너의 유일한 실존이다.

위대한 피아니스트이자 작곡가인 루트비히 판 베토벤. 그는 바흐, 모차르트와 더불어 음악 역사상 가장 위대한 업적을 이룬 손꼽히는 음악가인 동시에 음악가에게 사형 선고나 다름없는 청각장애를 불굴의 의지로 딛고 일어서 세상을 떠나기 전까지 수많은 명곡을 후세에 남긴 인간 승리의 상징입니다. 그는 생전 끊임없이 새로운 시도와 실험을 추구하며 낭만파 음악 사조의 선구자가 되었고, 독재에 항거하고 자유주의를 신봉한 혁신적인 철학자이자 사상가이기도 했다는 점에서 사후 그에게는 '가장 위대한 음악의 성인'을 뜻하는 악성樂聖의 칭호가 붙었습니다. 그는 자신이 쓴 음악과 같이 매우 격정적인 삶을 살면서 많은 이들을 사랑하고 떠나보내기도 했는데, 특히 그의 사후 비밀 서랍에서 발견된 절절한 세 통의 편지의 수신인, 일명 '불멸의 연인'의 가장 강력한 후보로 꼽히는 안토니 브렌타노와의 사랑이 좌절됐을 때 자신의 일기장에 이런 말을 남긴 바 있습니다. '베토벤이여, 너는 너의 예술 안에서만 살아라. 그것만이 너의 유일한 실존이다.'. 그렇게 자신만의 예술 안에 들어가 예술혼을 불태운 그는 훗날 그의 피아노 소나타 중 가장 애틋하고 친밀한 사랑을 표현하는 작품인 소나타 30번을 안토니의 딸 맥시밀런에게 헌정했고, 안토니를 떠올리며 만든 연가곡 〈멀리 있는 연인에게〉 같은 명곡도 남겼습니다. 베토벤이 좌절을 딛고 일어서며 얻은 실존의 깨달음, 그것은 바로 이번 작품 『다시 한번 베토벤』을 관통하는 주제이기도 합니다.

저를 비롯해 많은 분들이 목 놓아 기다렸을 음악 탐정 미사키 요스케가 돌아왔습니다. 전작 『어디선가 베토벤』에서 고등학생이었던 그가 아릿하고 씁쓸한 잿빛의 성장통을 겪고 피아노 앞을 떠난 지 정확히 5년이 지나 이번 작품의 무대는 사법연수원입니다. 그사이 미사키가 어떤 삶을 살았는지 구체적으로 묘사되지는 않지만, 전작 마지막 에피소드에서 기후현 지검에서 도쿄 관내로 근무지를 옮긴 아버지 미사키 교헤이 검사를 따라 전학을 가는 것으로 이야기가 맺어졌으니 이후 여러 번의 전학과 이사를 거듭하며 공부에 집중해 사법 시험에 합격한 것으로 보입니다. 여러 분야에서 두각을 드러내던 그답게 사법 시험에도 당당히 수석 합격해 사법연수원에 들어온 미사키 요스케. 이번 작품의 주인공 아모 다카하루는 그와 함께 제60기 사법연수생으로 같은 조에서 연수를 받으며 조금씩 친분을 쌓지만 시간이 갈수록 미사키에게 위화감을 느끼기 시작합니다. 사법 시험 수석 합격에 연수 성적까지 완벽해서 앞으로 누구보다 법조인으로서 앞날이 탄탄하게 닦여 있을 그가 평소에 영 의욕을 보이지 않고 스스로 한계를 말하며 자학하는 것으로 모자라 사법을 바라보는 관점마저 여느 사법연수생들과는 다른 것입니다. 거기에 아모가 평소에 즐기는 클래식 음악에 심한 알레르기 반응을 보이며 기피하는 모습도 아모의 눈에는 영 이상하게 비칩니다. 그런 와중에 실무 연수가 시작되고 진행된 검찰청 피의자 소환 대면 조사에서 확고한 증거가 있음에도 피의자가 범행을 부인하는 어느 살해 사건을 접하는 것을 계기로 미사키는 날카로운 관찰력을 발휘하며 사건의 수수께끼를 파고듭니다. 이후 충격적인 사건의 수수께끼가 밝혀지는 과정에서 미사키 요스케는 모두가 놀랄 만한 각성을 보이며 단단한 자아를 갖춘 유일한 실존의 인격체로 한 단계 더 성장하게 됩니다.

『다시 한번 베토벤』은 감성의 상징인 '음악'과 이성의 상징인 '법률'의 상반된 두 요소가 주요 키워드인 작품입니다. '반전의 제왕'이자 작품에 늘 그때그때 중요한 사회적 메시지를 담는 작가 나카야마 시치리는 인간을 바꾸는 힘을 지닌 음악, 사회를 바꾸는 힘을 지닌 법률이 잘 어우러져 탄탄하게 기반을 떠받치는 이상적인 사회를 꿈꾸며 독자에게 희망찬 이야기를 들려주고자 합니다. 그것은 클래식과 미스터리가 훌륭히 결합된 이 '미사키 요스케' 시리즈가 만들어진 동기이면서 앞으로 시리즈가 이어질 원동력이기도 합니다. 그동안 맞지 않는 옷을 입고 기나긴 자아 찾기의 여정을 걸어온 미사키 요스케는 이번 작품을 기점으로 당당히 전진을 시작합니다. 그래서 그런지 시종일관 애달픈 〈비창〉 2악장의 선율이 잔잔히 흐르는 것 같았던 전작 『어디선가 베토벤』과 달리, 이번 작품 『다시 한번 베토벤』의 마지막 책장을 덮을 때는 웅장하고도 장엄한 베토벤 피아노 협주곡 5번 〈황제〉가 흐르는 듯한 느낌을 받았습니다. 그리고 그 곡은 향후 본격적으로 펼쳐질 미사키 요스케 활약극의 서곡이기도 할 것입니다.

2020년, 마침내 시리즈 속편인 『합창 – 미사키 요스케의 귀환(이하 합창)』이 일본에서 출간되었습니다. 『합창』은 나카야마 시치리의 팬이라면 누구나 가슴이 두근거릴 만한 설정이 듬뿍 담긴 것으로 출간 전부터 큰 화제를 불러 모았는데, 무려 지금까지 나카야마 시치리의 작품에 출연한 모든 캐릭터가 등장해 저마다 활약을 펼치는 '나카야마 시치리판 〈어벤저스〉'가 콘셉트인 작품이라고 합니다. 쟁쟁한 캐릭터들이 뛰어다니는 화려한 무대의 한복판에서 각성한 미사키 요스케는 과연 무슨 활약을 보이고, 그들과 함께 어떤 조화로운 합창을 들려줄까요. 늘 기대하며 가슴 졸이는 독자의 한 사람이자 시리즈를 번역하는 사람으로서 여러분께 하루빨리 그 이야기를 전해 드리고 싶습니다. 그리고 그때까지 더 많은 분들이 미사키 요스케 시리즈를 접해서 재미와 매력을 느끼고, 전작들을 대표하는 작곡가 드뷔시, 라흐마니노프, 쇼팽, 베토벤의 음악도 들으며 이 험난하고 어려운 시국에 조금이나마 평안하고 여유로운 시간을 보내실 수 있기를 기원합니다.

2021년 초여름
이연승